시 읊으며 거닐었네

⑥홍도화 아래서

박대우 글 · 오용길 그림

〈感春 봄을 느끼다〉

我家淸洛上
아 가 청 낙 상
우리 집은 맑디맑은 낙동강 주변이요

熙熙樂閒村
희 희 락 한 촌
희희낙락 즐거운 한가로운 마을이라.

隣里事東作
인 리 사 동 작
이웃들은 모조리 봄 농사에 나가고

雞犬護籬垣
계 견 호 리 원
닭과 개가 집에 남아 울타리를 지킨다오.

圖書靜几席
도 서 정 궤 석
고요한 책상머리 서책들은 쌓여 있고

烟霞映川原
연 하 영 천 원
봄 안개는 나지막히 강과 들을 감돌리라.

溪中魚與鳥
계 중 어 여 조
시냇물에 노니는 건 고기와 새들이요,

松下鶴與猿
송 하 학 여 원
소나무 아래에는 학이며 잔나비들.

樂哉山中人
낙 재 산 중 인
즐거울사 그 산골에 살아가는 사람들

言歸謀酒尊
언 귀 모 주 존
나도야 돌아가 술이나 마시련다.

차례

〈월란정사에서〉

월란정사月瀾精舍는 도산서원 낙동강 건너편 도산면 원천리 내살메(川沙) 마을에 있다. 내살메(川沙)는 태백에서 발원하여 청량산을 돌아 나온 낙강이 왕모산 발치에 하얀 모래를 쌓아놓은 강변 마을이다.

　　어느 해 여름, 나는 월란정사에 갔었다. 내살메 마을에서 낙동강 강변의 삿시골 가는 길 언덕의 흙 계단을 오르니, 숲속의 새 둥지처럼 작고 아담한 정자가 있었다.

　　대문을 들어서니, 추녀 밑에 정갈한 해서체의 '月瀾精舍' 현판懸板이 걸려있다. 마루에 올라서니, 검은 바탕에 백색 글씨의 '月瀾臺' 시판詩板이 세월에 바랬다.

> 願從弄月人　바라노니 달을 즐기는 사람을 쫓아서
> 契此觀瀾旨　이 물결 관찰하는 취지에 부합하고자 하네.

> 高山有紀堂 (고산유기당)　勝處皆臨水 (승처개임수)
> 古庵自寂寞 (고암자적막)　可矣幽棲子 (가의유서자)
> 長空雲乍捲 (장공운사권)　碧潭風欲起 (벽담풍욕기)
> 願從弄月人 (원종농월인)　契此觀瀾旨 (계차관란지)

의성 사촌沙村의 만취당晚翠堂 김사원金士元이 22세(1560) 때 도산서당에 입문하여 10여 년간 이곳에 거처하였다.

사촌 문중에서 만취당의 학덕을 추모하여 월란암 옛터에 정사를 새로 지었으며, 관리숲와 위토가 있었으나, 지금은 '월란정사'와 '월란암칠대기적비'만 있다.

정사 앞쪽에 흙으로 쌓아올린 월란대에서 본 낙동강 건너의 풍경은 천원권의 계상정거도(겸재 정선)를 보는 듯하였다.

명종은 거듭 불리도 퇴계가 오지 않자, 화공들에게 도산陶山을 그리게 하였다. 그 이후 '도산도陶山圖'는 많은 화공이나 뜻 있는 선비들이 여러 형태로 도산을 그렸었다.

강세황姜世晃의 '도산서원도陶山書院圖'는 도산서원을 중심에 두고, 서원 앞쪽 낙동강의 탁영담·반타석을 흐르는 강물과 함께 그렸고, 왼쪽의 곡류에는 분천서원·애일당愛日堂·분강촌汾江村을 그렸다.

'천원 권' 지폐의 '계상정거도'의 서당의 배경이 도산서원에서 낙동강이 돌아나가는 산세가 그려져 있다. 명종에게 바친 도산도, 강세황의 도산서원도, 겸제의 〈계상정거도〉 등 모든 그림들이 바로 이 월란대에서 바라본 실경을 그린 것으로 짐작된다.

　李子는 관직에 뜻이 없어 월란암에서 《심경》을 읽으면서, 벼슬길에 나가지 않고 은거하여 살 뜻으로 詩를 지었다.

　　居士忘家爲老伴　선비는 집을 잊고 늙은이와 짝이 되고,
　　胡僧結約刱幽廬　스님은 약속대로 그윽이 초막집 지었네.

李子는 도학자이며 시인이다. 그는 詩를 좋아하여 도연명과 두보 시를 즐겼으나, 만년에는 주자 시를 즐겨보았으며, 이들의 작품을 차운하여 시를 지었다.

15세 때 지은 〈가재〔石蟹〕〉를 시작으로 70세 때까지 3,500 여 수의 시를 지었는데, 언제 어디서나 여사로 읊었다.

'興來情適已難禁 흥이 일어 정에 알맞으면 짓지 않을 수 없다.'

옛 시인들은 매란국죽 사군자四君子를 주로 읊었으나, 그는 소나무·대나무·매화·국화·연꽃과 己(松竹梅菊蓮己)를 '육우六友'라 하였는데, '己'는 李子 자신을 일컬었다. '육우六友'는 물아일체의 조화를 은유와 상징으로 투영하여 자신을 심강心降케 하는 무욕의 벗으로 삼았다.

특히 매화와 문답하는 〈梅花答〉을 지어서 정회를 풀었다.

70세 때 달 아래 매화를 신선이라 읊었다.

群玉山頭第一仙 군옥산 꼭대기에 제일가는 신선이여
氷肌雪色夢娟娟 얼음 살결 눈 빛깔이 꿈속에 고왔었다.
起來月下相逢處 달 아래 일어나 서로 만난 곳에서
宛帶仙風一粲然 완연한 신선 풍채 한번 살짝 웃는구나.

월안암月安庵인 것을 李子가 월란月瀾으로 고친 이유를 알
것 같다. 월란암은 《심경후설》, 《태극도설》, 《주자서절요》와
고봉 기대승과의 '사칠논변四七論辯'이 이루진 곳이니,
    월란암은 '성리학'의 산실이다.

    농암은 〈병에서 일어나 퇴계에게 읊어 드리다〉

    捲地春風落盡華   봄바람 몰아쳐서 꽃이 다 떨어졌는데도
    蟠桃仙護尙餘多   蟠桃는 신선이 돌보아 아직 많이 남았네.

    농암은 "월란사 '철쭉 모임'을 나를 위해 미룬다고 하는데, 다
만 이번만은 전날 약속한 것이 있기에 병든 몸을 이끌고 가볼
까 한다."
    월란사 '철쭉 모임'은 지금까지 이어져오고 있다.
    월란정사가 '성리학'의 발원지임을 알고, 이를 기념하여 '월
란칠대기적비'를 세우고 '속월란척촉회'를 결성하였다.

삶과 죽음은 자연의 섭리이니 죽음도 삶의 연장이다.

李子의 묘소는 월란대에서 바라보이는 강 건너 언덕에 있으니 강세황의 '도산서원圖'의 일부이다.

그는 생을 마감하는 날까지 공부를 멈추지 않았으니, 천 원권의 '계상정거도'에서 글을 읽고 있다. 500년이 지났어도 늘 70세의 신선神仙이요, 詩를 즐겨 읊으니 언제나 새 세대들의 아이돌(idol)이며 레전드(legend)이다.

두견새 울고 철쭉 피는 5월이면, 농암과 더불어 두 분 신선 탁영담에 배 띄우고 적벽부 읊조리며[吟赤壁]

'찌그덩 찌그덩 엇샤' 노저어 오리라.

1. 귀거래사
歸去來辭

풍기군수 李子는 삼복더위에 오한이 들고 팔다리가 욱신거리고 기침이 그치지 않았다. 이불을 덮고 끙끙 앓으면서도 감기 정도로 대수롭지 않게 여겼다.

'여름 감기는 개도 안 한다는데, 나도 이제 기력이 다한가 보다…'

명년明年이면, 어느덧 50이다. 공자는 쉰에 천명을 안다[知天命]고 했는데, 지금까지의 삶을 돌아보면 하늘의 뜻은커녕 아직도 자신이 누구인지도 모르지 않는가. 자신의 의지와는 상관없이 멍에 맨 당나귀처럼 세파에 끌려다녔다는 생각이 들었다.

局促駒在轅 '삶이 옹졸해져 멍에 맨 당나귀 같구나'
국 축 구 재 원

8월에 휴가를 받고 조리한 결과, 좀 나은듯하여 병을 무릅쓰고 간간이 공무를 보았으나, 또 다시 기침이 몹시 나고 가래가 끓으며 허리와 갈비뼈가 당기고 아픈가 하면, 트림이 나고 신물이 올라오며 등엔 한기가 들고 가슴엔 열기가 올라와 때로 눈이 캄캄해지며 머리가 어지러워 넘어질 것 같고 밤에는 악몽에 시달리게 되었다. 이 때문에 경상 감사에게 사직장을 제출하였다.

9월에 다시 사직장을 제출하였다. 감사는 휴가를 주어 조리하게 하였다. 휴가를 받고 고향으로 돌아왔다. 이때 충청 관찰사 해濚도 휴가로 고향에 갔다.

죽령의 촉령대矗泠臺(소혼교 건너)로 가서 형을 만나 함께 고향에 돌아가서 온계의 친족들과 사당에 분황焚黃하였으며, 다시 촉령대에서 헤어질 때 아우에게 벼슬을 그만두지 말라고 하면서 내년에 이곳에서 다시 만나자고 하였다.

泠泠恰似惟情溢   우리 정 넘치듯 정겨운 물소리 들리고
영 령 령 흡 사 유 정 일

矗矗還如別恨堆   이별의 한 쌓이듯 산 우뚝 높아라.
촉 촉 환 여 별 한 퇴

12월 병으로 감사에게 세 번째 사직장을 제출하였다. 불덩이처럼 열이 나고 오한이 들어서 정신이 혼미하고 몸을 지탱하기 힘들어 죽음의 그림자가 밤마다 어른거렸다. 감사의 회답도 기다리지 않고 고향으로 돌아왔다.

고향 가는 길에 사금골 아내의 묘소에 잠시 들었다가, 내성천을 건너서 두월마을을 지나 구천[龜川] 마을 야옹 전응방의 야옹정에서 잠시 쉬었다. 고향이 가까워진다는 안도감에 기침이 점차 멎어지고 정신이 점차 맑아졌다. 야옹정을 나와서 매정 고개를 넘고 고향이 가까워지자 '귀거래'를 읊조렸다.

歸去來兮(귀거래혜)
자, 돌아가자.

田園將蕪胡不歸(전원장무호불귀)
고향 전원이 황폐해지려 하는데 어찌 돌아가지 않겠는가.

(…)

聊乘化以歸盡(요승화이귀진)
이렇게 자연을 따르다 끝내 돌아갈 것인데,

樂夫天命復奚疑(낙부천명복해의)
천명을 즐겼거늘 다시 무엇을 의심하리.

송나라 초까지 살았던 도연명陶淵明의 〈귀거래사〉이다. 그는 13년간 지방 관리로 있었으나 입신의 뜻을 이루지 못하고, 40대에 팽택彭澤(심양 부근) 현령이 되었다.

"내 5두미五斗米의 녹봉 때문에 허리를 굽히고 향리의 소인에게 절을 해야 하느냐."

팽택군郡에서 파견한 감독관에게 비굴하기 싫다며, 관리생활을 접고 낙향하면서, 〈귀거래사〉를 지었다고 한다.

李子의 귀거래는 단지 감독관에게 비굴하기 싫고 고향에서 안락한 생활을 위한 도연명의 '귀거래'와는 다르다.

그는 청화직淸華職인 홍문관, 사헌부, 사간원 등 삼사三司를 두루 거치고, 홍문관의 응교應敎로서 왕의 교서敎書를 작성하는 지제교知製敎와 왕세자를 가르치는 세자시강원世子侍講院의 강관講官과 예문관 응교를 겸하기도 하였다.

을사사화 때 이기李芑 무리들에 의해 삭탈관직 당하는 불명예도 겪었지만, 외직으로 나가서 단양과 풍기의 군수를 마지막으로 16년간의 관직을 떠날 수 있었던 것은 오직 학문에 열망이 있었기 때문이다.

李子의 귀거래사는 이미 오래전부터 품고 있었다.

서른의 나이에 권 씨 부인을 맞아 지산와사芝山蝸舍에서 신접살림을 꾸렸을 때, 사화士禍로 도학정치를 펼칠 수 없을 바에는 차라리 산속에 묻혀 살겠다고 읊었다.

己成看月看山計　　달 보고 산 바라보는 꿈 다 이뤘으니
此外何須更較量　　이 밖에 또 무엇을 이에 비할까.

서른여섯 살 때 선무랑宣務郎(정6품)에 임명되자, 벼슬이 소망하는 것이 아닌데다가, 실제의 문제로 벼슬에 대한 환멸감만 더해지게 되었다.

어느 봄날 새벽에 정원을 걷다가 고향으로 돌아가 진정한 기쁨을 누리고 싶다는 심경으로 〈感春〉을 지었다.

三年京洛春　　서울살이 세 번째 봄을 맞으니
局促駒在轅　　삶이 옹졸해져 멍에 진 당나귀 같구나.
我家淸洛上　　나의 집은 맑은 낙동강 위에 있어
熙熙樂閑村　　빛이 반짝이는 한가로운 촌이라네.
樂哉山中人　　즐거워라, 산촌의 고향 사람들이여
言歸謀酒奠　　나도 사직하고 돌아가 술잔이나 나누리라.

자문점마관咨文點馬官으로 의주를 다녀온 후, 세월은 빨리 흘러가는데도 학문은 진보가 없음을 한탄하였다.

悠悠不成寐   아득하고도 아득하여 잠을 이루지 못하니,
耿耿照書燭   책을 비치는 촛불만 환하게 비추네.

성균관에 갔을 때, 익선관에 홀笏을 잡은 조광조가 중종과 함께 문묘에 알성하는 위엄은 19세 청년 李子에게는 하늘 높이 떠있는 봉황鳳凰이었다. 백성을 덕과 예로 다스려야 한다는 조광조의 왕도정치는 인간 존엄성에 대한 확신이었다.
'하늘의 밝은 명을 따라 윤리와 기강을 세워야 한다.'

성균관에서 돌아와 숙부 송재공의 서가書架에서 《성리대전性理大典》 수미본首尾本 2권(태극도설과 권70 詩)을 읽고, 자신도 모르게 마음이 즐겁고 눈이 열려 오래 읽을수록 점점 그 의미를 알게 되어 마치 그 속으로 들어가는 길을 터득한 것 같았다.

小人思獻愚   소인은 어리석은 죄를 바칠 것을 생각하지만,
君子貴知足   군자는 만족함을 아는 것을 귀히 여긴다는데.

소인은 어리석어서 스스로 욕심의 족쇄足鎖에 갇히게 되지만, 군자는 만족할 줄 알고(知足不辱), 그칠 줄 알아서(知止不殆) 자유롭게 장구(可以長久)할 수 있게 된다.

李子는 안분지족安分知足을 귀하게 여기지만, 조광조가 이루지 못한 '천하위공天下爲公'의 실현을 자신의 책무로 여기고, 성리의 원두처(본질)를 찾는 데 몰입하였다.

병오년(1546), 장인 권질權礩이 별세하여 문상하고, 월란암月瀾庵에서 《心經》을 읽었다. 이때 은거하여 살 뜻으로 〈寓月瀾僧舍書懷二首〉를 지었다.

紅塵[*]奔走竟何如　세상풍진에 분주하다 끝내 어떻게 되었나
只今病骨迷丹訣[*]　병든 몸에 內丹의 비결 잊어버렸으니
依舊灘聲上碧虛　옛날처럼 여울물 소리 창공에 사무치고
不用人間更折肱[*]　인간으로서 다시 팔을 꺾게 할 수 없네.

*홍진紅塵 : 소식의 '연분홍 먼지는 오히려 수레바퀴 따르는 것 그리워하네(軟紅猶戀蜀車塵).'
*단결丹訣 : 불로장생(丹)의 비결.
*절굉折肱 :《좌전》팔을 세 번 분질러봐야 양의良醫가 될 수 있다.

휴가원을 내고 풍기 관아를 떠나온 날, 매정 고개에 오르니 용수사의 저녁 예불 종소리가 은은히 들려왔다.

봉화 문수산에서 이어져 온 용두산은 마치 龍의 모습으로 온혜 마을을 감싸고 있는데, 李子의 생가生家 노송정은 용의 뒷발 발꿈치, 용수사는 용머리의 여의주이니, 용수사에 들면 언제나 어머니 품속에 안긴 듯 편안하였다.

용수사는 고려 의종 때 '龍壽寺'라고 사액賜額 받은 화엄종단의 독립사찰로서, 승려 운미雲美가 공사를 주관하여 법당과 요사채 등 90여 칸을 지었으나, 조선의 억불抑佛정책으로 가람은 점점 퇴락해 갔다. 일주문一柱門에 들어서니, 용수사에서 보낸 젊은 날의 추억이 마치 어제 일처럼 생생하다.

숙부 송재공의 교육은 알묘조장揠苗助長이 아니라, 호연지기
浩然之氣를 길러 자유의지와 정의로운 품성을 갖춰야 한다고
했다. 하과夏課를 떠나는 자질들에게 용수사 경내를 그림 그리
듯 詩를 지어주면서, 하과夏課를 독려하는 편지도 보냈다.

　　　푸른 재 병풍처럼 에워싸고 눈 누대 때리는데,
　　　부처 깃발 깊숙한 곳 기름 태울 만하네.
　　　경서 공부 청색과 자색 인끈의 도구라 말하지 말라,
　　　학문을 염두에 두고 입신양명의 계책을 세워야 하느니라.

李子 부부는 용수사에 갔다. 허씨 부인의 치마는 동산같이
불러있었고 새소리에 발을 옮기다가 눈이 마주치면 서로 미소
지었다. 산문 안으로 들어서니, 낯익은 중 서넛이 반갑게 맞아
주었다. 빈 뜰에 선 늙은 탑은 낮고, 부처는 낡아 파리하였으나
목탁소리는 낭랑하여 가람 구석구석으로 퍼졌다.
　목탁소리에 조심스럽게 두 손 모아 부처님 앞에 엎드렸다.
　'생명이 아름답고 향기롭게 피어나기 위해서, 禮가 아니면
보지도 듣지도 말하지도 말고〔非禮勿視 非禮勿聽 非禮勿言〕
선행을 베풀어야 한다.'
　첫 출산의 기대와 두려움을 불심으로 진정시켰다.

그해 7월 보름날, 용수사에서 달구경을 하였다. 넷째 형 해철瀣, 질서 민시원閔蓍元, 종제 수영, 맏형의 사위 민구서, 정효종, 손류, 김사문, 이렇게 여덟이 저녁연기 피어오르는 운곡을 지나 용수사 경내로 접어들자, 우묵한 숲속에 반딧불이 날고 풀벌레 소리에 어둠이 내려앉았다. 이윽고, 보름달이 용두산 위로 떠올랐다. 맑고 신령스런 여의보주如意寶珠가 두둥실 떠올랐다.

달빛에 탑이 솟아오르고 대웅전 추녀 끝에 풍경소리 청량하였다. 고적한 용수사 가람이 현란한 빛으로 '색즉시공色卽是空'의 경지에 이르는 순간, 낭랑한 반야심경般若心經이 적요寂寥를 깨고 흘렀다.

"아제아제 바라아제 바라승아제 보리 사바하"

揭諦揭諦 波羅揭諦 波羅僧揭諦 菩提 娑婆訶

달빛 속에 염불 흐르니 목탁소리 더욱 신령스러워, 목마른 젊은이들 저절로 두 손 모아 깨우침을 구하였다.

李子는 과거에 세 번 낙방하였다. 24세의 청년은 서둘지 않았다. 눈을 감으니 달빛보다 마음이 밝아 온다.

'빌어 구하지 않고, 마음의 눈으로 길을 찾아 나서리라.'

여의주는 '뜻대로(여의如意) 주珠는 구슬'이어라.

조선의 숭유억불崇儒抑佛정책으로 사찰 토지를 모두 몰수하고 승과僧科도 중지되면서 불자들이 먹고 살기 위해서 목수, 토목 등 집 짓는 일을 하였는데, 용수사의 승려들은 운미雲美 이후 전통적으로 이름난 목수가 많았다.

세상 속을 헤매다 늙고 병들어 찾아온 李子를 반기며 승려 법련法蓮이 인사를 올렸다.

"편히 지내실 곳은 정해지셨는지요?"

지천명의 나이에 고향에 돌아왔으나 마땅히 쉴 곳이 정해지지 않았다. 서른 살 때 권 씨 부인과 신접살림을 꾸렸던, '지산와사'는 종손서 이국량李國樑이 살고 있었다.

가끔 휴가로 귀향했을 때도 거처할 곳이 마땅치 않아서 월란암月瀾庵에서 지내기도 하였는데, 이제 귀향했으니 항구적인 거처를 정해야 했다.

고요한 것을 좋아하는 성격이어서 아들네 식구들과 한집에 사는 것이 불편하여 토계의 본집 곁에다가 조그마한 집을 마련하기로 하였다.

| 舍舊遷新此水傍 | 내 옛집 버려두고 물가 집으로 옮겼으니 |
| 君尋巢拙謂堪藏 | 그대는 하찮은 둥지에 몸 숨길만하다 하네. |

법련은 불심도 깊었지만, 뛰어난 목수이기도 하였다. 법련이 앞장 서고 고산승들이 협력하여, 양진암을 시작으로 계상서당, 한서암, 도산서당을 짓게 된다.

자하산紫霞山 하명동霞明洞(하계마을)에 집을 짓다가, 그곳의 낙동강에 은어 잡이 어량魚梁이 설치되어 있었기 때문에 자손들이 살 곳이 못 된다고 생각하여 다시 죽동竹同(토계)으로 옮겼다. 죽동에서 다시 계상溪上의 서쪽으로 집 짓기를 세 번이나 옮긴 끝에 비로소 가족이 거처하는 한서암寒樓菴을 '정습靜習'이라고 하였다.

한서암 건너편 시냇가에 두 칸 정도의 계상서당은 석상포석石牀蒲席으로 돗자리를 깐 무온돌 방이다.

방당方塘의 연못에는 연蓮과 물고기, 정원에는 자신을 비롯해 송·죽·매·국·련의 육우원六友園을 조성하였다.

무오년(1558), 23세의 율곡 이이李珥가 계상서당에 왔을 때, 집은 두어 칸뿐이라고 하였다.

活計經千卷　살림이라고는 경전 천권뿐이요,
生涯屋數間　사는 집은 두어 칸뿐일세.

퇴계退溪의 서쪽으로 초가집을 옮겨 짓고 이름을 한서암이
라고 하였다. 〈移構草屋於退溪之西, 名曰寒栖庵〉

巖崖丹碧水淙潺　바위벼랑 붉고 푸르며 물은 졸졸 흐르고
암 애 단 벽 수 종 잔

草屋柴門晻藹間　초가집과 사립문은 숲속에 가려 있네.
초 옥 시 문 엄 애 간

已喜此生聊復得　이 삶 다시 얻었음은 오로지 기쁜데,
이 희 차 생 료 부 득

豈無三益共盤桓　세 가지 유익한 벗 함께 서성임 없으리.
기 무 삼 익 공 반 환

오용길, 다가오는 봄−계상서당, 64×91cm, 화선지에 먹과 채색, 2021년작

고향에 돌아가도 반기는 이 없으면, 고향이라고 할 수 없다. 李子가 고향에 돌아오자, 농암聾巖 이현보李賢輔가 자신이 살고 있는 부내〔汾川〕의 농암聾巖에 초대하였다.

농암은 늦봄이 다 가도록 꽃이 피지 않은 살구나무 아래에 자리를 마련하고, 소식蘇軾의「月夜與客飮杏花下」에 차운한 詩를 지어서 서로 화운和韻하였다.

李子의 농암聾巖 방문에 대한 답례로 이현보가 한서암을 방문하였다. 〈이 선생이 한서암에 왕림하다〉를 지었다.

清溪西畔結茅齋　맑은 시내 서쪽 가에 오막살이 지었으니
俗客何曾款戶開　속객이야 사립문을 두드릴 일 있으리오.
頓荷山南老仙伯　고마워라 산 남쪽에 살고 계신 늙은 선백
肩輿穿得萬花來　견여 타고 꽃 숲속을 뚫고서 오셨다오.

농암은 이자의 숙부 송재와 동반 급제했으며, 76세에 벼슬살이에서 스스로 물러나 이웃 마을 부내〔汾川〕에 은거하며 강호지락江湖之樂 하고 있었다.

송재공은 강원도 관찰사를 사임하고 고향에 돌아와 지병持病인 혈소환血素患을 다스리면서, 자신의 처지를 〈탄식하다自嘆〉라는 시로 읊었다.

병을 고치고자 고향에 돌아왔으나,
삼 년 동안 화조의 봄을 보지 못하였다.
하늘이 이수를 죽이지 않는다면,
청산에 들어온들 회춘하지 못하리라.

농암이 문안 편지를 보내오자, 송재가 답장으로 〈비중의 편지를 보고(見棐仲書)〉를 보냈다. 비중棐仲은 농암의 字,

得失憑隍鹿[*]   득실이야 황록에 맡겨두고
沈綿寄茯蔘   깊은 병은 복삼에 의지하네.
無心談世事   세상일 논하는 데 마음 없어
排悶賴書琴   거문고와 서적으로 근심 떨치네.
山郭春風細   봄바람 솔솔 부는 산 어귀로
將期共子尋   그대와 함께 찾길 기약하네.

한국국학진흥원 | 장재호·김우동 (공역) | 2019

*득실빙황록得失憑隍鹿 : 인생의 득실이 꿈속의 일과 같이 허무함을 비유한 말. 《列子 周穆王》에, 사슴을 잡아서 해자 속에다 넣어둔 것이 꿈이라 생각하고 혼자 중얼거리자, 그 말을 들은 자가 해자에 찾아가서 사슴을 가져갔다.

李子는 농암의 맏아들 이문량과 글공부를 함께하였으며, 넷째 아들 이중량과 동반 급제하였다. 농암은 자신의 아들들과 친구이면서 송재의 조카이니, 34세의 차이가 있는 李子를 '경호景浩'라 부르며 서로를 존중하여 직접 왕래하거나 '경호와 영지정사에서 노닐다[與景浩遊靈芝精舍], 이경호가 새 책력을 보내오다[和李景浩寄新曆], 경호와 분천에 배를 띄워 경호의 시 차운하다[至晚泛舟汾川 次景浩]' 등의 시문詩文을 나누었다.

임인년(1542) 휴가를 받고 고향으로 돌아가 퇴직하려는 농암을 전별하는 잔치가 그의 넷째 아들 이중량의 우사寓舍에서 있었다. 李子는 의정부 사인舍人이었으며, 김자유金子裕와 이자의 넷째 형 해瀣, 농암의 둘째 자제 가허架虛는 참봉이요, 공간公幹은 경기도사였으며, 남백인南伯仁은 성균관의 학정이며, 풍기 사람 안대보安大寶는 형조의 사무관이었는데 자리를 함께하였다.

이튿날 한강변 제주정濟州亭(한남동)에서 이현보를 전별하는 잔치가 베풀어졌다. 도성의 사대부들이 조정을 온통 비우고 나와서 전별하였으며, 李子는 두모포까지 따라가 전별하였다. 농암이 배에서 절구를 지어 말하기를, '가을바람에 지는 낙엽 뿌리로 돌아감 합당하다.'라 하였다.

농암은 〈어부사〉 장·단가를 엮어서 시중드는 시아侍兒에게 노래하게 하고, 발문跋文을 지어줄 것을 부탁하였다.

귀밑털이 흰 어부가 갯가에 살며
물에서 사는 것이 산에 사는 것보다 낫다고 하네.
비떠라비떠라
아침 썰물 빠지고 나면 저녁 밀물 오는구나.
찌그덩 찌그덩 엇샤
배에 기댄 어부 한쪽 어깨가 솟았구나.

푸른 향초 잎사귀에 시원한 바람이 불고
붉은 여뀌꽃 가에 흰 해오라기가 한가롭구나.
닻 들어라 닻을 들어라
동정호 속으로 바람 타고 들어가리라.
찌그덩 찌그덩 엇샤
돛대 급히 올리니 앞산이 문득 뒷산이 되는구나.

종일토록 배를 띄워 안개 속으로 들어가니
때때로 노를 저어 달빛 아래 돌아온다.
이어라이어라

내 마음 가는 곳 따라 기심을 잊었노라.

찌그덩 찌그덩 엇샤

돛대 두드리며 물결 타고 정처 없이 흘러가노라.

세상만사에 마음 없이 낚싯대 하나 드리우니

삼공 벼슬도 이 강산과 바꿀 수 없어라.

돛디여라돛디여라

산비와 냇가 바람에 낚싯줄을 거두노라.

찌그덩 찌그덩 엇샤

일생의 종적이 푸른 물결에 있어라.

봄바람 속에 해는 지고 초강이 깊은데

이끼 낀 낚시터에 수많은 버들 짙푸르구나.

이퍼라이퍼라

푸른 부평초 신세에 흰 해오라기의 마음이라.

찌그덩 찌그덩 엇샤

언덕 너머 어촌에는 두서너 집이 보이는구나.

〈탁영가〉 그치자 모래톱 강변이 조용한데

대밭 오솔길엔 사립문 아직 열렸구나.

비셔여라비셔여라

밤에 포구에 정박하니 주막이 가깝구나.

찌그덩 찌그덩 엇샤
선창에서 질그릇에 혼자 술 기울일 때구나.

취해서 조는데 부르는 사람이 없어
앞 여울로 떠내려가도 알지 못하는구나.
비미여라비미여라
복사꽃 흐르는 물에 쏘가리가 살쪘구나.
찌그덩 찌그덩 엇샤
강 가득한 바람과 달이 고깃배에 들어오는구나.

밤은 고요하고 물은 찬데 물고기가 물지 않으니
배에 가득 밝은 달빛만 싣고 돌아오는구나.
닫디여라닫디여라
낚시 마치고 돌아와 짧은 쑥대에 매어두리라.
찌그덩 찌그덩 엇샤
풍류에는 꼭 서시를 태워야 하나
한 번 낚싯대 들고 낚싯배에 오르니
세상의 명예와 욕심이 다 멀어지노라.
비브텨라비브텨라
배를 매니 아직 작년 흔적 남아있구나.

찌그덩 찌그덩 엇샤

어부가 한 가락에 산수가 푸르구나.

〈어부사 단가短歌〉

이런 속에 시름없으니 어부의 생애로다

일엽편주一葉扁舟를 만경파萬頃波애 띄워두고

人世를 다니젯거니 날가눈 주를알랴.

구버눈 천심녹수千尋綠水 도라보니 만첩청산萬疊靑山

십장홍진十丈紅塵이 언매나 ᄀ렛눈고

江湖애 月白ᄒᄀ거든 더옥 無心ᄒ얘라.

청하靑荷애 바볼ᄡ고 녹유綠柳에 고기뻬여

갈대와 억새풀이 우거진 곳에 비미야두고

이런 자연의 참된 뜻을 어늬부니아ᄅ실고

山頭에 한운閑雲이 起ᄒ고 水中에 白鷗이 飛이라

사심 없이 다정한 것은 이두거시로다.

一生애 시르믈닛 고녀를 조차 노로리라

長安을 도라보니 北闕이 千里로다.

漁舟에 누어신돌 니즌스치이시랴

두어라 내시름아니라 제세현濟世賢이 업스랴.

농암은 〈어부가〉를 지은이를 알 수 없다고 하면서, 그 경위를 설명하였다.

「내가 늙어서 전원에 물러나 마음이 한가하고 일이 없어 옛 사람들이 술 마시며 읊은 것 중에 노래 부를 만한 시문 약간 수를 모아 비복에게 가르쳐 때때로 들으며 무료함을 달랬다. 아들 손자들이 늦게 이 노래를 얻어와서 보이기에 내가 보니, 그 노랫말이 한적하고 의미가 심원하여 읊조리던 나머지 사람으로 하여금 공명에서 벗어나게 하고 표연히 세상 밖으로 벗어나게 하는 뜻이 있었다. 이것을 얻은 뒤로는 전에 감상하고 기쁘게 노래하던 가사는 모두 버리고 오로지 이것에만 마음을 두게 되었다.

손수 책에 베껴 꽃 피는 아침과 달 뜨는 저녁에 술잔을 잡고 벗을 불러 분강汾江의 조각배 위에서 읊게 하니, 흥미가 더욱 진솔하여 끊임없이 하면서도 지겨운 것을 잊었다. 다만 가사가 대부분 두서가 없고 혹 중첩되었는데, 전해 쓰는 과정에서 잘못됨이 있었을 것이다.…」

귀밑머리 흰 늙은이 농암 주인이 고깃배 뱃전에서 쓴다.

李子는 그 발문에 '書漁夫歌後'를 지어 보냈다.

「전에 안동부의 늙은 기생이 어부가의 노래에 능통하여 숙부 송재 선생이 이 노기로 하여금 노래하게 하여 수연을 돕게 한 적이 있다. 그때 기뻐서 그 대개는 기록해 두었으나 전조를 얻지는 못하였다.

그 후 서울에서 이 곡을 두루 찾았으나 비록 늙은 창기娼妓라도 이 곡을 아는 사람이 없었다. 이것으로 이 곡을 알고 좋아하는 자가 없음을 알았다.…

우리 농암 선생은 벼슬을 버리고 분수가로 염퇴했다. 부귀를 뜬구름처럼 여기고 회포를 물외物外에 붙였다. 항상 조각배를 타고 물안개 낀 강 위에서 즐겁게 읊조리거나 낚시 바위 위를 배회하며, 물새와 고기를 벗하여 망기지락忘機知樂 했으니, 그 강호지락江湖之樂의 진眞을 터득한 것이다. 사람들이 이를 바라보면 그 아름다움은 신선과 같았다. 아! 선생은 이미 그 진락眞樂을 얻은 것이다.」

경상도 관찰사 조사수趙士秀가 이현보를 찾아와서 이현보를 모시고 조사수와 함께 달밤에 뱃놀이 했다. 이현보는 〈윤유월 보름에 배를 띄우고 달구경하며 퇴계의 시에 차운하다(閏六月望泛舟賞月次退溪)〉를 지었다.

亂舞狂歌期盡醉　질탕하게 춤추고 노래하며 흠뻑 취하고
潯陽赤壁入高吟　심양과 적벽 구절 소리 높이 읊조리네.
遙憐兩客尋津去　나루 찾아 떠나는 두 손님 멀리서 그리니
月白汀洲飛水禽　달 밝은 물가에 물새가 날아오르네.

　5월 어느 날, 농암을 모시고 경담鏡潭(월란암 아래쪽)에서 놀
았으며, 도잠陶潛의 〈飮酒〉詩에 화운한 연작시 20首 〈和陶集
飮酒二十八首〉를 지었다.

吾東號鄒魯　우리나라 예로부터 추로라 부르나니
儒者誦六經　선비들이 모두들 육경을 읽는다네.
豈無知好之　그것이 좋은 줄 모르는 이 없건마는
何人是有成　어느 누가 이를 과연 성취해 내었는가.
矯矯鄭烏川　높이 뛰어났어라, 정오천(정몽주)이여
守死終不更　목숨 바쳐 지키며 끝내 변치 않았네.
佔畢文起衰　뒤를 이은 점필재는 쇠한 사문斯文 일으켜
求道盈其庭　道 구하는 선비들 그 문정에 가득했네.
有能青出藍　쪽빛에서 나온 청색 쪽빛보다 더 푸르니
金鄭相繼鳴　김한훤과 정일두가 서로 이어 울렸네.

청량산 일대의 주민들은 공민왕의 몽진 때 청량사 유리보전 현판과 산성축조 등으로 연고가 있었으며, 출산 중에 죽은 노국공주, 환관들에게 시해 당한 공민왕의 억울한 죽음에 대한 역사적 사건들을 그들의 삶의 일부로 받아들이면서 청량산 축융봉의 공민왕 사당을 비롯하여 임강대 아들당, 가사리 딸당, 단천리 부부당, 내살미 왕모당 등 공민왕 가족 신을 모시고 제사와 가무歌舞를 통해서 신령과 소통하였다.

두메산골의 순진무구한 백성들은 神이 자신들을 보호해 줄 수 있다는 믿음과 감사의 마음에서 비롯되었을 것이다.

李子의 숙부 송재공이 청량산에서 공부할 때 축융봉의 공민왕사당 광감전曠感殿의 문을 활짝 열어제치고 소리쳤다.

"중흥의 임금이라 온 백성이 바랐는데, 어찌하여 만대에 나무람을 남겼는고!"

李子는 태자산 대방동에 가서 그곳 관청동폭포를 보고 詩〈觀聽洞瀑布〉를 지었으며, 낙동강을 따라 내려가다가 가송리佳松理 소두들 마을 부근을 '青溪'라고 명명하였다.

가을에 고산에 가서 가사리(날골), 고리재, 소두들, 올미재 등의 가송협의 마을들을 물을 따라 내려오니 저녁에야 퇴계에 이르렀다. 오솔길을 걸으며 좋은 경치를 만날 때마다 절구 시 한 수씩 지으니, 무릇 아홉 수가 되었다.

〈고산孤山〉

何年神斧破堅頑　어느 해 신령스런 도끼가 파헤쳤던가
하 년 신 부 파 견 완

壁立千尋跨玉灣　천길 절벽이 옥 같은 물굽이를 앉았네.
벽 립 천 심 과 옥 만

不有幽人來作主　그윽히 사는 이 여기서 주인 되지 않으면
불 유 유 인 래 작 주

孤山孤絶更誰攀　외로운 산 외로울 뿐 누가 다시 오르랴.
고 산 고 절 갱 수 반

이수창, 〈녀든길 1〉 92×73, 2007

오랜 옛날 가송마을 안쪽에 강물의 물길이 바뀌었고, 바뀐 물길에 기암절벽의 단애가 양쪽으로 있으니, 두 개로 나뉜 고산과 취벽에 옥색 강물이 굽이쳐 흐른다.

외병산外屛山과 내병산內屛山이 병풍처럼 둘러있는 가송협에 송림과 독산獨山이 솟아 있다. 사람들은 이를 청량산 선경으로 드는 옥문玉門이라 하였다.

〈날골日洞〉

日洞佳名配月潭	날골이란 佳名은 달 못과 어울리네.
官居知是謬村談	관리들 있었다는 잘못된 말임을 알겠네.
箇中儘有良田地	그 가운데 좋은 밭과 땅이 있네.
欲問琴孫置一庵	琴씨와 孫씨가 한 암자 세우면 어떨지.

날골을 '나을골'이라 하여 옛 도읍이 있던 곳으로 잘못 알고 있었으며, 금씨 손씨 두 집이 그곳에서 농사를 지었다.

〈월명담月明潭〉

窈然潭洞秀而淸	깊숙한 못과 구멍은 빼어나고도 맑은데
陰罳中藏木石靈	음흉한 짐승이 숨기네 나무와 돌 귀신을.
十日愁霖今可霽	금심스런 열흘 장마 지금 개일 듯하니
抱珠歸臥月冥冥	구슬 품고 돌아가 누웠으리 달 밝은 밤에.

가송협의 소두들 마을에서 올미재 사이의 오솔길 절벽 아래
에 낙강의 물이 깊은 沼를 이루었는데 달빛이 아름다운 연못,
월명담月明潭이라 한다.

〈한속담寒粟潭〉

瘦馬凌兢越翠岑　　야윈 말 추워 떨며 푸른 묏봉 넘는데
俯窺幽壑氣蕭森　　굽어보니 그윽한 골짜기 찬기운 서렸네.
清遊步步皆仙賞　　맑은 노을이 걸음마다 모두 신선 경치뿐
怪石長松滿碧潯　　기이한 돌 長松이 푸른 물가에 가득하네.

일동(가사리) 아래 두 개의 못이 있으니 '월명담'과 '한속담'
이다. 그 아래 편편하여 5, 6인이 앉을만한 '경암'이 있는데, 벽
력암 아래 소는 '한속담'이요, 학소대의 바위가 '경암'이다.

〈경암景巖〉

激水千年詎有窮　　천 년 동안 물살에 어찌 삭아버리지 않나
中流屹屹*勢爭雄　　물결 가운데 우뚝 서서 그 기세 씩씩하네.
人生蹤跡如浮梗*　　사람들의 발자취는 부평초 줄기 같으니
立脚誰能似此中　　다리를 굳게 세울이 여기 있음만 하리.

*흘흘屹屹 : 산이 우뚝한 모습.
*부경浮梗 : 물에 뜨는 인형, 부평초처럼 정처없이 떠돌아다님.

퇴계의 녀든길, 청량산 전망대에서

〈메네 긴 소(彌川*長潭)〉

長憶童時釣此間   어릴 때 여기서 낚시하던 일 기억하네

卅年風月負塵寰   삼십 년 동안 자연을 등지 속세에 살았네.

我來識得溪山面   나 돌아와 알겠네 옛 시내와 산 모습을

未必溪山識老顏   시내와 산은 늙은 나를 알아보지 못하리.

*미천彌川 : 弓(활 궁)과 소리를 나타내는 爾(너 이)가 합쳐진 형
성자, 활시위를 당기는 것을 가리키는 한자이다.

청량산이 바라보이는 '퇴계 녀던길'의 전망대에서 바라보이
는 하늘 아래 청량산, 그 아래의 단애가 '학소대'이고, 학소대
뒤에 농암종택이다. 낙강이 고산정에서 농암종택 앞을 지나서
활처럼 학소대를 급박하게 돌아나오는 미천彌川이 학소대에
가려져 보이지 않는다. 학소대 건너편 강변의 평평한 지역이
'맹개'가 아스라이 보인다.

〈백운동白雲洞〉

青山綠水已超氛   푸른 산 파란 물은 속세를 벗어났고

更著中間白白雲   다시 드러났네 희고도 흰 구름이

爲洗鄕音還本色   사투리 이름 씻고 본 모습 되돌려주려니

地靈應許我知君   땅 신령 허락하리 나 그대의 뜻 안다고.

청량산 전망대에서 낙강 건너편의 단애 아래의 장담長潭을 '백운지'라 한다. 청량산의 암봉이 햇빛을 받아 반짝이고 학소대를 급박하게 돌아 나온 물길이 강폭이 넓어지면서 느리게 흐르고, 산에는 꽃들이 흐드러지게 피고 강을 가로질러 학이 날고 물속에는 은어가 은빛 비늘을 퍼덕이는 연비어약鳶飛魚躍의 자연이 펼쳐진다.

〈단사벽丹砂壁〉

下有龍淵上虎巖　아래는 용이 사는 못 위로는 호랑이 굴
藏砂*千仞玉爲函　천 길 丹砂 묻었고 옥으로 함 만들었네.
故應此境人多壽　그 때문에 이곳 사람들 흔히 장수하나니
病我何須斸翠巘　병든 나 왜 퍼런 산 꼭지 자르리오.

*장사藏砂:《포박자》요씨가 살던 집은 대대로 장수長壽하였는데, 그 집 우물곁에 한약재 단사丹砂가 있었다고 한다.

백운지의 강물이 왕모산의 단애 아래를 돌아서 내살메로 흘러가는 강마을이 단사 마을이다. 단사 마을에서 강 건너 왕모산의 단애를 단사벽이라 한다.

〈내살메(川沙村)〉

幽夐川沙李丈居*	그윽히 먼 내살메 이씨 어른 살고 있네
平田禾熟好林墟	넓은 들에 벼 익고 숲 동산 아름답네.
卜隣*我亦專西壑*	이웃 선택하되 나는 西壑을 차지하고서
茅屋中藏萬卷書	초가집 가운데 갖추었네 일만 권 책을.

*이장거李丈居 : 이현보의 아우 이현우이며, 이덕홍의 조부.
*복린卜隣 : 집 장소보다 이웃을 선택할 것이니라.
*서학西壑 : 당시 하명동 자하봉 아래 마련한 땅.

내살메川沙村는 도산서원 낙강 건너 마을이다. 단사벽을 돌아 나온 물길은 강가에 모래톱을 쌓아놓고 도산서원 앞을 흘러 간다.

〈갈선대葛仙臺〉

蒼崖映帶明丹葉	검푸른 벼랑 붉은 잎 밝게 빛나고,
綠水透迤護白沙	푸른 물 구불구불 흰 모래 지켜주네.
欲勸一杯句漏令	한잔 술 구루현령에게 권하고자 하니,
三山何許是仙家	삼신산 어디쯤에나 신선의 집 있겠는가?

갈선대(칼선대)는 왕모산에서 단사 마을이 파노라마처럼 내려다보이는 절벽 위의 우뚝한 곳, 훗날 이육사는 이 갈선대에 서서 詩〈절정絶頂〉을 읊었다. '서리빨 칼날진 그 우에 서다', '한 발 재겨 디딜 곳조차 없다' 조국의 절박한 상황에 대한 극복 의지를 읊었다.

〈고세대高世臺〉

四老昇天鶴不回　　네 노인 하늘 오르니 학 되돌아오지 않고
閒雲深谷只空臺　　한가로운 구름 깊은 골짝에 텅 빈 대뿐.
誰知邈邈千秋後　　뉘 알리오 천년의 세월 흐른 후에,
白髮騎牛我亦來　　소 타고 백발 휘날리며 내가 오게 될지.

고세대는 왕모산성 아래에 있다. 왕모산성은 홍건적의 난을 피해 복주福州(안동)로 피란 왔을 때 공민왕이 자신의 어머니를 피신시키면서 축성한 성이라는 전설이 있다.

조카 교교와 손자 안도安道, 덕홍과 함께 달밤에 탁영담에 배를 띄워 강물을 거슬러 올라가서 반타석에 배를 대고 역탄에 이르러 닻줄을 풀었다. 술이 세 순배가 돌자 옷깃을 여미고 심신心神을 집중하여 〈적벽부赤壁賦〉를 읊으시고,

"소공蘇公이 비록 병통病痛은 있지만, 그 마음의 욕심이 적었던 것은 '진실로 나의 소유가 아니면 비록 털끝만 한 것도 취하지 않는다.'라고 한 구절에서 볼 수 있다. 일찍이 귀양 갈 때에 관棺을 싣고 갔으니, 그가 속세에 구속받지 않는 모습이 이러했다."

청淸·풍風·명明·월月로 운을 나누었는데, 明자 운을 얻어 詩를 지으셨다.

水月蒼蒼夜氣淸	푸른 물 달빛 아래 밤기운 맑은데
風吹一葉泝空明	바람이 쪽배 밀어 빈 강 거슬러 오르네.
匏樽白酒飜銀酌	박 술통의 막걸리 은잔에 오가고
桂棹流光掣玉橫	삿대는 물결 저어 옥횡성을 끌어올리네.
采石顚狂非得意	채석강의 미친 짓은 뜻에 맞지 않으나
落星占弄最關情	낙성호에서 시 짓던 일이 마음에 걸려라.
不知百世通泉後	모르겠네, 백 세 뒤에 통천 땅에서
更有何人續正聲	다시 어느 누가 바른 소리 이어갈지.

넷째 형 해瀣의 부음을 받았다. 해瀣는 한 해 전 충청도 관찰사로 재직할 때 일어난 유신현維新縣(忠州牧)의 옥사獄事 문제로 추고를 당하여 곤장을 맞고 함경도 갑산으로 귀양을 가던 도중 미아리에서 서거하였다.

사헌부 대사헌 해瀣는 "이기李芑는 정승으로 적합하지 못하다"고 논한 적이 있었다. 이기는 이에 앙숙을 품고 있다가, 1549년(명종 4) 이기가 영의정에 오르면서 '유신현의 옥사獄事'로 죄를 얽어서 결국 죽음을 당하게 한 것이다.

해瀣의 자제 녕甯과 교喬 등이 운구하여 12월 12일 연곡 언덕에 장사 지냈다. 이때로부터 18년이 경과한 정묘년(1567) 6월에 해瀣의 억울한 죄가 신설伸雪되고 관작이 회복되자, 李子는 해瀣의 묘지명「嘉善大夫禮曹參判兼同知春秋館事五衛都摠附副摠管李公墓誌銘(幷序)」과 묘갈명「嘉善大夫禮曹參判兼同知春秋館事五衛都摠附副摠管李公墓碣銘」을 지으면서, 해瀣가 을사사화 이후의 정국의 혼란 과정에 이기·이무강 등의 정치적 음모에 의해 억울하게 죄를 받고 죽게 된 사실을 소상하게 밝혔으며, 이기는 죽은 뒤 문경文敬이라는 시호가 내려졌으나, 선조 초년에 모두 삭탈되었다.

李子는 다섯 살 위인 넷째 형 해瀣는 단지 형이 아니라 아버지요, 스승이었으며, 출사한 후에도 반석과 같이 든든한 멘토 Mento가 되어주었다. 처세가 난감難堪할 때면, 자상한 해瀣는 어린 시절 고향의 서당에서 함께 읽고 외었던 '천자문'으로 일깨워 주었다.

庶幾中庸　일에 있어서나 지나침이 있어서는 안 되며
勞謙謹勅　애쓰고 겸손하며 삼가고 경계하라.
聆音察理　소리를 듣고 이치를 살펴 작은 일에 주의하고
鑑貌辨色　외모를 살피어서 그 속내를 분별하라.

작별할 때 아우에게 '자네는 이 고을을 떠나지 말게. 명년에 내 다시 와서 이 자리에서 술잔을 들지.'
해질 무렵 서성거리다 떠나간 형은 영영 돌아올 수 없게 되었다.

西日奄奄若不遲　어느덧 서산에 해는 지는데
躑躅橋上酒闌時　술자리 파하고도 다리 가에서 서성거리네.
雲山聽我丁寧說　구름 낀 산도 분명 내 말 들었으려니
好待明年來有期　명년에 다시 오리니 기다리게나.

풍기군청을 무단이탈한 일로 고신告身 2등二等을 삭탈削奪
당하자, 〈壇棄豊基郡守推考緘答狀(庚戌正月)〉을 올려 자신은
병 때문에 봉직하기가 어려워 감사에게 여러 차례 사직을 청하
였으나, 허락하지 않아서 부득이 돌아올 수밖에 없었다고 변명
하였다.

임자년(1552)에 李子는 부름을 받고 조정에 돌아가지 않을
수 없었다. 음식물을 내리고 첨지중추부사(정3품 무관)를 제
수했으나, 이를 사양하며 전문箋文을 올렸다.
「분에 맞게 농촌으로 돌아간 것이 어찌 곤궁을 지키는 지사
志士를 본떠서이겠습니까? 황송하게도 내리신 음식물이 하늘
에서 내린 듯한 것을 외람되이 받게 되었으니, 물가를 가듯 조
심스럽고 두렵기 그지없습니다. …

신명身命이 잔약한데다 일찍부터 고질痼疾이 있어 날이 갈수
록 심해져 정신이 피곤하고 기운이 나른합니다. 이미 힘껏 벼
슬자리에 나가지 못하면서, 어찌 죄를 지며 영화를 탐내는 짓
을 할 수 있겠습니까? 고인의 경계하신 뜻을 경외하고 남들의
비웃음을 부끄러워하며 벼슬을 내어놓고 집에서 지내려고 하
였는데, 이런 사정私情이 위에까지 통하기가 쉽지 않아서 성조
聖朝는 매양 용납하는 아량을 보이셨습니다. …」

을묘년(1555) 2월, 병을 이유로 고향집으로 돌아가겠다는 결심을 굳히고 세 번이나 사직서를 내어 마침내 해직되어 3년 만에 고향으로 돌아올 수 있었다.

경연관들이 낙향한 이황의 조행과 지조를 아뢰었다.

"이황이 병으로 내려간 지 거의 한 달이 됩니다. 지금 일명一命(가장 낮은 계급)의 관작官爵도 사람들이 모두 하려고 하는데, 욕심 없이 물러갔으니 만일 이러한 사람을 높이고 장려한다면 선비들의 습속이 격려될 것입니다." 전경典經 이귀수李龜壽가 아뢰자, 이어서 시독관侍讀官 신여종申汝悰은

"이귀수가 아뢴 말이 꼭 맞는 말입니다. 이황이 돌아간 것은 아주 돌아간 것이 아니라 병으로 내려갔다고 합니다. 그러나 돌아오는지는 알 수 없습니다. 그의 사람됨은 문장은 여사로 하는 것이고 조행이 매우 고매하므로 사림들이 추앙하여 중히 여기고 온 세상이 귀하게 여깁니다.

안정되고 조용하게 자신을 지켜 포의布衣 때처럼 담담하고, 조정에 있게 된 지 이미 오래이지만 살 집도 장만하지 않고 셋집에서 살고 있습니다. 이러한 사람은 진실로 아름답게 여기며 숭상해야 할 것이니, 반드시 높이고 장려하여 도로 부른다면 선비들의 습속이 격려되어, 탐심 많은 사람은 청렴해지고 나약한 사람은 뜻을 굳게 가지게 될 것입니다."

문종 임금이 정원에 전교하기를,

"이황이 비록 병으로 내려가기는 했지마는, 이 사람은 문장과 조행이 귀하게 여길만한데, 이번에 또 욕심 없이 물러갔으니 그의 뜻이 가상하다. 도로 첨지중추부사僉知中樞府事를 주고, 본도本道의 감사監司에게 하서下書하여 음식물을 제급題給하도록 하라. 만일 병을 치료하려면 반드시 서울에 있어야만 널리 의원과 약재를 알아볼 수 있을 것이니, 모름지기 속히 조리하여 올라오라는 것도 아울러 하서하여 깨우치도록 하라."

음식을 내린 은사恩賜가 있었기 때문에 제문〈宣賜食物祭告家廟文〉을 지어서 가묘家廟에 고유告由하는 제사를 지냈다.

을묘년(1555) 6월, 농암이 위독해서 문병 갔다. 이때 호남에 왜구가 성을 함락시킨 사실을 보고하자, 농암이 벌떡 일어나서 李子의 손을 잡고 슬피 울면서 목이 매여 말하기를,

"나라의 일이 이 지경에 이르렀으니, 어떻게 할 것인가."

李子는 농암의 병세가 위독한 것을 보고, 병이 더칠까 걱정스러워, 권사權辭로 그 염려하는 마음을 풀어주었다.

"전라도 도순찰사 이준경李浚慶이 경상·청홍도 방어사에게 군사를 거느리고 달려가 왜적을 쳐서 무찌르도록 했습니다.

지금쯤 왜적들이 죽거나 바다로 달아났을 것이니, 염려하지 마십시오."

"그대 말대로라면 내가 조금 마음이 놓이오."

농암이 향년 89세에 서거逝去하였다. 명종이 이현보에게 효절공孝節公이라 시호諡號를 내렸다. 인자하고 은혜로우며 어버이를 사랑한 것을 孝라 하고, 청렴을 좋아하고 스스로 극복한 것을 節이라 한다.

李子는 행장과 제문을 지었으며, 만사輓詞〈知中樞聾巖李先生輓詞二首〉를 지어서 부내의 농암댁을 찾아가서 조문하였다.

寵眷三朝厚	세 조정에서 총애 두터웠고
風流一代尊	한 시대에 풍류 드높았네.
浮雲等軒冕	벼슬은 뜬구름처럼 여겼고
勝事極林園	임천에 좋은 일이 많았네.
幾幸藍輿擧	남여 멘 것이 얼마나 다행인가,
俄驚鶴夢騫	갑자기 학의 꿈이 깨고 말았네.
羊曇無限慟	양담처럼 한없이 애통하여
不忍過西門	차마 서문을 지날 수가 없네.

청량산은 李子 가문의 산으로 5대 고조부가 송안군으로 책봉되면서 나라로부터 받은 봉산이므로, 청량산은 오가산吾家山이라 하였고, 청량정사를 오산당吾山堂이라 하여 청량산은 李子의 학문과 사상의 산실이다. 이곳에서 학문을 심화시켜 독자적인 학문을 완성하였으니, 말년에 자신의 호를 '청량산 노인'으로 삼은 것은 청량산에 대한 남다른 애정에서 비롯된 것이다.

55세의 李子는 맏손자 안도와 정유일 등 동네의 젊은이들을 데리고 청량산에 갔다. 벼슬의 족쇄에서 벗어나 고향 집으로 돌아온 그해 겨울 서울에서 살면서 꿈속에서나 만났던 청량산을 작정하고 들어갔다가 한 달이 지나서야 돌아왔다.

청량산 가는 길에 고산의 암자에서 밤을 지내고 이튿날 새벽에 청량산으로 들어갔다.

日洞主人琴氏子　일동이라 그 주인 금씨란 이가
隔水呼問今在否　지금 있나 강 건너로 물어보았더니
耕夫揮手語不聞　쟁기꾼은 손 저으며 내 말 못 들은 듯
惝望雲山獨坐久　구름 걸린 산 바라보며 한참을 기다렸네.

그날 청량산에 들어가는 감회를 〈十一月入淸涼山〉을 지어
서 노래하였다.

休官處里閭	벼슬을 사직하고 고향마을에 살면서
養疾頗相梗	병을 다스리려 하나 자못 도움이 통하지 않네.
仙山不在遠	신선의 산이 멀리 있지 않기에
引脰勞耿耿	목 늘여 마음에 잊지않고자 노력하였네.
夜宿孤山庵	고산의 암자에서 밤을 지새고
晨去越二嶺	새벽에 나서 두 고개를 넘었네.
俯看積曾冰	고개 숙여 바라보니 이미 얼음이 쌓였고
仰視攢疊穎	바라보니 잇닿아 모인 빼어남 우러러보네.
跨木度奔川	나무를 넘고 빠른 내를 건너서
凌兢多所警	두려움이 심하니 많은 곳을 조심하네.
深林太古雪	깊은 숲에는 아주 오랜 옛날의 눈이요,
白日無纖影	밝은 한낮에도 가는 그림자도 없구나.
側徑滑以阤	비뚤어진 지름길은 미끄러워 위태롭고
其下如坑穽	그 아래의 구덩이는 함정 같구나.
行行力已竭	가고 가다 보니 힘은 이미 다하고
上上心愈猛	오르고 오르니 마음은 갑자기 유쾌하네.
山僧笑且勞	산속 스님 우선 웃으며 위로하고

延我西寮靜　　나를 서쪽의 조용한 집으로 인도하네.

安神八九日　　팔구일을 마음을 편안히 하고

閉戶藏頭頸　　출입구 닫고는 머리와 목을 감추었네.

不見滕六怒　　물 솟듯한 기세를 죽이며 보이지 않으니

焉知屛翳逞　　숨어 은퇴한 즐거움 어찌 알리오.

今朝愛日姸　　오늘 아침 아름다운 해를 사랑하여

策杖巖路永　　지팡이 짚고 바위 길 가려니 요원하구나.

陟彼揷天嶺　　저 중첩한 산은 하늘에 산봉우리 꽂고

宇宙雙眼騁　　우주에 견주어 회포를 풀며 본다네.

衰筋畏峻極　　쇠한 힘이 두려워 조심하여 높이 다다르니

此願未遽幸　　이 염원에 어찌 은혜를 베풀지 못할까?

躋攀猶少試　　더위잡고 오르니 오히려 살필 것은 적고

顧眄雲千頃　　다만 천 이랑의 구름만 바라보네.

妙意祗難言　　오묘한 정취 다만 말하기를 삼가고

佳處每獨領　　아름다운 곳 탐내어 홀로 차지하네.

歲律行欲窮　　세월의 법은 행하길 다하려 하는데

不恨身幽屛　　몸을 가두어 감춘 것을 후회하지 않네.

懷哉平生友　　평생을 가까이 비롯하며 생각하니

使我心怲怲　　나로 하여금 마음에 근심하고 근심하네.

珍諾未成踐　　진귀함 따라 밟기를 아직 다 이루지 못하니

遐蹤又難請　멀리 좇아 다시 청하기가 어렵구나.
安得此同來　편안함 얻어 이에 함께 와서
努力造絶境　힘을 다해 멀리 떨어진 땅을 성취할까?

연대사 등 거처하기 편한 곳은 모두 사정이 있어서 청량암에 머물렀다.
이때 우주宇宙를 보았다고 읊었다.

'宇宙雙眼騁　우주에 견주어 회포를 풀며 본다네.'

그것은 적막하고 그윽하였다. 그것을 유有로 이끌려고 하나 빛 속에 출렁이었고, 그것을 무無라고 하자니 만물이 그것을 타고 생겨난다. 원효元曉는 이를 대승大乘이라 하여 그 종체宗體를 깨달았고, 李子는 이를 사단四端이라 하고, 사단칠정四端七情의 성리性理를 깨달았다.

居山猶恨未山深　산에 살면서 산 깊지 못함 유감스러워,
蓐食淩晨去更尋　이른 새벽 밥 먹고 더 깊이 찾아가 보네.
滿目群峯迎我喜　눈 가득 뭇 봉우리들 나를 반겨 맞아주고,
騰雲作態助清吟　구름은 맵시 내어 맑고 읊조림 도와주네.

낙강이 태백에서 흘러내려 동산을 적시니 청량한 기운이 봉우리마다 맺히더라. 바위 한 덩어리로 솟아올라 바람에 흩어지고 빗물에 갈려서 온갖 기이한 변화를 이루었으니, 맑고 서늘하여 '맑을 청淸과 서늘할 량凉'을 이름으로 하여 사람들은 청량산이라 불렀다.

청량산 전체가 사암寺庵이라 할 정도로 청량산은 많은 암자
가 골짜기마다 들어서 있었다. 청량산은 승려·속인·남녀노소
가 평등하고 귀천의 차별이 없었다. 일반 대중을 대상으로 잔
치를 베풀고 물품을 골고루 나누어 주는 법회인 무차대회無遮
大會를 열었을 때, 33곳의 암자에서 바람을 따라 들려오는 범
패梵唄 소리가 마치 천둥소리처럼 울려 퍼졌다.

"누구나 깨달은 자는 '붓다(부처, 佛)'가 될 수 있다."

싯다르타Siddhartha의 가르침을 베푼 녹야원鹿野苑처럼 산 전
체가 하나의 불국토를 이루었으니, 붓다의 당체當體를 본 원효
가 금탑봉金塔峰 아래 암자에서 바리때〔발우鉢盂〕 하나 만으로
좌선坐禪할 때 봉우리마다 불심을 담아 보살봉·원효봉·의상
봉·반야봉이라 이름하였다.

청량산 연화봉 아래의 '유리보전琉璃寶殿'에 약사유리광여래
를 봉안하고 공민왕이 쓴 현판을 걸었다.

약사불은 중생의 질병을 치료하고 우환을 없애주는 부처로
서, 지옥에서 중생을 구제하는 목조 지장보살地藏菩薩, 반야般
若의 지혜를 품은 삼베에 옻칠한 건칠불 문수보살文殊菩薩을
좌우측에 둔 삼존협시불〔三尊佛〕이다.

김생金生은 청량산 너머 재산에서 물의재를 넘나들며 청량산의 바위굴에서 서예를 닦았다. 경주 남산 기슭의 창림사에 두 마리의 거북이 등 위의 비신碑身에 김생이 쓴 창림사쌍귀부 비문이 있었다.

조맹부趙孟頫는 이 창림사비昌林寺碑 발문跋文에,

"…신라의 승려 김생이 쓴 신라국의 창림사비인데 자획이 매우 법도가 있으니, 비록 당나라 사람의 유명한 각본刻本이라도 이보다 크게 낫지 못할 것이다."라고 썼다고 한다.

김생의 필법이 고금에 뛰어난 것임을 짐작할 수 있으나, 창림사쌍귀부昌林寺址雙龜趺는 물론 비문의 탁본도 전하지 않는다.

서거정의《필원잡기》에 김생의 글씨가 중국 사람들에게 왕휘지체로 비견되었다는 일화가 있다. 고려의 학사 홍관洪瓘이 송나라에 갔을 때, 한림 대조 양구楊球와 이혁李革이 족자에 글씨를 쓰고 있었다. 홍관이 김생의 행서와 초서 한 권을 보여주니,

"오늘, 왕우군〔王羲之〕의 진적眞跡을 얻어볼 줄은 생각지 못하였다." 두 사람이 크게 놀라며 반겼다.

"이것은 왕우군이 아니라 신라 사람 김생의 글씨이외다."

홍관이 말하니, 두 사람이 이를 믿지 않고 웃으며,

"왕우군 아니면 어찌 이 같은 신묘한 필적이 있으리오."

홍관이 항변하였지만 그들은 끝내 듣지 않았었다.

청량산은 산의 높이나 웅장하기는 태백산이나 일월산에 비할 바 못되지만, 가파른 암벽 봉우리가 중첩되어 주변의 수목과 산 아래의 낙동강과 어우러진 곳에 안개와 구름이 산봉우리를 감돌고 오르면 별유천지가 된다. 청량산에 머물면서 청량산을 신선이 산다는 무릉도원처럼 느껴졌다.

청량산 육육봉六六峰을 아느니 나와 백구白鷗,
白鷗ㅣ야, 헌亽흐랴. 못 미들 손 도화桃花ㅣ로다.
桃花ㅣ야, 써나지 마라. 어주자漁舟子ㅣ 알가 흐노라.

갈매기는 청량산 육륙봉을 소문내지 않겠지만, 복사꽃이 물에 떠 흘러가면 바깥세상에 비경을 알려질 것이니 미덥지 않다는 것이다. 산의 아름다움을 자신만이 간직하고 싶은 욕심을 읊었지만, 그윽하게 살고자 하는 소망이 담겨 있다.

금수강산錦繡江山에서 아름다운 곳이 청량산뿐일까만, 무릉도원처럼 느껴지게 하는 원효가 바리때[발우鉢盂] 하나만으로 좌선坐禪할 때 金生은 바위굴에서 서예를 닦았으며, 李子가 성리性理를 깨달았으니 성산聖山이 아닌가.

당나라 시인 유우석劉禹錫은 '산은 높아서가 아니라, 신선이 살면 이름을 얻는다.(山不在高 有仙則名)'

청량산에서 집으로 돌아온 뒤, 김언거金彦琚(자 季珍)가 광주에서 보내온 편지에 답장을 보내서, 사간원의 탄핵으로 홍문관 교리가 체직된 것을 마음 아파하면서, 그의〈風詠亭詩帖〉뒤에 짤막한 발문〈書金季珍風詠亭詩帖後〉과 詩를 지어 위로하였다.

'풍영정風詠亭'은 광산구 칠계漆溪(극락강) 언덕에 있으며, '風詠'은 '풍우영귀風雩泳歸'에서 따온 것으로, '시가를 읊조린다'라는 의미로, 풍영정에는 지금도 시판이 많이 걸려있다.

풍영정 시판

〈홍도화紅桃花 아래서〉 김계진金季珍에게 부치다 2首 其一

栽花病客十年回 　꽃 심었던 병든 객 십 년 만에 돌아오니
재 화 병 객 십 년 회

樹老迎人盡意開 　늙은 나무 나를 맞아 마음껏 꽃피웠네.
수 로 영 인 진 의 개

我欲問花花不語 　꽃에게 물었으나 꽃은 잠잠 말 없으니
아 욕 문 화 화 불 어

悲歡萬事付春杯 　세 가지 유익한 벗 함께 서성임 없으리.
비 환 만 사 부 춘 배

저녁 비는 보슬보슬 새소리는 슬픈데, 온갖 꽃들 말없이 어
지러이 떨어지네. 어느 누가 피리로 봄 시름을 부는가 향긋한
풀 하늘가에 한없는 생각일세(其二).

李子는 귀향 중에도 외부와 단절하지 않고 직접 방문하거나 서신을 주고받았다.

경주 부윤 이정李楨이 찾아왔다. 그는 초정椒井(봉화 悟田약수탕)에 온천욕을 하는 것을 사유로 경주 관내를 벗어나 이자를 방문하기로 약속하였다. 그러나 그때 마침 장맛비가 계속 쏟아져 물이 불어 길이 막히는 바람에 오다가 다시 돌아가지 않을 수 없었다. 그래서 재차 방문하였으나, 그때도 비 때문에 물이 불고 동네에는 역기疫氣가 돌아 계상이나 도산에서 맞이하지 못한 채, 예안 객관에서 하룻밤 서로 만난 뒤, 아쉬운 작별을 하게 되었다.

이튿날 떠나는 그에게 이별의 정회를 담은 시 2수「贈慶州府尹李剛而」를 지어서 주었다.

조선의 유학자들을 '여성차별주의'로 보는 시각이 있으나 제자에게 보낸 편지, 〈이평숙에게 주다[與李平叔]〉에서 李子는 분명 페미니스트(féminist)라고 할 수 있다.

평숙平叔은 이함형李咸亨의 字이고, 호는 천산재天山齋이다.

평숙이 도산서당에서 고향으로 돌아가는 날 아침, 그를 집으로 불러서 아침식사를 한 후 편지 한 통을 건네주면서, 겉봉에 '길을 가다가 가만히 열어보라(道次密啓看)'라고 쓰여 있었다.

「…듣건대 공이 금슬이 좋지 않아 탄식한다는데, 무엇 때문에 이러한 불행이 있게 되었습니까. 가만히 보면 세상에 이런 걱정이 있는 자가 적지 않으니, 부인의 성질이 나빠 교화하기 어려운 경우도 있고, 못생기고 슬기롭지 못한 경우도 있고, 남편이 광포하고 방종하여 행실이 없는 경우도 있고, 호오好惡가 정상과 어긋나는 경우도 있는 등 그 다양한 유형을 다 들기 어려울 정도입니다. 그러나 대의大義로 말해보면, 모두 남편에게 달려있습니다. 남편이 반성하여 자신에게 책임을 돌리고 노력하여 잘 처신하여 부부의 도리를 잃지 않는다면 대륜大倫이 무너지는데 이르지는 않을 것이며 자신도 박절하게 굴지 않는 데가 없는 처지에 빠지지는 않을 것입니다. …

대개 옛날에 쫓겨난 부인네들은 그래도 달리 시집갈 길이 있어 칠거지악을 범한 부인을 쉽게 처리할 수 있었지만, 오늘날의 부인네들은 대체로 일부종사一夫從事를 하여 일생을 마치게 되니, 어찌 그 정의情義가 맞지 않다고 하여 길 가는 사람처럼 대하거나 원수처럼 보아 한 몸이던 부부가 반목하게 되고 한 자리에 들던 부부가 천리千里나 떨어져서, 가도家道는 출발점을 잃고 만복의 경사를 누릴 근원을 끊는 짓을 해서야 되겠습니까. …

나는 두 번 장가들었지만 줄곧 불행이 심했습니다. 그렇지만 이 부분에 대해 마음을 박하게 하지 않고 노력하여 선처한 것이 거의 수십 년이나 되었습니다. 그동안 몹시 괴롭고 심란하여 번민을 견디지 못할 때도 있었지만, 어찌 감정대로 하여 대륜大倫을 소홀히 해서 편모偏母에게 근심을 끼칠 수 있겠습니까. 이 문제에 대해 끝까지 시정하지 않는다면 어찌 학문한다 하며, 어찌 실천한다 하겠습니까.」

이평숙의 부인이 선생의 부음訃音을 듣고 3년 동안 고기반찬 없이 소식素食했으며, 대사헌을 지낸 그의 부친 이식李栻이 '答李平叔問目', '答李平叔', '與李平叔' 등의 서찰書札들을 모아서 도산으로 보내어 후세에 전하게 되었다.

허자許磁가 이기李芑의 심복인 진복창, 이무강 등의 탄핵을 받아 홍원으로 귀양갔다는 소식을 듣고, 그가 억울하게 귀양 간 것을 분개하여 詩〈六月七日作(聞許南仲遷謫)〉을 지었다.
양천군陽川君에 봉군된 허자는 허목許穆의 증조부이다.

遠壑依依雲羃羃	먼 골짜기 전과 다름없이 구름 덮이고
輕風拂拂雨紛紛	가벼운 바람 스쳐 어수선하게 비가 오네.
窓前水石含幽憤	창문 앞 물과 돌마저 깊은 원한 머금은 듯
增我平生苦憶君	나 살아가는 동안 그대 생각에 괴롭다네.

李子는 낙강변 경치 좋은 곳에 집을 지으려다 어량이 있어 집 짓기를 중단하였다.

낙강에는 은어가 많이 서식하고 있었다. 은어는 바다에서부터 거슬러 올라와서 토계와 청량산의 명호明湖에 서식하는데, 동네 아이들이 멱을 감으러 가면 은어를 잡기도 하였다.

은어는 맛이 담백하고 비린내가 나지 않으며, 수박향이 나는 은어의 뛰어난 맛에 임금에게 진상하게 되면서 누구나 은어를 잡지 못하도록 하였다. 혹 아이들이 은어를 잡으면, 타일렀다.

"국법을 어겨서는 안 된다." 그곳을 지나던 노인이 말했다.

"여름철에 아이들이 멱 감는 것은 당연한 일이고, 멱을 감다 보면 물고기를 잡는 것은 자연스런 이치이데, 아이들이 은어를 잡는 것이 무엇이 나쁜가요? 그것을 못하게 법을 만든 나라가 더 나쁘지 않나요?"

그 노인이 말이 틀리지 않음은 李子 자신도 잘 알고 있다.

"지당하신 말씀입니다. 아이들이 떡 감으며 물고기를 잡는 것은 일종의 물놀이인데, 그걸 못하게 한 법은 확실히 잘못된 것입니다. 그러나 나라에서 법으로 정한 것은 백성은 지켜야 마땅하지 않겠습니까?"

노인은 버럭 화를 내면서 반박했다.

"당치도 않은 그런 법은 지키지 않아도 됩니다."

"잘못된 법이라고 해서 지키지 않는다면, 좋은 법이라고 해서 잘 지켜질까요? 법을 만들 때는 다 까닭이 있는데, 법이 지켜지지 않는다면 나라가 어떻게 되겠습니까?"

노인은 더 이상 말을 걸지 않았고, 아이들은 계속 은어를 잡

았다. 그 후에도 잘 지켜지지 않게 되자, 하계 마을에 집 짓기를 멈추고 낙동강에서 떨어진 죽동 골짜기에 옮겨지었다.

향촌사회에서 가문 간의 통혼通婚은 중요한 의식이었다.

숙부 송재공은 두 딸을 창원과 함안까지 원혼을 하였으나, 李子는 맏며느리를 봉화 琴씨 집안 규수를 맞았다.

예안을 선성이라 하여, 선성 김씨와 선성 이씨는 예안의 토성이다. 부내〔汾川〕, 토계에는 영천 이씨와 진성 이씨, 부포浮浦에는 안동 권씨, 봉화 금씨, 횡성 조씨, 외내〔烏川〕의 광산 김씨, 둔번리 의성 김씨 등이 가문 간에 통혼하였다.

권수익의 사위 조대춘趙大椿은 조목의 아버지이며, 금란수는 조목의 매제이니, 외조부와 처외조부가 권수익權受益이다. 권수익의 생질이 이현보, 외삼촌이 김담金淡이다. 김담의 외손자가 금재琴梓, 금재는 김효로金孝盧의 사위가 되어 외내 마을에 살았다. 향촌 사회의 혼맥은 거미줄처럼 얽혀 있다.

李子는 맏아들 寯을 데리고 혼례식에 갔더니, 琴씨 문중 사람들이 외면했으며, 혼례가 끝나고 상객이 돌아간 후 琴씨 문중 사람들이 신부 댁에 몰려가 항의하였다.

봉화 琴씨는 벽상공신 금의琴儀의 후손들로서, 태조의 역성혁명, 계유정난, 연산의 폐도 정치에 안동 지역 사림들이 등을 돌리면서 琴씨는 자타가 공인하는 양반 가문이었다.

"우리 가문이 저런 한미한 집안과 사돈을 맺다니 부끄러운 줄 알아라."

李子가 앉았던 대청마루 바닥을 대패로 밀어버렸다.

소문을 듣고 분개하는 집안사람들을 타일렀다.

"사돈댁에서 무슨 일이 있었더라도 우리가 관여할 바가 아닙니다. 상대가 예를 갖추지 않았다고 예를 지키지 않으면 우리도 같게 됩니다. 더구나 사돈댁의 귀한 규수를 며느리로 맞이했는데, 우리가 소란을 피우면 며느리는 평생 한이 될 터이니 며느리를 봐서라도 진정하십시오."

李子의 증손자 창양이 함경도 덕원에서 태어났다. 손자 안도의 장인 권소權紹가 덕원부사였기 때문에 안도의 처 권씨 부인이 친정에서 증손자 '창양'을 출산하였는데, 출산 후 6개월 만에 또 임신을 하면서, 영아에게 젖을 충분히 먹일 수 없게 되어 점차 여위어갔다.

덕원에서 서울로 옮겨온 뒤 손자 안도는 아기에게 젖을 먹일 유모를 보내줄 것을 청했다.

"듣자 하니 젖을 먹일 여종 학덕이가 태어난 지 서너 달 된 자기 아이를 버려두고 서울로 가야 한다면, 이는 학덕의 아이를 죽이는 것과 다름이 없다. 남의 자식을 죽여서 자기 자식을 살리는 것은 매우 옳지 못하며, 젖먹이 아이를 버려두고 어미를 보내는 것은 사람으로서 차마 못 할 노릇이니, 다시 생각해 보도록 하여라."

조부의 강경한 반대로 여종 학덕이는 서울로 가지 않았다. 그러나 증손자는 영양실조와 설사병으로 두 돌을 갓 넘기고 사망하였다. 李子는 말년에 증손자를 잃은 일을 가장 큰 슬픔으로 여겼다.

안도의 처 권씨 부인은 아들 창양을 먼저 보낸 것이 자신의 탓이라 여겼다. 남편의 상喪을 당하고 겨울에도 홑옷을 입고 찬 땅바닥에서 잠을 잤으며, 남편의 3년 상을 치르고도 상복을 벗지 않았고 허리춤에 찬 상복 띠도 풀지 않고 20여 년을 살았다. 딸만 셋을 둔 부인은 훗날 시동생 이영도의 둘째 아들 이억을 양자로 들였다.

"내가 남편을 따라 죽지 못하고 목숨을 이어가는 것은 단지 후사後嗣 때문이다. 만일 후사를 세우지 못하고 죽으면 저승에서 무슨 낯으로 그분을 대할 것인가."

오늘날, 퇴계 종택 대문에 '烈女通德郎行司醞署直長李安道 妻參人安東權氏之閭'이라 새긴 '정려문'이 걸려있다.

이안도 처 안동 권씨는 임진왜란으로 인한 피난 중에도 선생의 저작물을 혼신으로 지켰다.

李子가 살던 집은 초옥이었다. 사후死后에 지은 한수정 등 '퇴계 종택' 건물은 일본군의 방화로 모두 타버렸고, 1929년 선생의 13대손 하정霞汀 이충호李忠鎬가 종택을 다시 신축하였다.

李子는 출사하여 고관을 지냈지만 살림은 늘 간구艱苟하였다. 서울에 처가(장인 권질의 집)가 있었으나, 그가 살던 집은 십자가로十餘架路에 있어서 남들은 견딜 수 없을 정도이지만 그는 이것을 넉넉한 듯이 여겼다.

李子가 귀향했을 때, 거처할 곳이 마땅치 않아서 월란암에서 지내기도 하였는데, 한서암寒樓菴을 지어서 가족이 거처하고, 자신은 한서암 건너편 시냇가에 두 칸 정도의 초옥 '계상서당'을 지어서 후학을 가르쳤다.

공부만 하는 선비들은 궁핍을 당연시하거나 경제생활에는 초연한 것으로 인식되기 쉽다. 李子는 잃어버린 말 한 필 값을 치를 형편이 안 될 만큼 군색窘塞하였다.

李子의 가서家書에, 윗대 어른들이 부라촌(부포)으로 이주하여 의인宜人 땅을 개간하였으며, 할아버지 이계양李繼陽도 그 토지를 관리하다가 봉화현 교도가 되어 마침 산수가 아름다운 온계를 지날 때, 민가 한 집이 있었고 묵정밭이 있어서, 시냇물을 끌어들여 묵정밭을 개간하여 정착하게 되었다.

李子의 후손들이 터를 잡고 살고 있는 토계(상계)와 죽동(댓골), 의인, 백운지(배오지) 등에 161필지에 1,521마지기의 토지를 유산으로 받았으며, 영주, 의령, 고성 등지에 처가로부터 많은 토지를 분재 받았는데, 매년 시후時候와 농형農形에 대하여 민감하여, 벼 한 섬, 소 한 마리의 증감과 용처를 계량하였으니 그는 철저한 경제인이었다.

당시의 선비들은 선유들을 평가할 때 '삼불후설'에서 '무엇보다 가장 상위의 것이 덕을 실천하는 것(太上立德)', 그 다음이 '공적을 세우는 것(其次立功)', 마지막은 '말을 세우는 것(其次立言)'이었다. 즉 인격·덕행을 첫째로, 정치·사업을 둘째로 치고, 학문·저술은 여사餘事로 보았다.

李子는 "은퇴하여 만년을 즐기는 것은 두 종류가 있다.

첫째는 현허玄虛를 사모하여 고상高尙을 일삼아 즐기는 이, 둘째는 도의를 즐겨 심성心性 기르기를 즐기는 사람이다."

그는 도의道義를 즐겨 심성心性 기름을 즐기기를 택했다.

도산 남쪽에 터를 잡고, 자신이 직접 설계하여 서당을 짓고 제자를 길렀다.

56세의 李子는 〈예안향약〉을 초草하였다. 그가 향약에 관심을 두게 된 것은 지방교화제도로서 그 가치를 인정하였으며, 방가邦家의 사풍이 해이해가는 시속에 대해서 관심을 보인 것으로 여겨진다. 특히 모제 김안국을 여주에서 회견한 사실이 그의 향약입조를 만드는데 하나의 자극제가 되었다.

李子는 '향입약조서鄕立約條序'에 향약의 당위성을 피력하였다. 〈예안향약〉은 여씨향약의 덕업상권德業相勸, 예속상규禮俗相交, 환난상휼患難相恤, 과실상규過失相規 등 4대 강목 중에서 특히 과실상규過失相規 만을 강조한 것이 특색이다.

좋은 일은 권장하고, 어려움을 당하면 도우며, 사람을 교제할 때는 예절을 지키고 잘못은 서로가 고쳐주는 것은 일상성의 당위로 마땅히 받아들여야 한다.

그러나 사류士類들이 수기치심修己治心하는 도리와 인간으로서의 측은惻隱·냉휼冷恤을 논외로 하였다. 부모에게 불손하거나 형제가 싸우거나 부부간에 가도家道를 패역悖逆하는 등의 폐민弊民은 치벌治罰하는 규정을 정하여 엄밀히 다스렸다. 이 길은 인간으로서 반드시 지켜야 할 지덕至德·요도要道이기 때문이다.

李子의《예안향약》은 후세 향약 제도의 표준이 되었다. 그가 조목에 넣은 행동 준승準繩은 향후 수백 년간 사서인士庶人의 선악의식善惡意識을 율律하는 정신적 강령이 되었던 것이다.

李子는 혼례나 상례 등 관혼상제에도 빠지지 않고 예를 다하는 등 향리를 위해 솔선수범하였으며 널리 성리학적 사회 이상 실현에 힘썼다.

가끔 향리의 잔칫집을 찾아가 상열相悅하였고 친척간의 길흉경조가 있을 때는 가까우면 반드시 직접 갔으며 거리가 먼

경우에는 사람을 대신 시켜서 예를 표하였다.

마을의 학자 가운데서 벼슬아치의 서열을 뒤따르기 부끄럽게 여기는 사람이 있어, 선생께서 말씀하셨다.

"향촌은 종족이 사는 곳이므로 관직에 관계치 않고 나이순으로 대해야 한다. 그 나이가 배가 되면 어버이로서 섬기고, 열 살이 위이면 형으로 섬기고, 다섯 살이면 견수肩隨하는 것이니, 모두 내 어버이를 높이고 내 어른을 공경함으로써 남에게 미치도록 하는 것이다. 그 공경하는 예가 혹 그 사람에 따라 차별이 있을 수 있을 뿐이다."

조선사회는 관혼상제가 엄격하였다. 李子의 禮는 禮의 지침이라고 여겼다. 그러나 그는 禮에 있어서는 가장 합리적이어서, 모든 사람에게 어느 시대든지 통용될 수 있는 법이라야 禮가 될 수 있다고 하였다.

자로子路가 귀신 섬기는 일(제사)을 묻자, 공자가 답했다.

"사람도 제대로 섬기지 못하거늘, 어찌 귀신을 섬길 수 있겠느냐?(未能事人 焉能事鬼)"

공자는 禮의 대본은 회사후소繪事後素이니, 故로 옥건玉帛이 禮가 아니오 종고鐘鼓가 樂이 아니므로, 공경하는 마음(敬而將之)이 없는 허례虛禮가 어찌 예의禮儀가 되리오.

禮의 대본이 이러하고 제례制禮의 본의가 또한 이러하니, 예를 지키되 형식은 동일하지 아니하다.

李子는 禮를 제도에 얽매이기보다는 인간 위주여야 하고, 때와 재물과 분수와 처지에 맞아야 하고, 검소하고 원칙에 맞게 시행해야 한다고 가르쳤다.

생일이나 제사를 지내면 힘에 벅차 기제사도 못 지내게 된다고 당시의 풍속을 바꾸었다. 제물을 많이 담으면 비용이 많이 든다고 쌓지 못하게 하였으며, 부모 합설 제사는 가례에 어긋난다며 단설(당사자 차림)하게 하였다.

초상에는 문상객에게 술 대신 차를 대접하고, 음복은 남과 나누어 먹지 않고 제관만 먹게 하였다.

아무리 죽은 부모가 좋아한 음식이라도 형편이 따르기 어려우면 일정한 제물만을 쓰게 하였으며, 진설도에 있더라도 철이 아니면 쓰지 못하므로 세 가지 정도를 쓰되, 철에 맞는 과일로써 제사를 지내게 하였다.

'퇴계 종가'는 수백 년 동안 자정을 넘겨 지내던 불천위不遷位 제사를 초저녁으로 전환하였다.

"禮를 제도에 얽매이기보다는 인간 위주여야 한다."

왕이 이담李湛에게 李子의 인품에 대하여 묻자,

"천한 사람들도 '퇴계 선생'이라 부르면서 모두 존경하고 우러러 받들곤 합니다. 그래서 혹 옳지 못한 행동을 한 사람은 '퇴계 선생이 알까' 두려워했으니, 그의 교화가 사람들에게 끼침이 이러합니다."

《선조실록》 선조 2년(1570) 12월 1일, 우찬성 이황李滉이 졸하였다. 자는 경호景浩, 수壽는 70이었다. 영의정에 추증하고 문순文純이라 시호하였다. 학자들이 '퇴계 선생'이라 일컬었다. 그의 학문과 사업은 문집에 실려 세상에 전해진다.

李子는 벼슬에서 물러나 향리에 있을 때, 많은 사람들이 공경대부를 지낸 분이라고 믿기보다는 유덕존자有德存者로 보았기 때문에 어쩌다 잘못을 저질렀을 경우에는 스스로 경계하였다.

"퇴계 선생이 아시면 어찌할꼬."

〈퇴계초옥에서 황금계의 내방을 기뻐하며〉

– 풍기군수를 그만두고 퇴계에서

溪上逢君叩所疑
계 상 봉 군 고 소 의
계상서당에서 그대 만나 질의에 답할 제

濁醪聊復爲君持
탁 료 료 부 위 군 지
즐거이 그대 위해 탁주를 가져왔네.

天公卻恨梅花晩
천 공 각 한 매 화 만
매화꽃 늦게 필까 하늘이 걱정하여

故遣斯須雪滿枝
고 견 사 수 설 만 지
잠깐 사이 눈 보내니 가지에 가득하네.

2. 도산의 노래
陶山雜詠

풍기군수 李子는 서원에서 직접 가르치기도 했는데, 신분을 차별하지 않고 가르쳐 준다는 소문이 온 고을에 퍼졌다.

"君子務本 本立而道生 孝弟也者, 其爲仁之本與."

서원에서 글 읽는 소리가 담장 너머까지 흘렀다.

한 청년이 걸음을 멈추고 귀 기울여 듣더니, 서원 뜰로 들어가서 마루 기둥 뒤에 서서 선생의 가르침을 경청하였다.

그 모습을 우연히 본 선생은 그를 불러서 물었다.

"그대 이름이 무엇이더뇨?"

"배순裵純이라 하옵니다."

"무엇하며 사는고?"

"배점에서 대장장이 일을 하옵니다."

그 청년은 소백산 국망봉 아래 배점 마을의 대장장이 배순이었다.

"글을 배운 적이 있던가?"

"지금이 처음이옵니다."

그날 가르친 내용 중에서, 선생은 물었다.

"'효제야자孝弟也者, 기위인지본여其爲仁之本與'의 뜻을 아느냐?" 잠시 머뭇거리더니, 조심스럽게 대답했다.

"소인이 잘은 모르오나, 부모님께 효도하고 공손한 것이 근본인 줄 아옵니다."

그는 놀랍게도 선생이 가르친 내용을 이해하고 있었다.

다음 날, 선생이 손수 쓴 체본體本을 그에게 주어서 강당 안에서 배우게 했다. 배순은 유생들 맨 뒤에 앉아서 체본을 펼쳤다. 유생들 중에는 천한 대장장이와 함께 공부하는 것을 못마땅해 하는 이도 있었다. 선생은 유생들을 타일렀다.

"인재의 우열은 기질의 순수함과 박잡駁雜함에 있는 것이지, 출생의 귀천과는 관계가 없습니다. 누구든 진리를 터득하면 성인이 될 수 있습니다.〔求仁成聖〕"

어느 날, 배순이 선생께 조심스럽게 다가가 물었다.

"모든 사물의 옳고 바른 것이 理입니까?"

선생은 그를 유심히 바라보시더니, 그가 알아들을 수 있게 차근차근 쉽게 가르치셨다.

"理'자는 구슬옥변에 속하는 글자로서 구슬의 줄이 반듯함 같이 바르다는 뜻이다. '氣'자는 '기'로서 사람의 호흡이라는 뜻이다. 理는 바르지만, 氣는 바르기는 하되 하늘에 음양이 있듯이 맑지 않으면 흐리고(淸濁), 순수하지 않으면 탁하기(粹駁)가 변화무쌍하다. 그러므로 끊임없는 주공做工(노력)으로 남에게 겸손하면서도 자신에 대하여 준열峻烈한 사람이 되어야 합니다."

그 순간, 스승의 가르침이 마치 번갯불처럼 자신의 가장 깊은 곳에서 번득임을 느꼈다. 배순은 날이 갈수록 안개가 걷히듯 세상이 밝게 보이기 시작하면서 지금까지와는 다른 세계를 보게 되었다.

"옛사람들은 학문에 뜻을 두게 되면 곤궁하다고 해서 학문을 그만두지 않았다. 학문을 그만두는 것은 애당초 학문에 뜻을 두지 않음만 못하느니라."

그는 방황하던 자신의 삶을 충만하게 하여 주는 스승의 은혜에 감사했다.

이준李埈의 《창석집蒼石集》의 〈배순전裵純傳〉에 배순은 무쇠 장인을 업으로 하였는데, 이황李滉을 마음속으로 흠모하였다. 이황의 부음을 접하고는 심상心喪 3년을 지냈을 뿐 아니라, 이황의 철상鐵像을 만들어 제사지냈다. 풍기군수 이준의 요청에 의해 정려가 하사되었다.

풍기군수 이준李埈은 시조 작가 이조년李兆年의 증손이다.

이화에 월백하고 은한銀漢(은하수)이 삼경인제
일지 춘심을 자규子規야 알랴마는
다정도 병인양하여 잠못드러 하노라.

풍기군수에 부임한 李子는 100년 전의 '정축지변'으로 침체된 순흥을 다시 진흥시키는 방안으로 지역 유생을 교육하는 서원의 동주를 겸직한 것을 다행으로 생각하였다.
　　공무를 보는 여가에 서원에 가서 제생들과 강론하였다. 강학을 통하여 백운동서원 설립의 취지가 도학의 창달暢達에 있음을 밝힌 詩, 〈白雲洞書院示諸生〉을 지어서 제생들에게 주었다.

　　　소백산 남쪽 터 옛 순흥 땅에〔小白南墟古順興〕
　　　죽계의 물 차갑게 쏟아지고 흰구름은 층을 이루었네.
　　　인재 내어 도통 지키니 공 얼마나 거룩하며
　　　사당 세워 성현 높이니 이런 일 일찍이 없었네.

　　　우러러 흠모하니 절로 준결한 석학〔俊碩〕 모여 들고
　　　학문을 닦는〔藏修〕 것은 훌쩍 뛰어오름 흠모 아니라네.
　　　옛사람 볼 수 없어도 그 마음은 오히려 볼 수 있나니
　　　연못에 달 비치니 금방이라도 얼음이 얼듯 하네.

순흥順興은 고려 때 주자학자 안향安珦이 살던 곳으로 오래 전부터 순흥 安씨의 세거지이다. 안향은 학교가 날로 쇠퇴하는 것을 근심하여 유학의 진흥을 위한 장학기금으로 섬학전瞻學錢을 설치할 것을 건의하였다.

풍기군수 주세붕이 '백운동 서원'을 세웠다. 이는 안향을 봉사하기 위하여 건립하였다.

1548년 11월에, 이곳 군수로 부임한 李子는 '이미 무너진 학문을 다시 이어서 닦는다(旣廢之學 紹而修之)'는 의미에서 따온 '소수紹修'를 서원의 명칭으로 하였다.

소수서원은 선비정신을 뜻하는 학자수學者樹라 불리는 울창한 소나무 숲속에 커다란 당간지주가 있어, 원래 이곳에는 사찰이었음을 알 수 있다.

통일신라시대에 세워진 숙수사宿修寺로서, 소수서원紹修書院의 '소수紹修'는 '숙세선연宿世善緣 조계산수曹溪山水'라는 숙수사가 지닌 불교 용어에서 비롯된 이름이다.

소수서원 입원록入院錄에 기록된 입원자 명단을 살펴보면, 李子의 제자들의 이름도 여럿이다.

1543년 영주의 박승임朴承任, 의성의 신원록申元祿, 안동의 김팔원金八元 등 3인이 최초 입원자이며, 김성일의 형 김극일金克一, 박승임의 형 박승건朴承健과 아우 박승륜朴承倫 형제, 구봉령과 권문혜는 1551학번, 정탁과 권호문은 1553학번이며, 복서卜筮에 통달한 울진의 남사고南師古는 1555학번이다.

李子의 조카 이녕李甯, 퇴계의 첫 제자 장수희, 맏형 이잠의 사위인 영주의 민시원과 그 아들 민응기 부자父子 등이 입원했으며, 민응기는 10세의 어린 나이에 원생이 되었다.

풍기군수 李子가 소수서원의 동주일 때, 신원록申元祿, 이종인李宗仁과 금보琴輔가 백운동서원에 머물면서 학문을 익혔으며, 7세의 맏손자 안도가 풍기 관아에 와있으면서 《抄句》를 이미 다 읽었기에 그에 뒤이어 《孝經》을 가르쳤다.

풍기군수 李子는 병가를 내고 고향으로 돌아온 그 해 겨울, 백운동서원에서 학업에 매진하는 유생儒生들을 격려하는 편지 '與白雲洞書院諸生(己酉)'를 보내면서 벽어碧魚 60마리와 꿩 2마리도 함께 보냈다.

李子는 서른한 살 때 지산와사를 지어서 권씨 부인과 따로 살면서, 첫 제자로 허씨 부인의 이질 여섯 살의 장수희張壽禧를 비롯하여, 형들이 조졸早卒하여 조카와 질서, 종손자, 생질, 종질 등을 직접 가르쳤고, 나중에는 문중의 청소년들이 몰려와서 그 수가 120여 명에 가까웠는데, 가학의 중심 목표를 성학聖學에 두고 '수신修身 10訓'을 정하여 교육하였다.

풍기군수를 마지막으로 귀향하여 자유로워지자 계상서당溪上書堂에서 위기지학과 더불어 수많은 제자들을 길러냈다. 마을과 가문에서 출발하여 안동부까지 넓어진 후 경상도는 물론 전국적으로 확대되어 갔다.

서울에 있는 동안에도 대과를 하고 입문한 고봉 기대승 같은 이가 있지만, 공직 재임 중이나 동관同官 료우僚友의 자제가 와서 배웠는데, 서울의 김취려·이국필, 충청도의 이요신·신제, 강릉의 이이 등이 찾아와 배웠고, 도산서당에는 전라도에서 이함형·박광전·변성진·양자징(소쇄원 양산보의 아들)·윤강중·윤흠중·윤서중 형제, 강원도에서 최운우가 와서 배웠다.

오수영吳守盈(송재의 외손자)이 입문하여 가르침을 받았다. 늘 단정한 태도와 독실한 자세를 지켰기 때문에 스승의 격려와 기대를 많이 받았으며, 종질 빙憑과 충冲(송재의 손자)이 수학하였다.

37살의 승의랑承議郎(正6品) 李子는 어머니가 별세하여 거상居喪 중에 20세의 박승임朴承任이 영주에서 찾아와 가르침을 받았다. 이듬해 박사희朴士熹가 입문하였다. 그의 말 없음을 보고 제호齊號를 묵제默齊라고 지어주고 성리서性理書를 가르쳐 주었다. 특히 그는 배우러 다니기 편하도록 녹전 가야佳野로 집을 옮겨 살며 밤낮으로 왕래하면서 배웠다.

8월 박승임에게 《禮經》과 《周易》을 가르쳐 주었으며, 이어서 다래[月川] 마을에 사는 14세의 조목趙穆이 입문하여 가르침을 받은 이후 평생 동안 가장 가까이에서 스승을 모신 팔고제八高弟의 한 사람이다.

어머니 거상居喪 중에도 배우고자 찾아오면 누구든지 언제 어디서든지 가르침을 베풀었으며, 죽는 날까지 이어졌다.

1542년 정탁鄭琢이 입문하여 가르침을 받았다. 정탁은 심학心學의 요지에 대한 가르침을 받고 그것을 실천하는데 힘을 쏟았다.

1543년 휴가를 받고 고향에 갔을 때, 신원록申元禄이 가르침을 받기를 원해 찾아왔다. 풍기의 백운동서원에 있다가 선생이 휴가차 고향에 있다는 소식을 듣고 찾아왔다.

　금보琴輔(맏형 潛의 손서孫壻)가 입문하여 가르침을 받았다. 그의 자질이 道에 가깝고 재품이 무리에서 빼어남을 사랑하여 크게 칭찬하고 장려하였다.

　1546년 양진암이 완공되었다. 이때 시내 이름 '토계兎溪'를 자신의 호 '퇴계退溪'로 자호自號로 정했다. 김부륜金富倫이 입문하여 가르침을 받았으며, 권호문權好文(맏형 潛의 외손자)이 입문하여 가르침을 받았다.

　문위세文緯世가 호남에서 찾아와 입문하여 가르침을 받았다. 이에 앞서 윤구尹衢가 퇴계를 찾아왔을 때, 그에게 호남의 후진에 대해 물으니 문위세를 추천하였으며, 문위세에게 선생을 찾아가 가르침을 받도록 권하였다. 1547년까지 '朱子書'에 대해서 가르침을 받았다.

　1549년 풍기의 군제로 조목趙穆이 찾아와서,

　"오로지 독서하는 것에만 있지 않으므로 사방을 다니면서 견문을 넓혀야 하고, 의리도 홀로 터득할 수 없는 것이므로 의당 스승과 벗의 도움과 깨우침이 있어야 합니다."

"맞는 말이지요. 마음 다스리는 일이 무엇보다도 긴요한데도 아무개는 문학에만 힘을 쏟아 그 사람됨이 몹시 허술한 것이 아쉽다." 하였다.

"경솔하게 마음 씀이 바르지 못하면, 비록 문학을 한들 어디에 쓰겠습니까."

"문학은 마음을 바로잡는 것이므로 소홀히 할 수 없는 것이지요." 조목이 떠날 때 더욱 노력할 것을 당부하였다.

신원록申元祿이 풍기 관아로 찾아왔다가 백운동서원에 머물면서 학문을 익혔다. 또 금보琴輔가 백운동서원에 머물면서 학문을 익혔다.

1550년 신언申漹이 청송에서 예안으로 찾아와 용수사에 머물면서 도보로 계상에 왕래하며 가르침을 받다가 돌아갔다. 이 무렵 금난수琴蘭秀가 찾아와서 가르침을 받았다.

조목이 계상으로 찾아와 가르침을 받다가, 구봉령具鳳齡과 김팔원金八元이 권대기權大器에게 화답和答한 칠언절구七言絶句 60首와 구봉령이 지은 칠언율시七言律詩 5首에 대해서 이야기를 하기에, 그 詩에 차운한 시 65首를 지었는데, 이 詩는 현재 전하는 李子의 詩 중 가장 편수篇數가 많은 연작시連作詩이다.

1551년 박승임朴承任이 자신의 동생 박승윤朴承倫을 보내 가르침을 받게 하였다. 박승윤에게 '淸白傳家' 네 大字를 손수 써서 주었다.

　1554년 박사희朴士熹가 찾아와 《근사록》의 가르침을 받았으며, 류운룡柳雲龍이 와서 배웠으며, 최운우崔雲愚가 가르침을 받았다. 이정李楨의 편지를 받고 답장을 보내서, 그가 질문한 《延平答問》 중의 한 구절인 '우목수신笇木隨身'의 해석에 답하였다.

　1556년 권문해權文海가 예천에서 와서 계상의 한서암에 머물면서 가르침을 받았다.

　문위세文緯世가 도산서당에서 가르침을 받을 때의 일이다. 제자들에게 투호投壺를 하도록 하여 그 덕행을 살펴보았다. 이덕홍에게 선기옥형璇璣玉衡을 제작하게 하여 천상天象을 살폈다.

　8월에 서울에서 김명원金命元이 찾아왔다. 이보다 앞선 7월에 서울에서 집지執贄한 다음, 계상에 머물면서 《周易》을 가르침을 받겠다고 청하여 이날 찾아온 것이다.

　계상에 머물면서 가르침을 받다가 10월 10일 경에 서울로 돌아갔다.

12월, 김성일金誠一이 처음 찾아와서 가르침을 받았다.

1557년 12월, 김륵金玏이 찾아와 사서四書에 대해서 가르침을 받았다.

1558년 2월에 율곡 이이李珥(23세)가 성주 처가에 갔다가 성주 목사 장인 노경린盧慶麟의 인도로 이곳에 사흘간 머물렀다. 떠나기 전날 밤 계당에 마주앉았다.

"스승님께 묻겠습니다. 주자가 말씀하시기를, '정함(定)'과 '고요함(靜)', '편안함(安)'들은 학문하는 데 필수적 요소라 하였습니다. 주자는 '마음이 편안한 이후라야 능히 생각할 수 있다.'라며 안회만이 실천할 수 있다 하였습니다. 하오면 소인과 같은 사람은 학문에 정진할 수 없다는 뜻이 아니겠습니까."

율곡이 아직도 자신의 마음을 평안하다고 느끼지 못하고 불안하게 여기고 있음을 직감하였다.

"주자께서 말씀하신 것은 그대가 의심한 바와 같소. 그러나 주자의 말씀은 어떤 사람의 학문이 낮고 깊은 정도에 따라서 달라지는 것이 아니라 '평안한 뒤에 능히 사려할 수 있다.'라고 말할 수 있는 것이오.

조잡한 쪽으로 말하면 보통 사람이라도 힘써 나아갈 수 있고, 그 정밀한 것의 극치로 말한다면 큰 선비가 아니고서는 진실로 얻은 바가 있을 수 없다는 이야기인 것이오. 안회가 아니면 명덕明德을 밝힐 수 없다는 주자의 말씀이 사실이라면 나와 같은 노마駑馬는 어찌 학문에 정진할 수 있겠소. 아니 그렇소이까. 허허 허허허허."

율곡도 따라 웃었다. 한동안 말없이 찻잔을 기울이던 율곡이 거경과 궁리는 같은지 별개의 것인지 궁금하였다.

율곡의 질정에 은근히 미소를 지으면서, 궁리와 거경은 비록 수미首尾 관계에 있지만 각기 독립된 공부이다.

그러므로 두 가지를 병행해 나가는 방법으로 공부해야 할 것이고 이치를 깊이 연구하는 일은 실천으로 체험해야 비로소 참 앎이 된다고 설명하였다.

"거경과 궁리는 마치 물가에서 자기 스스로 물을 마시는 격과 같아서 누구라도 마음을 전일하게 하면 참됨을 얻을 수 있게 되지요."

스승은 율곡이 범상하지 않음을 한눈에 간파하고, '명불허전, 과연 소문이 그냥 나는 법이 없다. 일찍이 내 먼저 찾지 못해서 부끄럽네.(始知名下無虛士 堪愧年前闕敬身)'

'그대는 뛰어난 재주에 나이가 아직 어리니 바른길로 나서면 성취를 어찌 가늠하지 않겠소. 더욱 원대하기를 기약할 일이

지, 작은 성취에 자족하지 마시오.'

"알곡은 쭉정이가 익어가는 것을 용납하지 않고, 먼지들은 깨끗한 거울을 두고 보지 못한다오. 지나친 시구들은 반드시 깎아내고 각자 열심히 공부와 친할 일이네."

사흘째 되는 아침에 서설이 흩날렸다. 율곡은 강릉 외가로 갈 준비를 서둘렀다.

말 위에서 스승에게 시를 읊었다.

溪分洙泗派	공자와 맹자의 학문으로부터 흘러나와
峰秀武夷山	무이산에서 빼어난 봉우리 이루었네.
活計經千卷	살림이라고는 경전 천 권 뿐이요,
生涯屋數間	사는 집은 두어 칸 뿐이네.
襟懷開霽月	가슴에 품은 회포 비 갠 뒤의 달 같고,
談笑止狂瀾	하시는 말씀 세찬 물결 그치게 하네.
小子求聞道	저는 도를 구해 들으려는 데 있지,
非偸半日閑	반나절도 한가로이 보냄이 아니오이다.

58세의 대학자의 화운和韻은 젊은 제자를 전송하는 스승의 자애로움이었다. 삶의 성숙과 학문의 길은 멀고멀다는 것, 자만하지 말고 노력하라는 당부를 잊지 않았다.

病我牢關不見春	병든 몸이 갇혀 봄맞이 못했는데
公來披豁醒心神	그대 내 정신을 상쾌하게 해주었소.
始知名下無虛士	명성 아래 헛된 선비 없음을 알겠네.
堪愧年前闕敬身	일찍이 먼저 찾지 못해서 부끄럽네.
佳穀莫容稊熟美	잘 자란 벼논에 피 같은 잡초 없고,
遊塵不許鏡磨新	갈고 닦은 거울에 티가 끼지 않는 법.
過情詩語須刪去	정에 지나치는 말일랑 빼어 버리고,
努力功夫各自親	학문 연마에 서로서로 정진하세.

율곡은 강릉에 돌아간 후 여러 차례 편지를 올려 도를 묻고 인생을 논하였다.

무오년(1558), 이숙헌李叔獻 이珥의 편지에 답하였다.

「지난달에 김자후金子厚의 하인이 돌아오는 편에 편지를 받고 북평에 잘 도착하신 것과 학문이 점점 나아감을 알게 되어, 답답하던 회포가 시원스레 풀렸습니다. 돌아가는 인편을 만나지 못하여 회답을 제때에 드리지 못하였더니, 자후가 돌아오는 편에 또 편지와 시를 보내주시고, 겸하여 아무것도 모르는 이 사람에게 문의하시는 말씀까지 보냈으니, 감사하고 부끄럽기 그지없습니다.

나는 벽촌에서 지내다 보니 벗이 적어 함께 학문할 사람이 없습니다. 병중에 책을 보다가 때로 생각에 맞는 곳이 있으나, 본받아 몸소 실천하는데 이르면 더러 서로 모순되는 곳도 많습니다. 나이는 많고 힘은 부족하며, 또 사방에서 벗을 얻어 도움도 받지 못해 항상 그대에게 기대하고 있는데, 두 통의 편지에서 약석藥石은 주지 않고 도리어 귀머거리에게서 청력을 빌리려 하는 것은 무슨 까닭입니까? 두렵고 조심스러워서 감히 뜻을 받들 수 없습니다만, 아무 말씀드리지 않는 것도 서로 사귀는 도리가 아니므로, 끝내 감히 진심을 숨기지는 못하겠습니다.

먼젓번 편지에서 과거에 제대로 못 배운 것을 깊이 한탄하였는데, 그대는 지금 약관의 나이인데도 남보다 그렇게 뛰어나니 제대로 못 배웠다고 할 수 없을 텐데도 그렇게 말한 것은, 어찌 배운 바가 어긋나서 배우지 않은 것과 같다고 여겨서가 아니겠습니까. 과거의 잘못을 깨닫고 고치기를 생각하며, 또 궁리와 거경居敬하는 실제에 종사할 줄 알고 있으니, 허물을 고치는 데 용감하고 道에 향하는 데 간절하여 그 방향을 그르치지 않았다고 말할 수 있습니다. 성인聖人의 시대는 멀고 성인의 말씀은 사라져서, 이단異端이 참된 이치를 어지럽히게 되었으므로, 옛날에 총명하고 재주 있고 걸출한 인사人士로서 처음부터 끝까지 이단에 미혹되어 빠진 자들이야 본래 논평할 가치도 없지만, 처음에는 정도正道를 지키다가 마지막에 사도邪道에 빠진 자도 있고, 중립을 취해 양쪽 다 옳다고 한 자도 있으며, 겉으로는 배척하는 체하면서 속으로는 찬양하는 자도 있으니, 그들이 이단에 빠져 들어감이 정도의 차이는 있을망정, 하늘을 속이고 성인을 무시하며 인의仁義를 가로막는 죄는 똑같습니다. …

일전에 나를 찾아와 그 사실을 숨기지 않고 그 잘못을 말하였으며, 이제 두 번 온 편지의 뜻이 또 이러함을 보니, 나는 그대가 도에 함께 나아갈 수 있음을 알겠습니다. 두려운 것은, 새로 맛들이려는 것은 달지 않고 익숙한 곳은 잊기 어려운 법이라서, 오곡五穀의 열매가 여물기 전에 가라지와 피가 먼저 익지나 않을까 하는 것입니다. 이러한 일을 모면하려면 역시 다른 곳에서 찾기를 기다릴 것이 없습니다. 오직 궁리·거경의 공부에 충분히 노력하면 되는 것인데, 이 두 가지를 하는 방법은 《대학》에 나와 있고, 장구章句에서 밝혔으며, 《혹문或問》에서 자세하게 말해놓았습니다. …

이 시대의 사람들을 살펴보니, 영특한 자질과 뛰어난 식견을 가진 이가 한둘이 아니건만 영달榮達하지 못하면 과거科擧에 마음을 빼앗기고, 영달하고 나면 이해利害에 골몰하여 비록 간

혹 뜻이 있어도 과감하게 행하지 못하는 자가 대부분이었습니다. 그러나 그대가 간직한 것은 이와는 다르니, 일찍이 과거의 잘못된 것을 어렵지 않게 끊어버리는 걸 보고 알았습니다. 그대가 실로 어렵지 않게 끊어버리는 마음을 세상에 옮겨서 실행한다면, 비록 과거와 이해가 목전에 닥치더라도 사람들처럼 이익에 유혹되거나 빈천을 두려워하지 않으리란 것은 의심의 여지가 없습니다. 이 점이 내가 그대에게 고마워하는 까닭입니다. 다만 남보다 뛰어나게 앞선 자질이 강해講解하기에 용이하다 보니 언론言論으로 드러난 것에 깊은 고민과 노력에서 말미암지 않는 것이 있고, 미루어 실행하는 데 나타나는 것에 간절하고 독실한 점이 부족한 것 같습니다. 그만두지 않고 이런 식으로 한다면 끝까지 세속의 풍습風習에 물들지 않는다고 보장할 수 없는 것이 정말로 두려워, 나 자신에게도 이런 점이 있는지 없는지 따져보지도 않고 바로 말하였습니다. 두 번째 편지에서 물어온 것은 별지別紙에 대강 적었습니다. 모두 양해하여 살피시기 바라며 이만 줄입니다.」

다산 정약용은 〈도산사숙록〉에 "이 편지 전편의 한 글자 한 구절도 절대로 그냥 지나칠 수 없다.(此書全扁 一字一句 都不可放過)" 하였다. 〈퇴도의 유서를 읽으며(讀退陶遺書)〉

陶山退水知何處   도산이며 퇴수는 그 어디에 있는지
도 산 퇴 수 지 하 처

緬邈高風起慕長   아스라이 높은 기풍 끝없이 흠모하네.
면 막 고 풍 기 모 장

갑인년(1554) 영주 군수 안상安瑺이 군의 동쪽 번고개에 터를 잡고 이산서원을 건립한 후 李子께 원규院規와 서원건립記, 건물의 명칭 등을 지어줄 것을 부탁하였다.

〈이산서원기伊山書院記〉에서, '고을 동쪽에 터를 잡았으니, 군치와 6~7리 거리로 번천고개가 우뚝 솟아가리고, 그 안이 넓고 조용하여 아예 시가지의 티끌이나 인적과는 서로 접하지 않았다'며 서원의 의미를 기렸다.

李子는 서원 특유의 자율성과 특수성을 보이는 수학受學·거재居齋 규칙, 교수 실천 요강, 독서법 등을 규정한 원규를 만들어 당시의 서원 운영에 큰 영향을 주었다.

〈이산서원규〉는 우리나라 서원 운영의 정형화를 제시한 것으로 평가되고 있다.

이산서원은 처음에는 사당이 없이 강학을 위한 기구로만 설치되었는데, 李子가 세상을 떠나자 그의 학문과 덕행을 추모하기 위해 사당을 세우고 위패를 봉안하면서 1574년에 '이산伊山'이라고 사액賜額되었다.

이산서원은 옛 영주·봉화지역의 첫 서원이자 유일한 사액서원으로, 조선시대 동안 박승임朴承任·김륵金玏·권두문權斗文·김중청金中淸 등의 저명한 학자들이 활동하였다.

1572년 황해도관찰사 박승임이 영천군수 허충길이 李子의 상소문을 엮은〈무진봉사戊辰封事〉를 한 권의 책으로 발간하고자 경비를 보내 이산서원에서 간행하였다.

1614년 번천의 터가 습하여 임구林坵(이산면 내림리) 내성천변 바깥수구리로 이건하였는데, 영주댐 건설로 수몰 위기에 처하자, 2021년 10월 13일, 이산면 석포리 동포東浦 언덕에서 역사적인 복원 고유제를 올리고 동·서재와 사당, 누각, 경지당 등 8개 동을 복원하였다.

새로 이전 설립된 이산서원은 내성천 건너편 사금골의 허씨 부인의 묘소가 마주보고 있으니, 20세에 동갑내기로 만나서 27세 사별한 후 450년 만에 이산서원에 봉안된 李子의 위패와 허씨 부인이 서로 만나게 되었다.

역동易東 우탁禹倬은 충선왕이 아버지 충렬왕의 후궁 숙창원
비를 범하자, 도끼와 거적을 메고 대궐에 나아가 임금을 꾸짖
었다. 이른바 지부상소持斧上疏이다. 그는 예안禮安에 은거하
면서 《주역周易》을 연구하여 후진을 가르쳤다.

李子는 조목에게 편지를 보내, 전국적으로 서원의 설립이
활발하게 이루어지고 있는 이 시점에 예안에 선정先正 우탁禹
倬을 향사享祀하는 서원이 반드시 설립되어야 하는 점을 강조
하였다.

금난수와 조목이 역동서원을 지을 터로 적합하다는 부포리
낙동강 오담鰲潭의 한 장소에 함께 가서 장소를 살펴본 다음,
서원을 지을 곳으로 적당한 곳임을 확인하였다.

농번기를 당하여 역동서원 건립 공사에 예안 주민들을 동원
하여 기와를 날라야 하는 일이 생겼다. 농번기를 피하여 7월로
미루는 것이 좋을 것 같다고 하였다. 김사원金士元에게 보내는
편지에 이 문제를 언급하였다.

역동서원을 건립 전말을 상세하게 기록한 〈역동서원기〉를
지었으며, 역동서원을 창건하여 강의를 개설하자, 향내의 문도
가 찾아와서 선생에게 과거를 위한 제술을 부탁하자,

"서원은 유생이 성리를 연구하는 곳이지, 과거 공부하는 곳
이 아닙니다."

李子의 서원 설립의 목적은 도덕적 인격의 실현과 사회적 확충에 있으며, 목적의 구현 방안은 환경의 교육성과 교육의 자율성에 있었다. 전자는 자연을 소요逍遙 함으로써 內·外와 彼·此의 구별이 없는 물아일체物我一體 즉, 객관과 주관은 융합 되며 자연과 인간은 융합되고, 動·靜 운동이 始·通·遂·成의 순환으로 융합되는 것이다.

군자가 자연의 소요를 통한 호연지기浩然之氣를 기르는 까닭 은 정신적 자유와 정의로운 품성을 귀하게 여기기 때문이다.

'교육의 자율성'이란 교육외적 조건들로부터 학문의 내적인 자율성을 의미하는데, 학령지애學令之礙, 과거지누科擧之累, 세 지효世之嚻, 즉 사교육법과 입시교육의 폐해 학교에 대한 여론 등으로부터 자유로움을 의미한다.

李子에 의한 사액서원은 국가공인 사교육을 의미한다. 서원 교육이 흥성하게 된 까닭은 국가의 서원 보호책과 서원 교육의 자율성 보장에 있었다.

李子의 세 가지 서원 교육 방법론은 교육권의 독립성 유지, 사도의 확립, 학생 사기 배양이다.

첫째, 그는 〈상심방백上沈方伯〉서에서 서적과 편액을 써서 내려주시며, 노비와 전토田土를 하사하여 재력을 넉넉하게 하되, 감사와 군수로 하여금 다만 서원의 작량作養하는 것만 보살필 뿐, 번거로운 조목으로 구속하지 말도록 청하여 학문의 자유를 지켰다.

조선사회에서 양반이 지위를 보장받는 길은 무엇보다 과거를 통하여 관료가 되는 것이며, 관료가 되기 위해서 과거 준비에 역점을 두게 된다.

서원은 사림에서 설립하였으므로, 운영 또한 사림의 소관으로 미루게 되면 지방 관료의 관심이 소홀하게 될 우려가 있다. 李子는 서원에 대하여 '지원'은 하되 '통제'하지 않는 이중 구조를 생각했다.

〈紹修書院謄錄〉에 의하면, 서원에 대한 지원은 가히 거도적舉道的이었다. 지방 수령에 의한 공수용품公需用品이 '守令七事' 중에 교학이 으뜸이어서 방백方伯이 솔선하였다. 서원은 수령 방백의 업적으로 그칠 것이 아니라, 국가적으로 제도가 영구 보존할 것이며, 사림의 모범이 될 만한 사람을 군수로 삼고 서원의 책임을 맡게 할 것.

둘째, 사도師道를 확립해야 한다. 교육하는 일은 인격교육과 가치 발견에 있다. 선유의 간접적 교화와 스승의 직접적 교회教悔를 통하여 인격과 만나게 되므로, 스승을 역할 모델로 동일시 할 수 있는 인물이어야 한다.

스승은 솔선수범하고, 학생의 타락은 스승에게 책임이 있다 (師長不職之過也).

李子의 교육관은 학생의 지智·우愚가 생득적으로 차이가 있는 것이 아니라, 하우下愚라도 마땅히 힘을 쓰면 理의 사람으로 나아갈 수 있으며, 상지上智라고 하더라도 기질의 아름다움만 믿어 존양성찰과 진여실천이 없다면 사람됨의 길을 저버리게 되며, 인식능력을 능험能驗이라 하였는데, 이는 논리적 앎이 아니라 깨달음이라 하였다.

정유일은 李子의 학생 능력별 지도를 전하고 있다.

"일상의 공부로부터 시작하여 형이상학적인 근본에까지 통달하는 것(下學上達)이 올바른 순서이다. 그러나 학생들이 오래도록 공부해도 얻는 것이 없으면 중도에서 그만두기가 쉬우니, 선생은 학생들을 가까이 불러서 원두처源頭處를 가르쳐 주실 때가 많았다."

李子는 개성에 맞는 학습을 중시하였다. 개인별로 취향과 능력이 다르므로 교육의 방법도 달라야 한다.

김성일이 理와 氣에 대해 묻자, "군자는 이것을 닦아서 길하고, 소인은 이것을 거슬러 흉하다.〔君子修之吉 小人悖之凶〕' 두 글귀를 힘써 공부해야 할 대목이다."

선생이 이덕홍에게 이르기를,

"군자君子의 학문은 자기를 위할 따름이다. 이른바 '의도함이 없이' 하는 것이다. 난초가 온종일 향기를 피우지만, 스스로는 그 향기로움을 모르는 것과 같은 것이, 군자가 자기를 위한 학문이다."

선생은 권호문이 과거 공부를 좋아하지 않는 것을 알고 기뻐하여, "과거 공부를 이미 억지로 해서 안 된다면 일찍 판단하여 네가 좋아하는 바를 따라 즐기는 것만 못하다."

시 짓기를 좋아하는 권호문의 자유로운 영혼을 선생은 이미 간파하고 있었다.

송암 권호문權好文은 백향 민응기閔應祺와 동반급제하였다. 권호문의 아버지 권규權稑와 민응기의 아버지 민시원閔蓍元은 李子의 맏형 이잠李潛의 사위이니, 송암과 백향 이 두 사람은 선생의 종생질이다.

권호문은 〈민백향 형이 화산 기생을 한 번 보았는데, 그 이름을 기억하지 못하여 뒤에 생각하면서 시를 지었기에 장난삼아 화답하다.〔閔伯嚮兄一見花山妓不記其名追思有詩戲和〕〉를 지어서 민응기에게 주었다.

〈화산 기생을 한 번 보았는데 이름을 기억하지 못하여〉

一宵香夢未分明　하룻밤 향기로운 꿈 어렴풋이 느껴지는데
일 소 향 몽 미 분 명

別後全忘枕上名　베갯머리서 들은 이름 이별 뒤 싹 잊었네.
별 후 전 망 침 상 명

重待梨園春色變　다시 梨園을 찾아가도 젊은 모습 변하여
중 대 리 원 춘 색 변

尋芳無處謾傷情　가인을 찾을 길 없으니 괜히 마음 아프네.
심 방 무 처 만 상 정

李子는 제자들에게 자상한 형님처럼 대했다.

조목趙穆 등과 함께 부용봉芙蓉峯에 올라 조목이 정사精舍를 지을 터를 살펴보고, 도담島潭에 배를 띄우고 놀았다. 이날 배 안에서 도담의 이름을 '풍월담風月潭'으로 바꾸는 것이 어떻겠느냐고 제의를 하자, 조목이 강경하게 반대하여 조목과 금난수 사이에 언쟁이 있었다.

이튿날, 조목에게 편지를 보내, 어제 친구 간에 언쟁한 일을 나무라고, 작은 허물이 있을지라도 서로 너그러이 용서해 주어야 한다고 타이르면서, 정유일鄭惟一이 여비를 마련해 준다고 하니 과거에 응시하라고 권하였다.

李子의 교학은 마치 진리를 찾아서 생애를 헌신하는 정신 농부와 같아서 추수만을 얻고자 애쓰는 농부가 아니라 진리의 밭을 갈고 그 밑바닥에 흐르는 진리의 물줄기를 찾으려고 하였다.

셋째, 李子의 '의여풍기군수론서원사擬與豊基郡守論書院事'는 원생들의 권당捲堂(동맹휴학)에 대한 의견서이다.

김중문이 백운동서원 설립에 공이 있다 하여 당시 수령의 비호와 조정 대신들의 보살핌을 받게 되고, 서원유사로 관여하던 중에 원생을 구타하고 모욕한 일에 항의의 뜻으로 학생들이 권당하기에 이르렀다.

「학생은 비록 오오傲·랑狼·능릉凌·홀忽·비鄙·패悖·험險·피陂 해도 안으로 '주충신主忠信'하고, 밖으로 행손제行遜悌하도록 교회敎悔한다면, 자연히 謙·恭·順·悌·樂義·好義의 뜻이 드러나게 될 것이며, 청아菁芽가 무럭무럭 자라고, 역박棫樸이 재목이 되는 것 같이 빈진제제彬彬濟濟하게 자라나 뒷날 시용時用에 임하고 '국가우문흥화國家右文興化 설양사지의設養士之義'에 부응될 수 있을 것이다.

학생은 비록 버릇없이 오만불손해도 안으로 학문에 충실하고, 밖으로 겸손하도록 가르친다면 자연히 겸손하고 순종하여 정의로울 것이며 결국 국가 문흥의 재목으로 성장할 것이라고 주장하였다.

학교는 '풍속화의 근원이며 모범을 세우는 곳이요, 학생은 예의의 주인이고 원기가 깃드는 곳'이기 때문에 학생은 예의로 대접하여야 하고, 사기士氣는 배양되어야 한다는 것이 李子의 학교 교육관이다.

제생이 만일 무고無故하게 서원에 모인다면, 제생의 거취가 불명하고 서원의 정신〔體〕이 가볍게 되는 것이라고 하면서 선비는 예로 대할 것을 강조하였다. 고을의 선달先達 풍기의 황준량과 영주의 박승임 같은 명망의 선비를 초치하여 제생들의 자존감을 높여주어야 한다. 선비에게 스스로를 낮추는 일은 사대부의 아름다운 일이다. 유사는 마땅히 국가의 뜻을 받들어야 한다.」

李子의 서원창설운동은 젊은 사림들을 서원으로 모여들게 하여 관학이 미치지 않는 교육 불모지 지방에 성리학을 연구하는 순수한 학문 전당을 여는 데 목적이 있었다.

李子의 〈書院十詠〉에서 과거 세태가 쉽게 고쳐지지 않음에 걱정하였음을 읽을 수 있다.

白首窮經道未聞	늙도록 한 경 공부 도를 듣지 못했으나
幸深諸院倡斯文	다행히 서원에서 사문을 창도하더니
如何科目波飜海	과거 물결이 어찌 바다처럼 뒤쳐서
使我間愁劇以雲	나의 시름을 구름처럼 심하게 하는가.

소수서원 사액과 이산서원 창설 등에 영향을 받아서, 영남과 근기의 재야 학통으로 이어졌다.

성주 영봉서원, 영천 임고서원, 경주 서악서원, 대구 화암서원 등이 연이어 설립되고 사교육으로서 공교육의 폐단을 시정하였다.

경신년(1560) 황준량이 노경린盧慶麟이 세운 영봉서원(천곡서원) 곁에 이조년李兆年을 향사하는 사우祠宇를 세우는 문제에 대해서 문의를 해왔다. 李子는 중국의 예를 살펴볼 때, 서원에 이조년을 모시는 것이 불가할 것이 없다고 하였다.

이조년李兆年은 경주 이씨 이장경李長庚의 다섯 아들 百年·千年·萬年·億年·兆年 중 다섯째이다. '이화에 월백하고 은하는 삼경인제…' 시조 작가이며, 충혜왕 때 예문관 대제학으로 성산군星山君에 봉해지면서 성산星山 이씨가 되었다.

1558년 이조년, 이인복, 김굉필의 학문과 덕행을 추모하기 위해 영봉서원延鳳書院으로 창건되었는데, 훗날 한강 정구鄭逑 등에 의해 천곡서원川谷書院으로 개명되었다.

이조년의 손자 문하시중 이인임李仁任은 우禑왕을 옹립한 이성계의 최대 정적政敵이었는데, 명나라《대명회전》에 조선 태조 이성계가 이인임의 아들로 기록되어 있었다. 이를 바로잡는 종계변무宗系辨誣의 노력이 200년 걸렸다.

이조년의 후손들은 성주군 월항면 한개〔大浦〕에 집성촌을 이루어 살면서, 한주寒洲 이진상李震相 등 李子의 학통을 잇는 유학자들을 배출했다.

경신년(1560) 배삼익裵三益이 입문하여 《心經》과 《詩傳》에 대해서 가르침을 받았으며, 영주에 살고 있는 李子의 친구 김사문金士文의 아들 김륵金玏이 입문하여 가르침을 받았다.

서울에 있을 때, 김우현金宇顯이 가르침을 받았으며, 윤구尹衢가 찾아왔을 때, 그에게 호남의 후진에 대해 물으니 문위세를 추천하였으며 문위세에게 가르침을 받도록 권하였다. 호남에서 문위세文緯世, 윤강중尹剛中, 신내옥辛乃沃이 계상에 와서 가르침을 받았다. 하루는 이 세 사람을 데리고 명옥대에서 〈명옥대기〉를 짓고, 이것을 문위세에게 쓰게 하였다.

배우러 오는 선비가 날로 많아졌다. 영남지역뿐 아니라 서울, 호남 등 경향 각지에서 찾아오는 제자들이 점차 그 수가 늘어나자, 계당溪堂이 서당으로서 미흡하고 허술해지자, 근처를 둘러보다가 자하봉 기슭에 서당 터를 잡고 자신이 직접 설계하여 서당을 짓기 시작하였다.

무오년(1558) 6월, 소명을 받아 상경하여 10월에 대사성大司成 명을 받고 11월에 사직하려 했으나, 12월에 어필로 직접 쓴 공조참판 임명장을 받아서 할 수 없이 서울에 머물렀으나 도산 서당 건축에 신경이 쓰였다.

그해, 11월 25일, 〈도산정사도陶山精舍圖〉를 다시 그려서 이문량과 조목에게 보냈다. 그 두 사람에게 각각 편지를 보내, 공사를 담당하던 승려 법련法蓮에게 자세히 설명해 주어, 공사가 차질없이 진행되도록 도와달라고 부탁하였다.

특히 이문량에게 보낸 편지에는 〈도산정사도陶山精舍圖〉하나하나에 대한 구체적인 설명을 해두었다.

自喜山堂半已成　　서당이 반이나 이루어져 기쁘나니
山居猶得免躬耕　　산속에서 살면서도 몸소 밭갊 면했다오.
移書稍稍舊龕盡　　서책 점차 옮겨오니 책상자가 다 비었고
植竹看看新筍生　　대를 심어 바라보니 죽순 새로 나는구나.

未覺泉聲妨夜靜　　샘물 소리 고요한 밤 방해함도 못 느끼고
更憐山色好朝晴　　산빛이 좋은 갠 아침 더욱 사랑하노라.
方知自古中林士　　예부터 산림 선비 만사를 온통 잊고
萬事渾忘欲晦名　　이름 숨긴 그 뜻을 이제야 알겠구나.

이보다 앞서 「陶山精舍圖」2種을 그려서 편지와 함께 맏아들 寯에게 보낸 적이 있었으나, 그 그림이 만족스럽지 않았을 뿐만 아니라, 맏아들 寯이 그 그림을 받아서 보기도 전에 둘째

아들 채寀의 천장遷葬 문제로 의령으로 가버렸고, 또 의령에서 돌아와서는 문소전 참봉으로 복직되었기 때문에 서울로 바로 올라와야 하는 형편이라서, 수정한 것을 이 두 사람에게 부쳐 공사의 감독을 부탁하게 된 것이다.

이듬해, 공사를 시작하자마자 용수사의 법련이 타계하자, 그의 뒤를 이어서 정일靜一이 맡아서 터를 잡은 지 5년 만인 李子가 61세(1561년) 되던 해에 암서헌巖棲軒과 완락재玩樂齋 등을 지어 비로소 도산서당이 완성되었다.

정사년(1557)에 도산서당 건축공사를 착수하면서, 〈도산잡영陶山雜詠〉이라는 詩를 지어 노래하였다.

〈도산잡영〉은 도산서당을 중심으로 펼쳐나갈 자신의 인생에 대한 정신적 설계도이기도 하지만, 장차 세워질 도산서원의 기본 설계도가 되었다.

영지산靈芝山 한 줄기가 동쪽으로 나와 도산陶山이 되었다. 어떤 이는 '이 산이 두 번 이루어졌기 때문에 도산이라 이름하였다.' 하고, 또 어떤 이는 옛날에 이 산중에 질그릇을 굽던 곳이 있었으므로 그 사실을 따라 도산이라 하였다고 한다.

이 산은 그리 높거나 크지 않으며 그 골짜기가 넓고 형세가 뛰어나며 치우침이 없이 높이 솟아, 사방의 산봉우리와 계곡들이 모두 손잡고 절하면서 이 산을 빙 둘러싼 것 같다.

왼쪽에 있는 산을 동취병東翠屏, 오른쪽에 있는 산을 서취병西翠屏이라 하는데, 동취병은 청량산에서 나와 이 산 동쪽에 이르러 벌려 선 품이 아련히 트였고, 서취병은 영지산에서 나와 이 산 서쪽에 이르러 봉우리들이 우뚝우뚝 높이 솟았다.

동취병과 서취병이 마주 바라보면서 남쪽으로 구불구불 휘감아 8, 9리쯤 내려가다가 동쪽에서 온 것은 서쪽으로 들고, 서쪽에서 온 것은 동쪽으로 들어, 남쪽의 넓고 넓은 들판 아득한 밖에서 합세하였다. 산 뒤에 있는 물을 퇴계라 하고, 산 남쪽에 있는 것을 낙천洛川(낙동강)이라 한다.

산 북쪽을 돌아 산 동쪽에서 낙천으로 들고, 낙천은 동취병에서 나와 서쪽으로 산기슭 아래 이르러 넓어지고 깊어진다. 여기서 몇 리를 거슬러 올라가면 물이 깊어 배가 다닐 만한데, 금 같은 모래와 옥 같은 조약돌이 맑게 빛나며 검푸르고 차디차다. 여기가 이른바 탁영담濯纓潭이다.

서쪽으로 서취병의 벼랑을 지나서 그 아래의 물까지 합하고, 남쪽으로 큰 들을 지나 부용봉芙蓉峰 밑으로 들어가는데, 그 봉이 바로 서취병이 동취병으로 와서 합세한 곳이다.

처음에는 시내 위 퇴계에 자리를 잡고 시내를 굽어 두어 칸 집을 얽어서 책을 간직하고 옹졸한 성품을 기르는 처소로 삼으려 하였는데, 벌써 세 번이나 그 자리를 옮겼으나 번번이 비바람에 허물어졌다. 그리고 그 시내 위는 너무 한적하여 가슴을 넓히기에 적당하지 않기 때문에 다시 옮기기로 작정하고 산 남쪽에 땅을 얻었던 것이다.

거기에는 조그마한 골이 있는데, 앞으로는 강과 들이 내려다보이고 깊숙하고 아늑하면서도 멀리 트였으며, 산기슭과 바위들은 선명하며, 돌우물은 물맛이 달고 차서 참으로 수양할 곳으로 적당하였다. 어떤 농부가 그 안에 밭을 일구고 사는 것을 내가 값을 치르고 샀다. 거기에 집 짓는 일을 법련法蓮이란 중이 맡았다가 얼마 안 되어 갑자기 죽었으므로, 정일淨一이란 중이 그 일을 계승하였다. 정사년(1557)에서 신유년(1561)까지 5년 만에 당堂과 사숨 두 채가 그런 대로 이루어져 거처할 만하였다.

당堂은 모두 세 칸인데, 중간 한 칸은 완락재玩樂齋라 하였으니, 그것은 주 선생朱先生의 〈名堂室記〉에 '완상하여 즐기니, 족히 여기서 평생토록 지내도 싫지 않겠다.'라고 한 말에서 따온 것이다. 동쪽 한 칸은 암서헌巖棲軒이라 하였으니, 그것은 운곡의 시에 '자신을 오래도록 가지지 못했으니, 바위에 깃들여 작은 효험 바라노라.'라는 말을 따온 것이다. 그리고 합해서 도산서당陶山書堂이라고 현판을 달았다.

사舍는 모두 여덟 칸이니, 시습재時習齋·지숙료止宿寮·관란헌觀瀾軒이라고 하였는데, 모두 합해서 농운정사隴雲精舍라고 현판을 달았다.

서당 동쪽 구석에 조그만 못을 파고 거기에 연蓮을 심어 정우당淨友塘이라 하고, 또 그 동쪽에 몽천蒙泉이란 샘을 만들었으며, 샘 위의 산기슭을 파서 암서헌과 마주보도록 평평하게 단을 쌓고 그 위에 매화·대나무·소나무·국화를 심어 절우사節友社라 불렀다.

절우단節友壇에 매화가 3월에야 비로소 피었다. 망호당望湖堂에서 시 두 수를 읊은 지 어느덧 열아홉 해가 되었다.

옛일을 추억하고 오늘날의 감회를 써서 함께 머무는 벗들에게 보이다.

靑春欲暮嶠南村　교남의 촌락에 푸른 봄이 지려하니

處處桃李迷人魂　지천의 복사 오얏 사람의 넋 빼놓누나.

眼明天地立孤樹　천지가 화안할 제 외론 나무 서있으니

一白可洗群芳昏　하이얀 꽃 한 송이 뭇꽃 어둠 씻는구나.

風流不管臘雪天　풍류는 섣달 눈을 아랑곳 하지 않고

格韻更絶韶華園　운치는 더욱이 봄 동산이 제일이라.

道山疇昔幾仙賞	그 옛날 도산에는 몇 신선이 관상했나
卄載重逢欣色溫	스무해 만에 다시 보니 기쁜 빛이 따사롭네.
臨風宛若西湖伴	바람은 완연해라 서호의 짝이로다
對月不覺東方暾	달빛을 대했더니 어느새 해가 뜨네.
問我緣何太瘦生	내게 묻되 어이하여 이리 몹시 여위어서
白首長屛雲巖門	운암 문을 닫아걸고 흰머리로 길이 숨나
向來自有烟霞疾*	옛날부터 스스로 연하고질 있었으니
今者何須蘭臭言	이제 와서 난초 향기 말을 하여 무엇하리.
天涯故人不可見	하늘 끝에 옛 친구들 만나 볼 수 없나니
與爾日飮無何罇	너와 함께 매일같이 하염없이 술 마시리.

*연하질烟霞疾:고질병 환자처럼 산수山水에 중독되다.

한국고전번역원 | 권오돈·김달진·김용국·김익현·남만성·성낙훈·안병주·
양대연·이식·이지형·임창순·하성재 (공역) | 1968

  당堂 앞 출입하는 곳을 막아 사립문을 만들고 이름을 유정문
幽貞門이라 하였는데, 문밖의 오솔길은 시내를 따라 내려가 동
구에 이르면 양쪽 산기슭이 마주하고 있다.
  그 동쪽 기슭 옆에 바위를 부수고 터를 닦으니 조그만 정자를
지을 만한데, 힘이 모자라 만들지 못하고 다만 그 자리만 남겨두

었다. 마치 산문山門과 같아 이름을 곡구암谷口巖이라 하였다.

여기서 동으로 몇 걸음 나가면 산기슭이 끊어지고 바로 탁
영담에 이르는데, 그 위에 커다란 바위가 마치 깎아 세운 듯 서
서 여러 층으로 포개진 것이 10여 길은 될 것이다. 그 위를 쌓
아 대臺를 만들었더니, 우거진 소나무는 해를 가리며, 위에는
하늘, 아래에는 물이어서, 새는 날고 고기는 뛰며 물에 비친 좌
우 취병산의 그림자가 흔들거려 강산의 훌륭한 경치를 한눈에
다 볼 수 있으니, 이름을 천연대天淵臺라 하였다.

그 서쪽 기슭 역시 이것을 본떠서 대를 쌓고 이름을 천광운영
天光雲影이라 하였으니, 그 훌륭한 경치는 천연대에 못지않다.

반타석은 탁영담 가운데 있다. 그 모양이 넓적하여 배를 매
어두고 술잔을 돌릴 만하며, 큰 홍수를 만날 때면 물속에 들어
갔다가 물이 빠지고 물결이 맑아진 뒤에야 비로소 드러난다.

나는 늘 고질병을 달고 다녀 괴로웠기 때문에, 비록 산에서
살더라도 마음껏 책을 읽지 못한다. 남몰래 걱정하다가 조식調
息한 뒤, 때로 몸이 가뿐하고 마음이 상쾌하여 우주를 굽어보
고 우러러보다 감개感慨가 생기면 책을 덮고 지팡이를 집고 나
가 관란헌에 임해 정우당을 구경하기도 하고, 단에 올라 절우
사를 찾기도 하며, 밭을 돌면서 약초를 심기도 하고, 숲을 헤치
며 꽃을 따기도 한다.

〈늦봄에 도산정사에 돌아와 본 바를 기록하다〉

早梅方盛晚初開
조 매 방 성 만 초 개
이른 매화 한창인데 늦 매화는 처음 피고

鵑杏紛紛趁我來
견 행 분 분 진 아 래
살구 접동 분분하게 내올 때에 미쳐 피네.

莫道芳菲無十日
막 도 방 비 무 십 일
꽃다움이 열흘을 못 간다고 말을 말라,

長留應得別春回
장 류 응 득 별 춘 회
오래도록 머무르면 다른 봄을 얻게 되리.

도산서당의 매화

혹은 바위에 앉아 샘물 구경도 하고 대에 올라 구름을 바라보거나 낚시터에서 고기를 구경하고, 배에서 갈매기와 가까이하면서 마음대로 이리저리 노닐다가, 좋은 경치 만나면 흥취가 절로 일어 한껏 즐기다가, 집으로 돌아오면 고요한 방 안에 쌓인 책이 가득하다. 책상을 마주하여 잠자코 앉아 삼가 마음을 잡고 이치를 궁구할 때, 간간이 마음에 얻는 것이 있으면 흐뭇하여 밥 먹는 것도 잊어버린다.

생각하다가 통하지 못한 것이 있을 때는 좋은 벗을 찾아 물어보며, 그래도 알지 못할 때는 혼자서 분발해 보지만, 억지로 통하려고는 하지 않는다. 우선 한쪽에 밀쳐두었다가, 가끔 다시 그 문제를 끄집어내어 마음에 어떤 사념도 없애고 곰곰이 생각하면서 스스로 깨달아지기를 기다리며, 오늘도 그렇게 하고 내일도 그렇게 할 것이다. 또 산새가 울고 초목이 무성하며, 바람과 서리가 차갑고 눈과 달빛이 어리는 등 사철의 경치가 다 다르니, 흥취 또한 끝이 없다.

그래서 너무 춥거나 덥거나 큰바람이 불거나 큰비가 올 때가 아니면, 어느 날이나 어느 때나 나가지 않는 날이 없고, 나갈 때나 돌아올 때나 이와 같이 하였다.

이것은 곧 한가히 지내면서 병을 조섭하기 위한 쓸모없는 일이라서, 비록 옛사람의 문정門庭을 엿보지는 못했지만, 스스로 마음속에 즐거움을 얻음이 얕지 않으니, 아무리 말이 없고자 하나 말하지 않고는 배길 수가 없었다. 이에 이르는 곳마다 칠언시 한 수로 그 일을 적어 보았더니, 모두 18절이 되었다.

몽천蒙泉·열정洌井·정초庭草·간류澗柳·채포菜圃·화체花砌·서록西麓·남반南沜·취미翠微·요랑廖朗·조기釣磯·월정月艇·학정鶴汀·구저鷗渚·어량魚梁·어촌漁村·연림烟林·설경雪徑·역천礫遷·칠원漆園·강사江寺·관정官亭·장교長郊·원수遠岫·토성土城·교동校洞 등 오언五言으로 사물이나 계절 따라 잡다하게 읊은 시 26수가 있으니, 이것은 앞의 시에서 다하지 못한 뜻을 말한 것이다.

아, 나는 불행히도 뒤늦게 구석진 나라에서 태어나 투박하고 고루하여 들은 것이 없으면서도, 산림山林에 즐거움이 있다는 것은 일찍이 알았었다. 그러나 중년中年에 들어 망령되이 세상길에 나아가, 바람과 티끌이 뒤엎는 속에서 여러 해를 보내면서 돌아오지도 못하고 거의 죽을 뻔하였다.

그 뒤에 나이는 더욱 들고 병은 더욱 깊어지며 처세는 더욱 곤란하여지고 보니, 세상이 나를 버리지 않더라도 내 스스로가 세상에서 버려지지 않을 수 없게 되었다. 이에 비로소 굴레에서 벗어나 전원田園에 몸을 던지니, 앞에서 말한 산림의 즐거움이 뜻밖에 내 앞으로 닥쳤던 것이다. 그렇다면, 내가 지금 오랜 병을 고치고 깊은 시름을 풀면서 늘그막을 편히 보낼 곳을 여기 말고 또 어디를 가서 구할 것인가. 옛날에 산림을 즐기는 사람들을 보면 거기에는 두 종류가 있다. 첫째는 현허玄虛를 사모하여 고상高尙을 일삼아 즐기는 사람이요, 둘째는 도의道義를 즐겨 심성心性 기르기를 즐기는 사람이다.

어떤 이가 묻기를, '옛날에 산을 사랑하는 사람들은 반드시 명산名山을 얻어 의탁하였거늘, 그대는 왜 청량산에 살지 않고 여기 사는가?'

'청량산은 만 길이나 높이 솟아서 까마득하게 깊은 골짜기를 내려다보고 있어서, 늙고 병든 사람이 편안히 살 곳이 못 된다. 또 산을 즐기고 물을 즐기려면 어느 하나가 없어도 안 되는데, 지금 낙천洛川이 청량산을 지나기는 하지만, 산에서는 그물이 보이지 않는다. 나도 청량산에서 살기를 진실로 원한다. 그런데도 그 산을 뒤로하고 이곳을 우선으로 하는 것은, 여기는 산과 물을 겸하고 또 늙고 병든 이에게 편하기 때문이다.'라고 하였다.

또 그가 말하기를, '옛사람들은 즐거움을 마음에서 얻고 바깥 물건에서 빌리지 않는다. 대개, 안연顏淵의 누항陋巷(누추한 집)과 원헌原憲의 옹유甕牖(창)에 무슨 산과 물이 있었던가. 그러므로 바깥 물건에 기대가 있으면 그것은 다 참다운 즐거움이 아니리라.' 했다. 그러므로 공자나 맹자도 일찍이 산수를 자주 일컬으면서 깊이 인식하였던 것이다. 만일 그대 말대로 한다면, '점點을 허여한다'는 탄식이 왜 하필 기수沂水 가에서 나왔으며, '해를 마치겠다'는 바람을 왜 하필 노봉蘆峰 꼭대기에서 읊조렸겠는가. '거기엔 반드시 이유가 있을 것이다.' 하자, 그 사람은 그렇겠다 하고 물러갔다.

신유년辛酉年(1561) 5월 7일, 조목趙穆이 양식이 떨어졌다는 말을 듣고, 거친 벼 열 말을 실어 보내면서 편지를 보냈다.

이 편지에서 먼저 보내는 거친 벼 열 말은 양식에 보태라고 한 다음, 이어서 도산에 서재를 짓는 일을 중지할 것을 지시하였다. 이보다 앞서 조카 喬와 제자 조목·금보·김부의·금응협·금응훈·김부윤·금난수 등이 농운정사隴雲精舍 곁에 두어 칸 짜리 저재書齋를 지어서 글을 읽고 학업을 닦는 장소로 삼기로 하고, 스승에게 이 계획을 말하자, 스승은 처음에는 그 뜻을 가상하게 생각하여 허락하였다. 그러나 조카 喬가 일을 너무 크게 벌려 두 차례나 회문回文을 돌려, 그 일에 참여할 사람이 20여 인이나 되었다. 이 소식을 듣고서 조목에게 편지를 보내 그 일을 중단하도록 지시한 것이다.

이로부터 4년이 경과한 갑자년(1564)에 처음 계획에 참여했
던 사람들과 정사성鄭士誠 등이 힘을 합쳐 처음 서재書齋를 지
으려던 농운정사 곁에 지은 건물이 역락서재亦樂書齋이다. 이
때 와룡면 말암리 정사성의 아버지가 경비를 부담하였다.

역락서재

신유년(61세) 가을에 드디어 도산서당陶山書堂이 완공되었다. 정사년(1557)에 터를 잡아서 공사를 시작한 지 5년이 되어서야 완공을 하게 된 것이다.

도산서당은 서당과 그 부속 건물인 농운정사로 구성되어 있다. 도산서당은 선생이 거처하며 강학講學 수도修道하기 위해 만든 집이다. 모두 3칸으로 되어 있는데, 마루를 암서헌이라 하고, 방을 완락재라 하였다.

농운정사는 제자들의 숙소인데, '농운隴雲'이란 도홍경陶弘景의 詩에서 '山中何所有 산속에 무엇이 있냐고요? 隴上多白雲 산마루에 흰구름이 많이 있지요.'에서 취한 것으로, 은사의 거처를 지칭하는 말이다. 농운정사는 모두 여덟 칸인데, 동쪽 마루를 시습재時習齋, 서쪽 마루를 관란헌觀瀾軒, 방을 지숙요止宿寮라 하였다.

도산서당 각 건물의 당재堂齋 명호名號를 손수 예서隷書로 써서 현판에 새겨 걸었다. 제자들이 힘을 합쳐 농운정사 아래쪽에 서재를 지어, 그 이름을 《논어》〈학이편〉 '유붕자원방래有朋自遠方來, 불역열호不亦說乎?'에서 취하여 역락서재亦樂書齋라 하고, 이 글씨도 손수 써서 현판에 새겨 걸었다.

도산서당 서쪽 옆으로 화단을 만들어 梅·竹·菊·松을 심고 절우사節友社라 하고, 도산서당 앞에는 작은 연못을 파서 연蓮을 심고 정우당淨友塘이라 이름하였으며, 도산서당의 입구에 사립문을 만들어 달고 유정문幽貞門이라 하였다.

도산서당 앞쪽 낙동강에 임한 천연대天淵臺는 자연의 완상에 그치지 않고 심안心眼을 열었다.

> 自誠明謂之性　정성으로 말미암아 밝아짐을 본성이라 하고,
> 自明誠謂之敎　밝음으로 말미암아 정성됨을 가르침이라
> 　　　　　　　하니,
> 誠則明矣 明則誠矣　정성은 밝음이요 밝음은 정성이다.

마음을 정성되이 함으로써 천도의 묘함을 터득하겠다는 생각으로 이 부분을 세 번 거듭 외우겠다고 시흥을 북돋우고 있다.

이 〈천연대〉 시에서 그는 '하늘에 솔개 날고, 못에서 물고기가 뛰는(鳶飛於天, 魚躍于淵)' 자연의 본성을 노래하였다.

縱翼揚鱗孰使然
종 익 양 린 숙 사 연

솔개 날고 고기 뜀을 뉘라서 시켰던고,

流行活潑妙天淵
유 행 활 발 묘 천 연

활발한 그 움직임 못과 하늘 묘하도다.

江臺盡日開心眼
강 대 진 일 개 심 안

강대에 해 지도록 맘과 눈이 열렸으니,

三復明誠一巨編
삼 복 명 성 일 거 편

중용 명성장을 세 번 거듭 외우련다.

풍산 채화정의 봄

을축년(1565) 3월 16일, 도산陶山에 은거하여 사는 자신의 취지志趣를 노래한 '언지言志'인 前六曲과 학문과 수양修養을 통한 성정의 순정醇正을 노래한 '언학言學'인 後六曲의 두 부분으로 구성된 시조 〈도산십이곡陶山十二曲〉을 지어서 손수 쓰고, 이 작품을 짓게 된 취지를 설명한 발문跋文을 지어서 그 뒤에 붙였다.

이 발문에서 한림별곡류翰林別曲類는 지나치게 향락적이고, 이별李鼈의 「六歌」는 한림별곡류보다는 낮지만 완세불공玩世不恭하는 뜻이 있고, 온유돈후溫柔敦厚의 實이 적다고 기존에 크게 유행하던 시가詩歌들을 비판한 다음, 사람의 성정순화性情醇化에 기여할 수 있는 작품으로 〈도산십이곡〉을 짓는다고 하였다.

한시漢詩는 읊조릴 수는 있어도 노래 부를 수 없기 때문에 흥취를 크게 일으켜 성정의 순화에 도움을 주기 위해 한글로 시조를 지었다고 하였다. 곧 국문시가인 시조에 대한 인식을 새롭게 한 것이다.

이 〈도산십이곡〉을 도산서당에서 공부하는 자질子姪들이나 제자들에게 익히게 하여, 노래 부르는 사람이나 그 노래를 듣는 사람 모두의 성정순화性情醇化에 큰 도움이 되도록 하였다.

이런둘 엇더ᄒ며 뎌런둘 엇다ᄒ료
초야 우생草野愚生이 이러타 엇더ᄒ료
ᄒ믈며 천석 고황泉石膏肓을 고텨 므슴ᄒ료

연하煙霞로 지블 삼고 풍월風月로 버들사마
태평성대太平聖代예 병病으로 늘거나뇌
이듕에 바라ᄂ 이른 허믈이나 업고쟈

순풍淳風이 죽다ᄒ니 진실眞實로 거즈마리
인생人生이 어다 ᄒ니 진실眞實로 올ᄒ 마리
천하天下에 허다영재許多英才를 소겨 말솜ᄒᆯ가

유란幽蘭이 재곡在谷ᄒ니 자연自然이 듣디 됴해
백운白雲이 재산在山ᄒ니 자연自然이 보디됴해
이 듕에 피미일인彼美一人을 더옥 닛디 몯ᄒ얘

산전山前에 유대有臺ᄒ고 대하臺下에 유수有水로다
ᄠᅦ 만ᄒ 골며기ᄂ 오명가명 ᄒ거든
엇디다 교교백구皎皎白鷗ᄂ 머리 ᄆ숨 ᄒᄂ고
춘풍春風에 화만산花滿山ᄒ고 추야秋夜에 월만대月滿臺라

사시가흥四時佳興 사룸과 혼가지라

호믈며 어약연비漁躍鳶飛 운영천광雲影天光이아 어늬 그지 이
슬고

천운대天雲臺 도라드러 완락제玩樂齊 소쇄瀟洒 혼듸

만권생애萬卷生涯로 낙사樂事 무궁無窮얘라

이 듕에 왕래풍류往來風流롤 닐어 무슴홀고

뇌정雷霆이 파산破山 호야도 농자聾者는 몯 듣ㅁ니

백일白日이 중천中天 호야도 고자瞽者는 몯 보ㅁ니

우리는 이목총명남자耳目聰明男子로 농고聾瞽 굳디마로리

고인古人도 날 몯 보고 나도 고인古人 몯 뵈

고인古人을 몯 뵈도 녀던 길 알픠 잇니

녀던 길 알픠 잇거든 아니 녀고 엇뎔고

당시當時예 녀던 길흘 몃히를 브려 두고

어듸 가 둔니다가 이제사 도라온고

이제나 도라오나니 년듸 무숨 마로리

청산青山는 엇뎨ㅎ야 만고萬古에 프르르며
유수流水는 엇뎨ㅎ야 주야晝夜에 긋디 아니는고
우리도 그치디 마라 만고상청萬古常靑 호리라

우부愚夫도 알며 ㅎ거니 긔 아니 쉬운가
성인聖人도 몯다 ㅎ시니 긔 아니 어려운가
쉽거나 어렵거낫 듕에 늙는 주를 몰래라

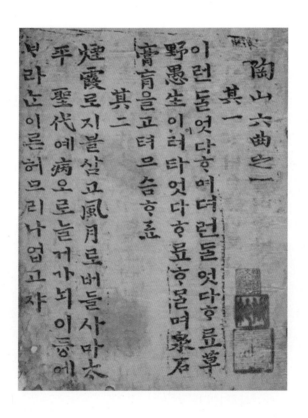

도산서원은 李子가 타계한 후 그의 제자들에 의해 갑술년 (1574)에 도산서당 뒤편에 창건되었고, 그 이듬해인 1575년에 서원 건물이 낙성되면서 '陶山'이라는 사액을 받았다.

한석봉이 어전에서 '院書山陶' 현판을 썼다고 한다.

도산서당은 도산서원 안에 있는 3칸 기와집이다. 도산서당이 도산서원이 되기까지는 지산와사芝山蝸舍를 시작으로 양진암, 한서암, 계상서당, 도산서당으로 발전한 것이다.

도산서원 전교당

계상서당에서 암서헌과 완락재로 옮겨가면서 가르침을 받은 제자는 조월천, 허미수, 류서애, 김학봉, 정한강, 박승임, 박승윤 등 260여 명인데, 특히 월천 조목은 스승을 마지막까지 가까이 모셨고, 도산서원 상덕사尙德祠에 스승과 더불어 그의 위패가 봉안되어 있어 李子를 주향主享하고 월천을 배향配享하고 있다.

지산와사에서 시작된 가르침은 어머니 거상居喪 중에도 이어졌으며, 계상서당을 거쳐서 도산서당으로 옮겨가면서 가르침은 계속 되었다.

선생이 별세하기 직전, 스승의 병이 위중하다는 소식을 듣고 찾아와서 계상서당 주위에 머물고 있던 제자들을 만났다.

자제들이 스승의 형편을 생각하여 만나지 않기를 청하자,

"죽고 사는 것이 갈리는 이때에 만나보지 않을 수 없다."

윗옷을 걸치게 한 다음 제자들을 만나서,

"평소 그릇된 견해를 가지고 제군諸君들과 종일토록 강론講論한 것 또한 쉬운 일은 아니었다."

〈여러 서원을 총론總論하다〉

白首窮經道未聞
백 수 궁 경 도 미 문
늙도록 경서 연구 도를 듣지 못했으나

幸深諸院倡斯文
행 심 제 원 창 사 문
다행히도 여러 서원 사문을 창도하네.

如何科目波飜海
여 하 과 목 파 번 해
어찌하여 과거 물결 온 바다를 뒤집어서

使我間愁劇似雲
사 아 한 수 극 사 운
쓸데없는 나의 시름 구름처럼 부풀리나.

조선의 교육 기관은 관학과 사학이 있어, 서울에는 관학인 성균관과 4학[四部學堂]이 있었고, 지방은 군청 소재지에 향교가 있었으나, 사학私學으로는 서원·서당·서재書齋가 있었다.

　　서당은 학문의 기초과정으로 마을에 있었으나, 도산처럼 산간벽촌에서는 뜻이 있어도 더 이상의 학업은 불가능하였다.

　　李子의 서원운동은 사학私學을 통하여 지방에까지 성리학을 보급할 수 있었으며, 과거 중심의 교육이 아닌 순수한 진리탐구와 진실 추구를 위한 성리학의 초석이 되었다.

　　이는 우리나라 사학 교육의 연원이 되었다.

3. 그물에 걸린 새
有鳥辭林被網羅

그 해 겨울은 李子의 생애 중에 가장 추운 겨울이었다.

1565년(명종 20) 12월 26일, 가선대부·동지중추부사에 임명하고, 서울로 올라오라는 명종의 교지를 받았다.

"내가 불민하여 현자를 좋아하는 성의가 없었던 것 같다. 전부터 여러 번 불렀는데, 늙고 병들었다는 이유로 사양하고 있으니 내 마음이 편치 않다. 경은 나의 지극한 마음을 알아주어 역말을 타고 올라오라."

좌의정 심통원이 사직하자, 영의정 이준경과 우의정 이명은 덕행이 있으나, 탐욕스런 심통원을 수정영자水精纓子에 오목烏木이 사이에 끼었다고 조롱하였다.

《명종실록》사신史臣은 李子를 현인賢人이라 칭송하였다.

"지난 무오년 간에 여러 번 소명이 있었는데, 이황은 다섯 가지의 알맞지 않은 이유를 들어 사양했으나 상의 교지가 준엄해 깊이 잘못이라고 하니, 이황은 부득이 부름에 나아갔지만 그의 본뜻은 아니었다. 그가 올라올 때 사람들은 모두 '간관이 되지 않으면 반드시 논사論思의 장이 될 것이다.'라고 했는데, … 현인賢人이라고 불러놓고 어질지 않은 사람으로 대우하니, 이것이 이황이 종신토록 조정에 나오지 않은 이유였다."

병인丙寅년, 66세의 李子는 병으로 이 명령을 사면辭免할 계획을 세웠기 때문에 계남서재溪南書齋에 머물고 있는 제자들을 돌려보냈다.

소명召命을 받았으니, 고향에 머물 수 없었다. 길을 떠나 요성산 성천사에 묵었다. 이때 그곳 서촌(櫃野村)에 살고 있던 박사희朴士熹와 김생명金生溟이 찾아와 함께 묵게 되었다.

그날 밤, 쉽게 잠들 수 없었다. 엄동설한에 노쇠한 몸으로 서울까지 갈 수 있을지, 다행히 서울에 가더라도 자신이 무엇을 감당할 수 있을지… 이런저런 생각에 잠을 뒤척이었다.

특히 조건중曹楗仲(남명 조식)의 말이 마음에 걸린다.

"요즘 초학初學하는 선비들은 고원高遠한 얘기를 좋아하면서 쇄소응대灑掃應對하는 절차도 모른다. 먼저 《역학계몽易學啓蒙》이나 《태극도설太極圖說》 등의 책을 배우는 것은 심신心身에 이익될 것이 없고 마침내 명리名利나 위하는 것으로 귀착되게 된다.' 하면서, 일찍이 이러한 내용으로 이황李滉에게 글을 보내어 이런 풍습을 금하려 하였다."

'아, 나의 뜻 누가 믿으랴(我懷伊阻).' 李子는 탄식했다.

김성일金誠一이 《대학》을 읽다가 理, 氣에 대해 물었을 때,

"그대가 《태극도설太極圖說》을 배우지 않아 이렇게 담벼락을 마주한 것처럼 갑갑한 것이다. 《태극도설》 가운데 '군자는 닦

아서 길하고 소인은 어겨서 흉하다.〔군자수지길君子修之吉 소인패지흉小人悖之凶〕'라고 한 이 구절은, 배우는 자가 가장 힘써서 공부해야 할 대목이다. 닦느냐 어기느냐는 단지 공경하느냐 제멋대로 행동하느냐에 달려 있는 것이니, 두려워하지 않을 수 있겠는가?"

李子가 이처럼 중히 여기는《역학계몽易學啓蒙》이나《태극도설太極圖說》을 단지 명리名利나 쫓는 위인지학爲人之學으로 취급하다니, 어처구니없었다.

李子의 저술 중《천명도설 후설後設》은 빼놓을 수 없다.

계축년癸丑年(1553), 정지운의《天命圖說》을 수정하여 정본定本에 후서後叙《天命圖說(附圖)》를 지어서 도식圖式을 붙인 경위와 천명도의 내용을 비교적 상세하게 기술하였다.

「내가 처음 벼슬에 나온 이래 한양 서쪽 성문 안에 와서 산 지가 20년이 되었는데, 아직까지도 이웃에 사는 정정이鄭靜而 정지운鄭之雲과 서로 인사가 없어 교제하지 못했다.

조카 교喬가 '천명도天命圖'라는 것을 얻어 가지고 와서 보여주었는데, 그 도식과 해설이 자못 틀린 데가 있었다.

정이靜而에게 연락하였더니 본도本圖를 보여주었다.

"지금 이 도식이 교주喬가 전해준 것과 같지 않은 것은 어찌된 까닭입니까?"

"지난날 모재慕齋(김안국)와 사재思齋(김정국) 두 선생의 문하門下에서 배울 적에 그 이론을 듣고 물러 나와서, 성리性理의 미묘함을 표준하여 시험 삼아 주자朱子의 말씀을 취하고 여러 학설을 참작하여 도식을 하나 만들어서 모재 선생에게 올려 의심나는 것을 질정하였으나 금하지 않으셨습니다.

당시 동문의 생도들이 이것을 베껴서 사우士友들에게 전하면서 전후로 차이가 생긴 것인데, 아직까지도 확정이 되지 않았습니다."

"우리들이 학문을 익히면서 만일 타당하지 못한 곳이 있음을 깨달았다면, 또 어찌 구차하게 동조하고 왜곡되게 변호하여 끝내 그 시비를 가려내지 않을 수 있겠습니까."

"제가 일찍부터 우려하던 것이니, 감히 마음을 비우고 가르침을 듣지 않을 수 있겠습니까."

내가 마침내 〈태극도太極圖〉와 그 해설을 증거로 대며 잘못된 대목은 고치고 쓸모없는 대목은 빼고, 어느 대목은 빠졌으니 보충하지 않을 수 없다고 하였는데, 정이는 모두 수긍하면서 어기거나 고치기를 싫어하는 기색이 없었다.

다만 내 말에 타당하지 않은 것이 있으면 반드시 힘껏 변명하고 논란하여 지당하게 귀결된 뒤에야 그만두려 하였다.

두어 달이 지난 뒤에 정이靜而가 고쳐 만든 도식과 부기한 해설을 가지고 와서 나에게 보여주기에 다시 함께 참고하고 교정하여 완전히 정비하였다.

자리 오른편에 걸어 놓고 아침저녁으로 마음을 부치고 자세히 들여다보며 연구하여, 이 도식을 통해 스스로 깨우쳐 마음을 계발하여 조금이나마 진전이 있기를 바랐다.

하루는 어떤 손님이 우리 집에 와서 이것을 보고,

"정생鄭生이 〈천명도〉를 가지고 있었는데, 그대가 고정考訂해 주었다더니, 그게 바로 이것입니까? 정생의 주제넘음과 그대의 어리석고 망령됨이 너무 심합니다."

내가 눈이 둥그레지며, "무슨 말입니까?"

"황하黃河와 낙수洛水에서 상서가 나오자 복희씨伏羲氏와 우禹 임금이 이로 인하여 《주역》의 팔괘八卦와 《서경》의 〈홍범洪範〉을 지었으며, 오성五星이 규성奎星에 모이자 朱子가 이에 응하여 〈태극도설太極圖說〉을 만들었습니다.

도서圖書를 만드는 것은 반드시 성현聖賢이 나온 뒤에야 비로소 할 수 있는 것입니다. 저 정생이란 사람은 어떤 사람인데 감히 도식을 만들었으며, 그대는 어떤 사람인데 감히 그 잘못을 도와주었단 말입니까."

내가 일어나 사과하기를,

"서생書生이 옛것만 믿고 마음대로 저촉하고 무릅써 참람함이 이에 이르렀는데, 그대의 후한 책망과 깨우침 덕분에 거의 죄과를 면하게 되었으니 이런 다행히 어디 있겠습니까.

이 도식은 주자周子(주돈이)의 말씀을 가지고 태극의 본도本圖에 근거하여 《중용》의 대지大旨를 기술하여, 은미한 이치를 쉽게 깨닫게 하려는데 불과합니다."

"그대가 나를 속이려 합니까. 주자周子의 〈태극도〉에서는 태극에서 오행五行까지 세 개의 층層으로 되었고, 기화氣化와 형화形化가 두 층으로 되었는데, 이 도식에서는 덩그러니 동그라미 하나뿐입니다."

"'오행은 하나의 음양이요, 음양은 하나의 태극이다.' 하였으니, 음양의 조화는 바로 하나의 태극이 하는 것입니다. 따라서 혼륜渾淪하여 말하면 단지 하나뿐입니다. 다만 주자周子가 〈태극도〉를 만들어서 사람들에게 보일 적에 부득이 다섯으로 나누었던 것뿐입니다."

"이것도 도식을 만들어 남에게 보이는 것인데, 어째서 주자周子처럼 하나를 나누어 다섯으로 만들지 않고 도리어 다섯을 합하여 하나로 하였습니까?"

"각각 주장하는 것이 있어서입니다. 염계濂溪는 이기理氣의

근본을 천명하고 조화造化의 기묘機妙를 드러내었으니 나누어
다섯으로 만들지 않으면 사람들을 깨우칠 수 없고, 이 도식은
사람과 물건의 타고난 것으로 인하고 이와 기의 화생化生을 근
원하였으니, 합하여 하나로 만들지 않으면 그 위치가 제대로
되지 않기 때문입니다. 따라서 이것은 〈태극도설〉을 기반으로
그려놓은 것에 불과할 뿐 다른 뜻이 있는 것은 아닙니다."

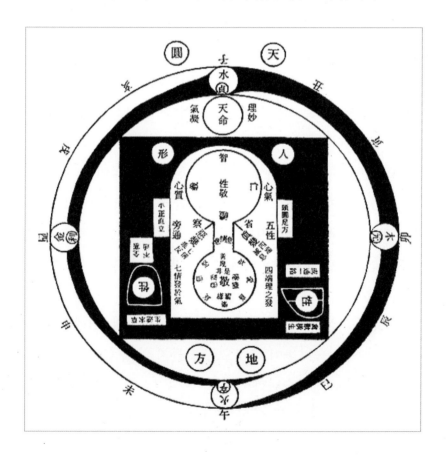

"〈태극도〉에는 음 가운데 양이 있고 양 가운데 음이 있는데, 여기에는 없고 〈태극도〉에는 원元·형亨·이利·정貞이 없는데, 여기에는 있고 〈태극도〉에는 땅과 사람과 물건의 형체가 없는데, 여기에는 있는 것은 무슨 까닭입니까?"

"陰의 子에서 午까지는 양 가운데 음이 되고, 양의 午에서 子까지는 음 가운데 양이 되니, 〈하도河圖〉와 염계의 〈태극도〉가 모두 그러합니다. 다만 거기에서는 대대對對를 위주로 하기 때문에 객이 주인 가운데 포함되어 있고, 이 〈천명도〉는 운행運行을 위주로 하기 때문에 제때를 만난 것이 속에 있고 공을 이룬 것이 밖에 있으니, 실제로는 똑같습니다.

염계의 〈도설〉에서 '오행이 생길 때에 각각 그 性을 하나씩 타고난다.' 하였는데, 性은 바로 理입니다. 그렇다면 거기에 이른바 '오행의 성'이란 곧 여기의 원·형·이·정을 말한 것이니, 어찌 거기는 없는데 여기는 있다 하겠습니까. 地와 인물人物의 형체의 경우도 〈태극도설〉에서 가져온 것입니다. 〈도설〉에 이른바 '태극의 眞과 음양·오행의 정기精氣가 묘하게 합하여 남자를 이루고 여자를 이루어 만물이 화생한다. 만물이 생기고 또 생겨서 변화가 끝이 없다.' 한 것이 인물이 아니고 무엇입니까.

'이 〈천명도〉는 사람과 물건의 타고난 것을 인하고, 理와 氣

의 화생化生을 근원하여 만들었다.' 하였으니, 地 또한 하나의 물체입니다. 그렇다면 인물을 형용하면서 아울러 땅을 형용한 것이 모두 조술祖述한 바가 있는 것인데, 그대는 어찌하여 거기에 있고 없고 같고 다른 것을 의심합니까?"

"이 〈천명도〉가 〈태극도〉에 조술한 바가 있다고 그대가 말한 것은 그럴 듯합니다. 그러나 〈태극도〉에서 왼쪽이 양陽이 되고 오른쪽이 음陰이 된 것은 하도河圖와 낙서洛書에서 午가 앞이고 子가 뒤이며, 왼쪽이 卯이고 오른쪽이 酉로 된 방위方位에 근본한 것이니, 이는 참으로 만세토록 바뀌지 않을 정해진 분수입니다. 그런데 이 도식에선 일체를 이와 반대로 바꾸어 놓았으니, 엉성하고 틀리게 해놓은 것이 아닙니까?"

"그렇지 않습니다. 이것은 방위를 바꾸어놓은 것이 아니고 다만 보는 사람과 도식 사이에 주객主客의 차이가 있는 것뿐입니다. 왜냐하면 하도·낙서 이하 모든 도서圖書의 위치는 모두 북쪽에서 내려오는 것을 위주로 하였는데, 보는 사람도 북쪽에서 보는 것을 위주로 보니, 이는 도식과 보는 사람 사이에 주객의 구분이 없는 것입니다. 그리하여 전후좌우·동서남북이 모두 바뀌지 않았습니다. 반면 이 〈천명도〉는 도식이 주인으로 북쪽에 있고 보는 사람은 손님이 되어 남쪽에 있어서 손님 쪽에서 주인을 향해 남쪽에서 북쪽으로 보기 때문에 그 전후좌우가 보는 사람의 향배向背에 따라 서로 바뀐 것뿐이지 천지天地의 동서남북의 본래 위치에 변함이 있는 것은 아닙니다. 이것은 그 곡절이 다른 것 같지만 의미에 있어서는 차이가 없는 것입니다."

"하도·낙서와 선천先天·후천後天 등은 모두 아래에서 시작했는데, 이 도식만 위에서 시작한 것은 무슨 까닭입니까?"

"이것도 〈태극도〉를 따라 그렇게 만든 것입니다. 〈태극도〉가 군이 위에서 시작한 것에 대해 그 연유를 말하겠습니다. 북쪽에서 남쪽을 향하여 전후좌우를 나누어 놓고서, 이어 뒤에 있는 子를 아래로 하고 앞에 있는 午를 위로 한 것은 하도·낙서 이하가 모두 그렇게 되어 있습니다. 그 이유는 양기陽氣가 처음 아래에서 생겨서 차차 자라나 위에서 극에 달하니, 북방은 양기가 처음 생기는 곳입니다. 저 하도·낙서는 모두 음·양의 소멸과 성장을 위주로 하되 양을 중시하였으니, 북쪽으로부터 아래에서 시작하는 것은 당연합니다. 그러나 〈태극도〉에 있어서는 이와 다릅니다. 理와 氣를 근원하여 조화의 기틀을 드러내어 상천上天이 만물에 품부해 주는 도리를 표시해 놓은 까닭에 위에서 시작하여 아래에 이른 것입니다. 그렇게 한 이유는 하늘의 위치가 실로 위에 있어 본성을 내려주는 천명을 아래서부터 위로 올라간다고 할 수 없기 때문입니다. 지금 이 도식은 한결같이 염계濂溪의 옛것에 의지하여 만든 것이니, 어찌 이에 대해서만 유독 그 뜻을 어길 수 있겠습니까. 처음에 정이靜而가 하도·낙서의 예에 따라 아래에서부터 시작한 것을 고쳐 염계의 예를 따르게 한 것은 나의 책임입니다.”

"〈태극도〉가 위에서부터 시작한 것은 火가 왕성한 오방午方의 자리에 해당하고, 이 도식이 위에서부터 시작한 것은 水가 왕성한 자방子方의 자리에 해당하니, 이래도 같다 할 수 있습니까?”

"〈태극도〉는 이미 만물에게 명령하는 것을 위주로 하였으니, 그 도식의 위쪽은 바로 상제上帝가 본성을 내려주는 최초의 근원으로 만물의 근저根柢의 극치가 되어, 하도·낙서 등의 도식이 소멸과 생성을 위주로 하는 것과는 자연 같지 않습니다. 그렇다면 그 도식의 체體는 다만 한가운데 세워서 곧장 보아 내려가는 것이지 편벽되게 남방南方을 위로 하지 않은 것이 분명합니다. 이 도식을 만들면서는 사람과 물건이 품부하여 생겨난 이후로부터 시작하여 천지의 운화運化의 근원을 미루어 나갔으니, 도식의 상면은 실로 〈태극도〉의 상면이지만 상면이 되는 위치와 등급은 차이가 있게 된 것입니다.

〈태극도〉는 태극에서 시작하여 음양과 오행이 차례대로 나온 뒤에야 묘하게 응결하는 圓이 있으니, 묘하게 응결하는 원이 바로 이 도식에 게시한 천명天命의 원인인 것입니다. 朱子가 말하기를, '태극에 동動과 정靜이 있는 것은 바로 천명이 유행流行하는 것이다.' 하였으니, 이 말씀대로라면 〈천명도〉를 만드는 데는 마땅히 태극에서 시작해야 할 것인데, 묘하게 합하여 응결하는 데서부터 시작한 것은 무슨 까닭이겠습니까. 사람과 물건이 생겨난 이후로부터 시작하여 그것을 미루어 올라가서 묘하게 응결하는 곳까지 이르면 이미 극치가 되기 때문에 이것으로 도식의 상면에 해당시켜 천명을 처음 받는 곳으로 만든 것입니다.

오행과 음양 이상은 실로 천원天圓의 한 도식에 갖춰져 있으며, 소리도 없고 냄새도 없는 태극은 묘사할 필요도 없이 심원하여 그치지 않음〔어목불이於穆不已〕이 그 가운데 뻗쳐있는 것입니다. 그렇다면 도식의 상면 또한 어찌 편벽되어 水가 왕성한 자리에만 해당한다고 하겠습니까."

"그러면 이 도식만 〈태극도〉가 북쪽에서 남쪽을 향하고 사람과 물건을 그 사이에 배치한 것같이 할 수 없다는 것입니까? 또 북쪽이 위가 되고 남쪽이 아래가 되는 것에도 이유가 있습니까?"

"천지天地의 성性에는 사람이 제일 귀합니다.《주역》에 이르기를, '하늘의 道를 세우니 음과 양이요, 땅의 도를 세우니 유柔와 강剛이요, 사람의 도를 세우니 인仁과 의義이다.' 하였으니, 이것은 인극人極이 세워지면 천지와 함께 참여하게 됨을 말한 것입니다. 천지의 道는 북쪽에 위치하여 남쪽을 향해 있고, 사람은 그 사이에 태어나 음陰을 등지고 양陽을 안고서 또한 북쪽에 위치하여 남쪽을 향해 서있으니, 이것이 올바른 위치여서 천지와 함께 참여하여 삼재三才가 되는 귀중함을 볼 수 있습니다. 만약 그렇지 않다면 천지는 북쪽에 위치하여 남쪽을 향하고 있는데, 사람은 남쪽에서 북쪽을 향하여 양陽을 등지고 음陰을 안게 됩니다. 천지가 주인이 되고 사람이 손님이 된다면 명실名實과 향배向背, 경중과 귀천이 모두 타당성을 잃게 될 것이니, 어찌 옳겠습니까.

또 종래의 도서圖書들이 북쪽을 아래로 만들어 놓은 것은 북쪽이 아래라는 것이 아니고, 기운이 아래에서 위로 올라가는 것을 가지고 말해서일 뿐입니다. 그런데 이 도식에서는 천지가 형체를 정해놓은 것을 가지고 말했으니, 북극이 높고 남극이 낮으며, 서북이 높고 동남이 낮은 것을 또 어찌 의심할 것이 있겠습니까."

"사람과 금수와 초목의 형체를 방方·원圓과 횡橫·역逆의 유형으로 나눈 것은 어디에 근거한 것입니까?"

"이것은 본래 선유先儒들의 설로써 정이靜而가 변론해 놓은 데서 다 얘기하였으니, 내가 더 자세히 말하지 않아도 될 것입니다."

"그렇다면 천명天命에서부터 心·性·情·意에 대한 善·惡의 구분과 또 사단·칠정의 發함이 자사子思와 주자周子에 부합한다는 것에 대한 그 대략을 들어볼 수 있겠습니까?"

"천명의 원圓은 곧 주자周子가 이른바 '무극의 진眞과 음양·오행의 정기精氣가 묘하게 합하여 응결한다.'는 것인데, 자사는 理와 氣가 묘하게 합한 가운데서 홀로 무극의 理만 가리켜 말하였습니다. 그러므로 곧바로 이것을 性이라고 하였을 뿐입니다. 사람과 물건을 갈라놓고 '물건마다 각각 하나의 태극을 가지고 있다.'는 것은 주자周子의 〈도설圖說〉에 근본한 것으로 자사의 이른바 性이란 것이고, 心·性의 원은 곧 주자周子가 말한 '오직 사람만이 그 빼어난 것을 얻어 가장 영특하다.'는 것이며, 그 영특한 것은 心으로서 性이 그 가운데 갖추어져 있으니 仁·義·禮·智·信의 다섯 가지가 바로 이것이며, 빼어나다는 것은 氣와 質입니다. 오른쪽의 質은 陰이 하는 것이니, 곧 이른바 '형체가 이미 생겼다.'는 것이고, 왼쪽의 氣는 陽이 하는 것이니, 곧 이른바 '神이 知를 발한다.'는 것입니다. '성이 발하여 情이 되고, 심이 발하여 意가 된다.'는 것은, 곧 오성五

性이 감동함을 이르는 것이고, 선기善幾와 악기惡幾는 '선과 악이 나누어진다.'는 것이고, 사단四端과 칠정七情은 '온갖 일이 여기에서 나온다.'는 것입니다. 이로 말미암아 말한다면 〈천명도〉의 구절은 모두가 주자周子의 〈도圖〉에 근본한 것이며, 性·情의 미발未發·이발已發이 또 어찌 자사에서 벗어난다 하겠습니까.

더구나 敬으로 靜할 때에 존양存養하는 것은 바로 주자周子의 '정靜을 주장하여 극極을 세운다.'는 것으로, 자사의 '계구戒懼로 말미암아 中을 지극히 한다.'는 것을 말한 것이고, 動할 때에 敬으로 성찰한다는 것은 주자周子의 '정定하여 닦는다.'는 일로써 자사의 '근독謹獨으로 말미암아 和를 지극히 한다.'는 것을 말한 것입니다.

그리고 악기惡幾가 횡橫으로 나온 것은 바로 '소인小人들이 도리를 어그러뜨려 흉하다.'는 것이니, 내 생각에 이 도식은 사사로운 생각으로 창출해 낸 것이 아닙니다. 그러니 어찌 지나치게 무함하는 말을 빌릴 것이 있겠습니까. 배우는 사람들이 이 도식에서 참으로 천명天命이 내 몸에 구비되어 있는 것을 알아서 덕성德性을 높여 믿고 따르기를 지극하게 한다면 본래의 고귀함을 잃지 않을 것이며, 인극人極이 여기에 있어 천지에 참여하고 화육化育을 돕는 공효가 모두 이르게 될 것이니,

또한 위대한 일이 아닙니까."

"그대는 이 도식이 자사子思와 주자周子의 도에 맞다고 하는데, 이것은 정생鄭生과 그대가 자사와 주자周子의 도에 터득함이 있다는 것입니까? 내가 들으니, '道가 있는 사람은 속에 쌓인 것이 밖으로 드러나 덕스러운 모양이 얼굴에 나타나고 등으로도 넘쳐난다. 그리하여 집안에 있어도 반드시 달達하게 되며 나라에 있어도 반드시 달하게 된다.'고 하는데, 지금 정생의 곤궁함과 불우함을 사람들이 다 외면하고 그대의 용졸庸拙한 재주로 녹만 먹고 있는 것을 세상 사람들이 모두 비웃고 있습니다. 아무리 자신을 알기가 어렵다 해도 어째서 조금이라도 스스로 돌이켜 자신을 헤아려보지 않고 서로 더불어 참람되고 망령된 짓을 한단 말입니까."

"아, 나는 처음에 손님을 통달한 사람이라 생각해서 묻는 대로 어리석은 소견을 공손히 대답하였는데, 이제 내 기대를 크게 실망시키는군요. 진실로 그대의 말대로라면 공자가 있어야 주공의 도를 얘기할 수 있고, 자사와 맹자가 있어야 안자와 증자의 학문을 배울 수 있단 말입니까. '성인은 하늘을 희망하고, 현인은 성인을 희망하고, 선비는 현인을 희망한다.'는 말은 모두 없애야 한단 말입니까.

무릇 선비가 의리義理를 논하는 것은, 농부가 뽕나무와 삼

[麻]에 대해 말하고 장석匠石이 먹줄과 먹통을 얘기하는 것과 같아서, 제각기 떳떳한 일을 하는 것입니다. 그런데 그대는 농부에게, '네가 참람되게 신농씨神農氏가 되려 한다.'고 나무라며, 장석에게, '네가 망령되게 공수자公輸子가 되려 한다.'고 나무라고 있습니다. 신농씨와 공수자는 실로 쉽사리 따라갈 수 없습니다. 그러나 이들을 버린다면 또 어디서 배워서 농부나 장인이 되겠습니까.

통箭을 메는 사람이 《주역》의 한 구절을 얘기한 것이 이치에 맞자 군자가 그 말을 취해 후세에 전하였다고 어찌 통을 메는 사람을 반드시 복희씨와 문왕이라 여긴 것이겠습니까. 말이 취할 만하면 취하는 것이니, 군자가 남을 지나치게 나무라지 않고 그의 뜻이 좋은 것을 용납함이 이와 같은 것입니다. 그대의 말은 우리들이 참고한다는 면에서는 도움을 준 것이 매우 크지만, 그대가 남을 책망하는 도리에서는 너무 험악하고 좁은 것이 아니겠습니까."

손님이 이에 망연자실하다가 깨달은 바가 있어 머뭇머뭇하다가 떠나갔다.」

계축년(1553) 납평절臘平節에 청량산인淸涼山人은 삼가 쓰노라.

주희의 태극의 본도本圖를 근거로 중용中庸의 대지大旨를 기술한 것이다. 그림은 천원天圓·지방地方의 현상을 본떠 위로 천명권天命圈을 설정하고, 아래로는 인체의 각 부위를 본떠 그렸다.

《천명신도》는 '태극도'의 다섯 가지 그림을 하나의 원 속에 그려 넣었고, '천원권天圓圈'에 음양의 소장을 표시하는 흑백색의 두 원형선 및 '원형이정·수화목금토'를 기록하였으며, 이 그림의 '자오묘유子午卯酉'의 방위는 종래의 하도河圖·낙서洛書의 방위와 달리 자子(북방)가 위로 올라가고 오午(남방)가 아래로 내려왔다. 따라서 묘유卯酉(동서)의 방향도 바뀌었다.

《천명도설》의 주된 내용은 '천측리, 이기理氣, 경외敬畏, 도덕道德' 등에 대한 문제를 총10절로 구성하였다.

제1절 천명지리天命之理, 제2절 오행지기五行之氣,
제3절 이기지분理氣之分, 제4절 생물지원生物之原,
제5절 인물지수人物之殊, 제6절 인심지구人心之具,
제7절 성정지목性情之目, 제8절 의기선악意幾善惡,
제9절 기질지품氣質之品, 제10절 존성지요存省之要

《천명도설》은 李子와 기대승 간의 '사칠논변四七論辨'의 발단이 되었다. 천명과 인성의 관계를 체계화하는데 '사단칠정四端七情'의 '발發'의 문제를 새로 제기하고 있다는 특징을 지니고 있다. 인간에게 선악의 결정은 스스로의 의식에 의해 좌우되는 것으로 보고, 이를 따르려는 노력으로 성誠과 경敬을 강조하고 있다.

하늘과 사람을 관통하는 궁극의 진리가 '太極'이요, 理이다. 우주 본질은 인간 본질과 같은 법칙·원리로서 사람의 확대가 우주이며, 우주의 축소가 곧 사람이라는 우주 이해와 인간 의식을 지닌 천인합일의 사상이다.

우주론적인 '理氣'는 인성론적인 '性·命'과 함께 하나의 얼굴에 두 개의 모습인 것이다. 주는 자〔天〕가 지니는 것이 '命'이라면, 받는 자〔物〕가 가지는 것은 '性'이다. 성리학은 진리를 추구하며, 인간 스스로가 진리적 존재가 됨〔救人成聖〕에 그 궁극적인 목표를 두고 있다. 진리는 일상의 삶 가운데 있고, 이를 터득하는 길은 끊임없는 인간 수련〔居敬窮理·存養省察〕에 있다. 성리학적 진리를 이해하는 길은 인식에 있고 참된 진리, 즉 理(진리)는 성리학이 밝히려는 궁극적인 명제이다.

대한민국 태극기는 1882년 8월 9일 특명전권대신 겸 수신사 박영효朴泳孝가 메이지환明治丸 편으로 출항할 때 처음 만들었다. 태극기의 문양文樣과 이념은 고대로부터 우리 민족에게 전통적으로 쓰여왔는데, '태극'이라는 용어는 《태극도설》에서, 사괘四卦는 《周易》의 팔괘 중에서 건乾(☰)·곤坤(☷)·감坎(☵)·이離(☲)를 인용한 것이다.

건乾(☰)은 하늘로서 선善, 곤坤(☷)은 땅의 풍요, 감坎(☵)은 물로서 지혜와 활력을 나타내고, 이離(☲)는 불로서 광명과 정열을 뜻하며, 백색 바탕은 평화의 정신을 상징한다.

태극太極은 우주 만상의 근원이며 인간 생명의 원천으로서 진리를 표현한 것이므로, 사멸死滅이 있을 수 없는 구원久遠의 상相을 지니고 있는 것으로 이해한다.

李子는 "태극은 지극히 존귀한 것으로 만물을 명령하는 자리이며, 어떠한 것에도 명령을 받지 않는 것이라." 하였다.

만유萬有가 모두 태극의 원리를 내포하고 있다고 하겠으나, 그 원리는 인간 주체로부터 인식되는 것이므로, 인도人道의 극치가 곧 태극이며, 태극이 다름 아닌 인극人極인 것이다.

성천사를 나와서 영주를 향했다. 내성천을 건너서 사금골 허씨 부인 묘소에 향을 피웠다.

風吹齊發玉齒粲 雨洗渾添銀海渙

허씨 부인의 '가지런한 이, 빛나는 눈' 생전 모습이 향연 속에 피어올랐다.

저녁해가 소백산에 걸렸을 때 쯤 영주에 도착하였다.

소백산 봉우리마다 하얗게 눈이 내렸는데 찬바람이 얼어붙은 서천강 위로 불었다.

1월 29일, 병으로 영주의 객관客館에 머물면서 김사원金士元과 이덕홍李德弘이 보내온 詩를 짓고, 또 두 사람의 편지에 답장을 써서 이 둘을 함께 부쳤다.

그날 밤, 병이 더욱 심하여 이곳에 머물면서, 두 번째 사면장 〈사면동지중추부사소명장2(丙寅正月)〉을 올렸다.

2월 4일, 영주에서 풍기로 옮겨와서 명종의 사면을 기다렸다. 큰 눈이 내리고 바람이 몰아쳤다. 새벽에 담수痰嗽가 폭발해서 기침이 종일토록 그치지 않았고, 오른쪽 옆구리가 결리고 밤에는 입이 마르고 해소가 드문드문 났다. 병이 심한데다 눈바람이 몰아치자, 죽령을 넘어서 갈 길이 막막해졌다.

풍기는 순흥도호부의 풍기현이었으나, 1457년(세조 3년) 순흥부를 역향逆鄕으로 논하여 풍기군에 붙이고 호장·장교 등을 벌하였다.

"순흥의 이민吏民들이 이유李瑜의 반란을 일으키려는 음모를 따랐으니, 신인神人이 함께 분개하는 바이고 천지에서 용납하지 못할 바이므로, 이들을 다스리기를 엄하게 하지 않을 수 없습니다. 다만 그 고을만을 혁파하는 것으로는 족히 惡을 징계할 수가 없습니다. 청컨대, 그 토지와 인민을 모두 풍기군豊基郡에 붙이고 그 창고와 관사를 파괴하고, 그 기지基地를 허물어 버리며, 호장戶長·기관記官·장교將校로서 우두머리 되는 자는 관官의 일을 참여하여 맡아보면서도 이유李瑜가 잡인들과 몰래 내통할 적에 게을리하고 살피지 아니하여서 드디어 흉모兇謀가 이루어지도록 하였으니, 더욱 엄하게 징계하여야 마땅합니다. 청컨대 전 가족을 강원도 잔역殘驛의 아전으로 붙이어서 하늘의 법을 엄하게 하소서."

순흥은 온 고을이 피를 흘렸던 고통스런 역사를 지녔다. 단종이 영월로 유배될 때 세종의 여섯째 왕자 금성대군錦城大君 이유李瑜는 삭녕(연천)에서 이곳 순흥으로 유배지를 옮겨왔다. 금성대군은 생전에 단종의 안전을 부탁한 맏형 문종의 유언을 받들어 단종복위를 꾀하고 있었다.

정축년(1456) 금성대군은 순흥부사 이보흠을 중심으로 유배지의 군사와 향리들을 결집시키고 경상도 사림에 격문을 돌려서 의병을 일으킬 준비를 하였으나, 시녀 김련과 관노가 격문을 빼내 밀고하는 바람에 들통이 나버렸다. 안동부사 한명진이 군사를 이끌고 와서 순흥도호부에 불을 지르고 생명이 있는 것은 무참하게 죽였다.

당시 풍기 현감 김효급이 세조에게 알리자 한양에서 철기군이 출동해 2차 학살을 저질렀다. 이 사건으로 순흥도호부는 해체되어 이웃 군현에 편입되었고, 금성대군 이유와 순흥부사 이보흠을 비롯한 700여 명의 양민이 죽임을 당하는 '정축지변丁丑之變'으로 그 핏물이 죽계를 따라 20리 밖의 동촌리까지 흘렀다고 하여 '피끝마을'이라 하였다. 죽계가 동촌을 지나서 영주 시내 서쪽을 흐르는 서천은 물길이 두 차례 옮겨졌는데, 한번은 용이 옮기고, 한번은 사람이 옮겼다고 한다.

죽계에 흐르는 물 발원함이 깊으니
소백산 구불구불 산세 절로 웅장하여라.
회복된 고을에서 충의를 알 수 있으니
이후가 어찌 사육신의 풍도에 부끄럽겠는가.

훗날 순흥부가 복권復權된 것은 문종대왕 태胎가 지금의 예천군 효자면 명봉사鳴鳳寺에 모셔져 있음을 알고 현에서 군으로 높이면서 은풍의 豊자와 기천基川의 基자를 따서 풍기豊基라는 지명으로 바뀌게 되었다.

2월 6일 신병을 이유로 사면장을 올리니, 내의를 보내 문병하게 하였다.

"경의 사장을 보니, 나의 마음이 섭섭하다. 경은 모쪼록 잘 조섭하고 서서히 올라와서 나의 누차 부르는 정성을 저버리지 말라. 이황이 올라올 때에는 일로一路의 각관으로 하여금 특별히 후대하여 편안히 올라오도록 하게 하라. 내의內醫 연수담延壽耼은 약을 가져가서 문병하고 와서 아뢰도록 하라."

풍기에 머무는 동안, 조목趙穆은 자신의 공릉참봉 임명을 알리면서, 스승의 상경을 '그물에 걸린 새'에 비유하였다.

蒐賢獵德禮爲羅	예의 그물 만들어 현인 구하고 덕인 찾는데
潦倒其如衆所呵	못난 몸이 남들에게 비웃음을 받게 되었나.
可笑鷦鷯難比鳥	우습구나, 뱁새는 대붕과 견주기 어렵나니
終加一目亦無何	눈 하나를 더하여도 끝내 어쩔 수 없는 것.

스승은 조목이 공릉참봉으로 임명된 것을 詩로써 희롱하여
〈풍기객관에서 조사경趙士敬에게 답하다〉

有鳥辭林被網羅
유 조 사 림 피 망 라

어떤 새가 숲을 떠나 그물에 걸렸더니

林中一鳥笑呵呵
임 중 일 조 소 가 가

숲속의 다른 새가 깔깔대며 웃는구나.

那知更有持羅者
나 지 갱 유 지 라 자

그러나 어찌 알리, 그물 가진 어떤 이가

就掩渠巢不奈何
취 엄 거 소 불 나 하

제 둥우리 덮쳐도 어찌할 수 없을 것을.

한국고전번역원 | 권오돈 외 11명 (공역) | 1968

2월 10일, 지난 6일에 내린 명종의 교지教旨를 받아보니, 퇴귀退歸를 허락하지 않는 대신, 서서히 조리해서 올라오라는 내용이었다.

죽령은 얼어붙어서 길이 험하였기 때문에 조령鳥嶺으로 길을 고쳐 잡고, 예천으로 가서 다시 사장을 올리거나 다른 방도를 강구해 볼 계획을 세웠다. 이때, 명종은 내의를 보내 문병하다.

"경의 사장을 보니, 나의 마음이 섭섭하다. 경은 모쪼록 잘 조섭하고 서서히 올라와서 나의 누차 부르는 정성을 저버리지 말라. 이황이 올라올 때에는 일로一路의 각관으로 하여금 특별히 후대하여 편안히 올라오도록 하게 하라. 내의內醫 연수담延壽珊은 약을 가지고 가서 문병하고 와서 아뢰도록 하라."

죽령길이 눈으로 막히자 조령鳥嶺을 넘기 위해 행로를 풍기에서 예천으로 향했다. 풍기에서 출발하여 봉현鳳峴 힛틋재에 오르니 살을 에는 찬바람이 눈보라를 일으켰다. 사인교에 호피를 깔고 이불을 덮었으나 66세의 李子는 노환인데다 찬바람을 맞은 탓에 담수가 차고 기침이 더욱 심했다.

천부산과 용암산 사이의 석관천을 따라 예천으로 가는 길도 눈이 쌓이고 세찬 바람이 몰아쳤다. 조선의 도로는 어디를 가나 수레가 다닐 수 없을 뿐 아니라, 산길을 벗어나도 논밭 사이의 논두렁이나 개울가의 비좁은 길이었다. 세찬 바람이 불면 눈은 개울이나 웅덩이에 쌓여서 도로를 구분할 수 없어서 개울이나 웅덩이에 빠지기 일쑤였다.

一徑傍江潯	한 오솔길 강가 끼고서,
高低斷復邅	높았다 낮았다 끊어졌다가는 다시 돌아가네.
積雪無人蹤	눈 쌓여 사람 자취 없는데,
僧來自雲表	한 중이 저 구름 너머에서 오네.

눈 덮인 천부산을 지나면서, 풍기 군수 시절 어느 여름날 이곳을 지나면서 한적한 숲속의 지방사 폭포를 바라보면서 폭포가 일으키는 시원한 물바람을 '신선 바람'이라 읊었다.

灑灑仙風襲客衣　맑디맑은 신선 바람 객의 옷에 스미는데
陰陰山木怪禽飛　우거진 수풀에는 괴이한 새 날아가네.

돌에 앉아 시를 읊조리니 해는 벌써 기울었고, 폭포를 나서면서 비단처럼 무르녹는 단풍 숲을 보러 다시 올 테니 사양하지 말아달라고 하였다.

莫辭再訪清秋後　맑은 가을 지난 뒤 다시 옴을 사양 마오
要看楓林爛似紗　비단처럼 무르녹은 단풍 숲을 보리니.

그때, '가을이 지난 뒤에 다시 와서(莫辭再訪清秋) 비단처럼 무르녹은 단풍 숲을 보리니(要看楓林爛似紗)' 마음속으로 다짐했으나, 지금 눈 속에서 헤매는 자신의 처지를 생각하고 옷매무새 추슬러 가다듬고 침음沈吟하였다.

천부산은 영주시의 서쪽과 예천의 동쪽에서 남북 방향으로 발달한 산줄기의 동쪽에 돌출된 산이다. 천부산에서 북서쪽으로 이어지는 능선은 옥녀봉을 따라 모래재골을 넘으면 묘적령으로 이어진다. 천부산과 용암산 사이 고개를 기준으로 천부산 서쪽으로 흐르는 하천은 예천읍을 지나는 한천이다. 한천은 서정자들을 기름지게 하고 경진에서 내성천으로 합류하고, 천부산의 남쪽으로 흐르는 석관천은 남동류한 후, 구조곡을 따라 남쪽으로 흘러 내성천에 합류한다.

예천은 소백산맥의 흰봉산(1,261m), 천부산(852m) 등이 있어 지대가 높고 경사가 급해서 홍수에 취약하다.

천부산 아래 석평石坪리에 오래된 소나무 한 그루는 600여 년 전에 큰 홍수가 났을 때, 천부산에서 석관천을 따라 떠내려오던 어린 소나무를 건져서 지금의 자리에 심었는데, 나무가 위치한 마을 이름과 신령스러운 소나무라고 해서 '석송령'이라 부른다.

이 마을에 살았던 이수창 씨가 임종을 앞두고 본인 소유의 토지 6,600m²를 이 소나무에게 기증하고 세상을 떠났다. 마을 사람들은 그의 뜻을 기리기 위해 이 토지를 팔거나 양도하지 않고 석송령 보호 재산으로 존속시키기 위해 자연인처럼 이름을 지어 등기를 해두었다.

풍기에서 천부산과 용암산 사이의 좁은 협곡을 지나면, 관현리 마을 앞 너른 들판이 펼쳐진다. 관현리官峴里 뒷산이 평사낙안형국이라하여 홍현紅峴(홍고개)이라고 한다.

홍고개 마을의 물계서당勿溪書堂은 일찍이 선비들이 많이 배출되었다. 홍고개 마을 앞으로 흐르는 석관천에는 물에 닳고 세월에 바랜 석관石串(돌곶이)이 바닥에 깔려있어서 석관천石串川이라 하였다. 석관石串은 돌을 꿰어놓은 듯해서 돌곶이다. 석관천은 청송의 백석탄이나 순창 섬진강 너럭바위처럼 시냇물에 바위가 깎이어 갖가지 형상으로 변한 것이다.

석관천의 수락대는 예천과 영주를 잇는 도로에 접해있어서 이 길을 지나는 선비들이 들러 쉬어갔다.

'서애선생장구지소西厓先生杖屨之所'가 있다. 장구杖屨는 지팡이와 신발이란 뜻이므로, 장구지소는 선현이 다녀간 것을 기념하는 표지석이다. 1602년(선조 35) 봄에 서애西厓 류성룡 선생이 제자 권기權紀 등과 단산 땅을 유람한 후 귀향길에 석관천 맑은 물과 기이한 수마석을 감상하고 흡족해 하면서, "찬 물방울이 흩어져 떨어지는 것이 맑은 날에 눈이 흩날리는 것 같다."고 하였다.

예천 사람들은 석관천 굽이마다 펼쳐지는 경관을 '수락동천'이라 하고 〈수락대구곡水落臺九曲〉을 노래했다.

羅峙蓉峯併地靈
나 치 용 봉 병 지 령   늘어선 산과 봉우리 신령한 땅 정기 받아

粧成洞府一溪清
장 성 동 부 일 계 청   수락대 동천 둘러싸 한 줄기 시냇물 맑네.

櫂歌今作漁家傲
도 가 금 작 어 가 오   지금 지은 어부가, 어부들 흥겹게 부르니

水淥山蒼欸乃聲
수 록 산 창 관 내 성   파란 물 푸르른 산에 어부가 울려퍼지네.

내성천의 본류는 문수산에서 발원하여 봉화와 영주를 지나, 예천 삼강 나루에서 낙동강으로 흘러든다.

내성천을 봉화읍 내성리 사람들은 큰거랑이라 하였다. 가끔은 탁류가 강둑을 넘칠 듯이 거센 홍수洪水로 존재를 과시하기도 하지만, 큰 거랑은 멱 감는 아이들과 빨래하는 아낙네들의 자유 천지가 되었고, 은어와 피라미가 거슬러 오르는 가을 저녁, 강물 위로 희망의 추석 달이 두둥실 떠올랐다.

내성천은 내성리를 빠져나와 천변의 농토를 기름지게 하면서 영주 수돌이(무섬) 마을을 휘감아 돌고, 학가산을 활처럼 굽이돌아서 예천 보문면 수계리에 이르러 학가산 골짜기의 계류, 장수면의 옥계천과 천부산의 석관천이 합류한다.

내성천은 보문면 수계리를 지나면서 금빛 모래를 미호리眉湖里 내성천 강변에 눈썹 같은 모래톱을 쌓아놓고 신월리를 돌아 나간다.

예천에서 보문을 지나서 영주로 통하는 경북선 철로와 중앙고속도로가 나란히 달린다. 수계리 내성천 언덕에 서서 바라보면, 중앙고속도로 위의 차들은 폴카polka를 추며 초침처럼 달리는데, 강 건너의 보문역에서 어등역으로 가는 열차는 황혼을 등에 지고 '비 내리는 밤의 항구'에 흐느적거린다.

영화, '그해 여름'은 '가을동화' 같이 서정적이다. 영화 속 '수내리역'의 강 건너편이 내성천 강마을 '수계리' 마을이다. 해마다 여름철이면 수계리 학교 마당이 시끌벅적해진다.

'학가산 달빛 내성천에 일렁이고' 음악회와 문학회, 동창회도 열린다. 영화 속의 '수내리'와 '수계리'는 우연의 일치일까? 수계리 학교는 폐교가 되고, '수내리역'은 촬영이 끝나자마자 역사驛舍는 철거되어 기억 저편으로 사라졌다.

영화 '그해 여름'의 배경 수내리역(보문역)

미호교 아래의 모래톱은 사막처럼 까마득히 넓다. 사막의 아지랑이 속으로 한 아이가 뛰어가고 그 뒤로 누렁이가 혀를 빼물고 획획 거리며 따라갔다. 마치 소행성(B612)에서 온 어린왕자와 여우처럼….

어린왕자가 여우에게 말했다.

"넌 아무 말도 하지 마. 말은 오해의 씨앗이거든."

"중요한 것은 눈에 보이지 않아. 마음으로 보아야 잘 볼 수 있어." 여우가 말했다.

내성천은 모래톱이 아름다운 강이었다. 그러나 영주댐이 생긴 이후 시냇물이 막히면서 강바닥이 사막화되어갔다.

여름철 집중호우 때 수계리 내성천은 더 이상 순한 강이 아니다. 학가산 계곡물과 옥계와 석관천이 내성천과 합류하여 삼각파三角波를 일으키면서 거센 홍수洪水로 변한다.

2023년 7월 19일, 석관천 지역에 내린 폭우로 감천면 벌방리에 산사태가 발생하여 15명이 숨지고, 2명이 실종되었다.

석관천의 홍수가 내성천에 합류하여 미호리 모래톱 위를 덮고 지날 때는 본류와 모래톱 지대의 물속 깊이가 다르다. 미호교 일대에서 실종자 수색작업을 하던 장병들 중에 한 명이 비탈진 강바닥의 급류에 휩쓸려 사망한 채 발견되었다. 구명조끼도 착용하지 않은 것이 안타까움을 더했다.

영화, '그해 여름'은 농촌봉사활동, 장병들의 '그해 여름'은 구조활동이었으나, 수계리가 수내리이듯 영화와 현실은 달랐다. 해병대 사령관, 국방장관, 국회의원, 대통령까지 사건의 책임 공방에 뒤엉키면서 1년이 지났는데도 해결될 기미가 보이지 않는다.

李子가 '다시 와서 단풍 숲을 보리'라던 단풍丹楓은 나무 종류에 따라서 노랑, 빨강, 황갈색 등 다양하다. 단풍은 엽록소의 활성이 떨어지면서 녹색에 가려 보이지 않던 자신만의 본색이 드러나는 것이다.

여우의 말이 자꾸 뇌리에 맴돈다. "중요한 것은 눈에 보이지 않아. 마음으로 보아야 잘 볼 수 있어."

그해 겨울, 李子는 눈길을 헤치고 풍기에서 예천으로 가면서 '천명天命'을 생각했다. 저녁노을이 국망봉 위에 비단처럼 펼쳐졌다 사라지면, 밤하늘에 뭇 별이 반짝였다. 소년 李子는 마을 뒷산 청용등에 턱을 괴고 앉아 생각에 잠겼다.

'매일 같이 해가 지고, 달과 별이 뜬다. 천지는 운명을 바꿀 수 없는데, 사람은 바꿀 수 있다는 것은 왜 그런가?

'원元·형亨·이利·정貞의 4계절이 순환하는 원리는 무엇이며, 우주 만물이 생성과 소멸하는 것과 어떤 관계인가?'

청량산에 눈바람이 열흘간 계속 몰아쳤다. 북풍이 노도처럼 휘몰아치니, 만 가지 나무가 울부짖었다. 검푸른 구름이 사방에서 모여 산을 에워싸고 암자는 구름 속에 갇히고 뇌성벽력이 천지를 뒤흔들었다. 건너편 축융봉에서 용이 내닫고, 만리산 호장골에서 백호가 포효하였다. 세찬 바람은 문풍지를 울리고, 뇌성벽력이 번쩍였다.

축융봉 오마대도五馬大道를 구름처럼 달리던 군마들이 밀성대 아래로 우르르 무너져 내리듯 떨어지며 울부짖었다.

새벽이 되자, 용호상박의 기세가 꺾이더니, 등륙騰六(눈을 내리게 하는 신)의 조화인지 싸락눈이 소금을 뿌리는 듯, 거위털이 날리듯이 함박눈이 날렸다. 굳게 닫혔던 방문을 조심스럽게 열자, 축융봉 위로 햇살이 비치면서 나뭇가지에 솜처럼 쌓인 눈으로 온 세상이 눈부시게 빛났다.

청년 李子는 청량산에 있는 동안, 《周易》의 오묘한 세계에 빠져들었다. 《周易》의 易의 日은 도마뱀의 머리와 눈을 상징하고, 勿이 다리를 상징하는 것은 주변 환경에 따라서 보호색을 띄듯이《周易》은 변화무쌍하였다.

《周易》은 역易에 태극이 있으니, 이것이 양의兩儀를 낳고, 양의가 사상四象을 낳고, 사상이 팔괘八卦를 낳았다.

태극이란 우주 만물의 생성 근원이 되는 본체로서, 천지가 아직 분화도 되기 이전의 혼돈 상태를 지칭한다. 이 태극이 분화되어 陰과 陽이 되니 양의兩儀라 한다. 陰과 陽이 정확히 무엇을 지칭하는지 알 수 없지만, 상징적으로 볼 때 천지가 陰陽이고, 더위와 추위가 陰陽이며, 밤과 낮, 생과 사, 남과 여가 陰陽이라 할 수 있겠다.

우주 만물이 陰陽 중 한 부분이되 陰陽은 고정 불변하는 것이 아니다. 남자는 여자에 대해서 陽이지만, 부모에 대해서는 陰이고, 하늘은 땅에 대해서는 陽이지만 흐린 하늘은 맑은 하늘에 대해서 陰이다. 사상은 다시 陰陽과 결합하여 팔괘로 변화한다. 팔괘는 천지자연이나 인간사를 표현한다고 하지만 그 범위는 한계가 있다. 팔괘를 다시 중첩한 64괘를 대성괘大成卦라 한다.

《周易》은 자연현상과 인간 사회를 연결시키는 것으로 '평탄한 것은 기울어지지 않은 것이 없고, 가는 것은 돌아오지 않는 것이 없다. 사람이 어려운 가운데서도 마음을 곧고 바르게 가지면 허물됨이 없으리라.' 인간사人間事는 결국 물극필반物極必反이다.

《周易》에서 '태극太極'을 하늘과 땅이 나누어지기 이전의 혼돈 상태로 있는 원기元氣로 보았고, 주자朱子는 우주의 원기인 '태극'이 곧 理라고 하여, 理를 궁극의 형이상학적 실제로 보고, 우주 본질은 인간 본질과 같은 원리로써 사람의 확대가 우주이며, 우주의 축소가 곧 사람이라는 천인합일의 원리를 깨닫게 되었다.

청량산에 봄이 왔다. 청년 李子는 봄길을 걸어 하산했다.

'태극'을 우주 만물의 생성 근원이 되는 본체라는 《周易》의 이론은 현대과학에서 그야말로 황당무계荒唐無稽하다고 할 수 있다.

1633년 갈릴레오 갈릴레이(Galileo Galilei)는 재판정에서 자신의 신념과 다르게 지동설을 비난했으나, 재판정을 나가면서 말했다. "그래도 지구는 돈다"

이보다 앞서 코페르니쿠스는 《천구의 회전에 관하여》에서 행성들의 중심에 단지 한 개의 태양이 있고, 지구는 우주의 중심이 아니라 달의 궤도와 중력의 중심일 뿐이라는 태양 중심 우주론을 알고 있으면서도 이를 발표할 수 없었다.

과학은 생명의 기원, 의식의 기원 등 우주의 창조를 증명할 수 없지만, 우주 생성의 시작이 있었음을 부인할 수 없다.

서양의 우주관은 신神 중심의 창조관에 갇혀서 자유롭지 못하였으나, 동양의 우주관은 천체의 운행, 특히 달의 변화를 과학적으로 관측하고 이를 농업생산에 적극 활용하였으며, 우주의 본질을 인문학적으로 파악하였다.

〈천상열차분야지도天象列次分野之圖〉는 1395년(태조 4)에 권근權近 등 12명의 천문학자들이 만든 우리나라 최고의 석각천문도성도이다. 천상열차분야지도의 중심에는 북극성이 있고, 북극성의 고도에 따른 작은 원과 더 큰 적도 및 황도권이 있다. 원의 주위에는 28수宿(별자리)의 명칭과 적도수도赤度宿度를 새겼고, 각 별자리의 거성距星(대표별)과 북극성을 연결하는 선으로 각 별의 입수도入宿度가 눈으로도 매우 정밀하게 읽어갈 수 있게 하였다.

관측의 글에는 28수宿 거극분도去極分度, 24절기의 동틀 무렵과 저물 무렵에 자오선을 지나는 별에 대한 글, 12국 분야分野 및 성수분도星宿分度, 해와 달에 대한 글, 논천설論天說, 천문도 작성 경과, 작성자들의 관직과 성명에 이르기까지 자세히 기록되었다. 별 1467개가 별자리 283개를 이루는데, 별자리 개수는 오늘날 천문학에서 정한 88개보다 많고, 눈금은 365도, 12지와 황도 12궁이 그려져 있다.

〈천상열차분야지도〉 141×85cm

천문학자 이순지李純之와 김담金淡이 세종의 명으로 원나라의 수시력의 원리와 방법을 이해하기 쉽게 해설하여 역법을 계산하는 《칠정산내편七政算內篇》을 완성하였다.

지구의 자전 속도는 조석潮汐 마찰의 영향으로 세월이 지날수록 조금씩 느려지고 있다. 지구에서 바라본 해가 황도를 한바퀴 도는 동안 지구가 자전하는 횟수가 조금씩 줄어들게 되고, 회기년의 길이〔세실歲實〕도 줄어들게 된다.

세실의 변화〔歲實消長〕는 원나라 曆 이전으로 거슬러 올라가는 역산에서는 세실을 늘여야 하고, 역원 이후로 세월을 따라 내려가는 역산에서는 세실을 줄여야 함을 뜻한다.

세실歲實은 태양이 황도 위의 동지점을 지나는 순간부터 다시 동지점에 이르기까지 걸리는 시간으로 정해지며, 1회귀년의 길이와 같다. 지구자전축의 세차운동으로 인해 황도 위의 동지점이 태양이 움직이는 방향과 반대로 조금씩 이동하므로 주천분周天分보다 약간 작은 365만 2425분이다.

해와 달의 경도가 일치하는 합삭의 순간부터 다음 합삭의 순간까지 경과한 시간의 평균치가 29만 5305분 93초이다.

李子가 말하기를, "해의 운행은 하늘의 운행보다 매일 1도가 미치지 못하여 동짓날 해와 동시에 운행하면, 반해가 지난 하지에 북쪽에 이르러 북극과 거리가 가까워지고, 이후로는 점점 다시 짧아져서 동지에 되돌아와서 한 해가 된다.

　달의 운행은 매일 13도 19분의 7이 물러나므로, 15일이 되면 해와 달이 서로 바라보고 그믐날에 처음으로 되돌아오기 때문에 한 달이 된다."

　선생은 이미 세실소장歲實消長을 계산하고 있었으며, 이덕홍에게 북두칠성의 위치를 측정하는 천문 관측기구인 선기옥형璇璣玉衡을 만들라고 하였는데, 선기璇璣는 북두칠성 관측기, 옥형玉衡은 옥으로 만든 저울대이다.

도산서원 선기옥형

오늘날 과학의 발전으로 무한한 우주의 비밀이 점차 밝혀지고 있다. 태양은 우리 은하에 있는 수천억 개의 별들 중 하나이며, 우리가 살고 있는 지구는 태양으로부터 세 번째 행성이며, 약 45억 년 전에 형성된 원시 지구는 마그마가 식어 고체의 바닥을 형성한 후에 원시 대기의 수증기 성분이 응결하여 비가 내렸다. 이 비는 원시 바다를 형성하였다.

이때 땅과 대기에 있던 염분들을 비가 바다에 녹이면서 바다가 짠 소금을 포함했다. 중생대 말의 공룡의 대량 멸종 이후, 약 6400만 년 전에 포유류가 등장하여 번성하게 되었고, 200만 년 전에 현재의 남아프리카 공화국 근처에서 포유류 가운데 원시인이 생기고, 원시인이 진화하여 현대의 인간이 되었다.

대기층으로 둘러싸여 있는 지구는 지금보다 10%만 작아도 중력이 약해서 증발한 수증기가 우주 공간으로 날아가서 돌아오지 않게 되어 물이 없으니 생명체가 멸종하게 된다.

지구는 23시간 56분 4.091초 주기로 자전하는데, 자전 속도가 지금보다 더 빨라지면 대기층이 태풍이 되고, 천천히 돌게 되면 달처럼 비열比熱 때문에 낮에는 영상 200도까지 올라가고 밤이면 영하 150도까지 떨어진다.

지구는 23.5도 기울어져 자전하기 때문에 태양 빛이 지구에 골고루 쬐여서 사계절이 생기고 농작물이 자랄 수 있다. 지구의 하늘은 질소와 산소 등의 공기가 있어서 빛이 산란되어 파랗게 보이지만, 화성의 하늘은 빨갛고 달은 공기가 없으니 새카맣게 보인다.

조선 후기 실학자 최한기崔漢綺는 인간의 신체를 분석하여 비유한 《기측체의氣測體義》에서, 사람은 천지의 氣와 부모의 質을 받아 출생한다고 했다.

인류는 지구환경에 적합하게 생성 발전하여 왔으니 삶과 죽음에 이르기까지 우주의 질서에서 벗어날 수 없다.

계절의 순환, 조수간만潮水干滿, 천둥, 번개, 태풍, 기압과 온도 등 지구의 환경은 인간의 능력을 초월한다. 따라서 하늘은 경외敬畏의 대상이었다.

정조 임금은 때아닌 천둥이 심하게 치자, 근신의 뜻으로 3일 동안 감선減膳(음식 가짓수 줄임)하겠다고 전교하였다.

"천둥소리가 만물을 거두어 갈무리하는 때에 발생하였으니, 재이災異는 공연히 생기는 것이 아니라 반드시 원인이 있다. 인자한 하늘이 이처럼 경고하는 것은 자애로운 아버지가 미련한 자식을 자상하고 간곡하게 일일이 가르쳐 주는 것과 다름없으니, 두려운 생각으로 편안히 지낼 겨를이 없다."

李子의 성리학은 초월철학이 아니라, 어디까지나 현세적인 理의 철학이며, 현실적인 위기지학爲己之學이며, 진리의 문제에 끝까지 철저한 사변철학이며 이론화되고 체계화된 관념철학이다.

성리학자들이 지닌 학적 관심사의 초점은 인간 이해와 인간 탐구라는 말로 집약될 수 있다. 이것은 仁, 곧 인간문제를 기본 명제로 하는 유학의 근본 성격이기 때문이다.

하늘이 부여한 것을 '命'이라 하고, 인간이 지니고 있는 것을 '性'이라 하여 이 둘을 '性命'이라 하며, 하늘과 사람을 아울러 지배하는 기본 원리 곧 궁극적인 진리가 '理氣'이며, '性理'라는 말 자체가 '性命理氣'를 줄인 데서 왔다.

2월 13일, 예천에 있으면서 세 번째 사면장 〈사면동지중추부사소명장辭免同知中樞府事召命狀(三丙寅正月)〉을 올리고, 이곳에서 명종의 명령이 내리기를 기다렸다.

「신이 풍기군에 이르러 전교를 받아보니, 신의 사직 정소停召에 관한 계청은 윤허하지 않으시고 신에게 잘 조리한 뒤에 서서히 올라오라고 하시는 한편, 내의內醫를 보내 병세를 진찰하고 아울러 양약良藥까지 하사하셨습니다. 이같이 세상에 드문 비상非常한 예우禮遇를 천만 의외에 받게 되니, 떨리고 감격하여 어찌할 바를 알지 못하겠습니다.

신이 삼가 생각하건대, 예로부터 인군이 이 같은 성례盛禮를 그 적격자에게 베푸는 것은 진실로 좋은 일이나 신같이 용렬한 존재는 군신 중의 최하류입니다.

일찍이 벼슬길에 참여하여 그 지위가 2품에 이르렀으나 털 끝만큼의 도움도 없고 단점만 백출百出하였습니다. 이는 온 세상이 다 알고 모든 사람이 다 본 사실인데, 무슨 까닭으로 성조에서 이전에 없었던 성례를 잘못하여 최하류에게 베푸십니까? 신이 만약 은총과 영화만을 탐내어 분수를 모르고 부끄러움을 잊은 채 예의를 불고하고 나아간다면, 일시의 청의와 만세의 정론이 조정의 이 처사를 무슨 예禮라 하겠으며, 소신의 이 행동을 무슨 義라 하겠습니까. 우인虞人을 정旌으로써 부르자 우인이 감히 가지 않았는데, 우인愚人을 현인賢人 부르듯 한다면 우인이 어찌 감히 가겠습니까. 비록 소신에 대하여는 의논할 나위가 없겠으나 다만 애석한 바는 조정의 사체입니다. 그러므로 성상의 수렴하시는 정성이 너무 과할수록 소신의 모진하는 죄가 더욱 커집니다.

더구나 소신의 노약한 몸에 온갖 병이 뒤얽힌 실정을 전후에 죄다 진술하였고 이번 의관도 이미 환히 진찰하였습니다. 지척咫尺 천위天威에 어찌 감히 속임이 있겠습니까. (…)

신이 명을 받은 이후 억지로 부축을 받으며 간신히 예천군에 당도하니, 이전의 모든 증세가 피로를 틈타 한꺼번에 발작하여 기력이 탈진되고 정신없이 쓰러져 다시 앞으로 나아갈 수 없어 하늘을 우러러 진심을 호소하고 땅에 엎드려 명을 기다립니다.

신은 이제 위급하여 감히 전리田里로 돌아가기를 바랄 수 없습니다. 이 목숨이 붙어있을 때 해골骸骨이라도 귀장歸葬하도록 할 것을 윤허하시면 죽어도 여한이 없겠습니다. 신은 구구절박한 바람을 금할 길 없습니다.」

"경의 사장을 보니, 그 뜻이 간절하다. 그러나 나의 호현好賢하는 정성이 독실하지 못한가 하여 매우 개탄하는 바이니, 경은 번거로이 사양하지 말고 편안히 조리한 뒤에 서서히 올라오도록 하라."

명종이 李子를 '호현好賢'하는 까닭은 모두 열거할 수 없으나, 왕이 곁에 두고 정책 고문顧問으로 삼기 위함이 아닐까.

1554년 경복궁 중수기를 李子에게 짓도록 하자,

"경복궁 중수기는 부제학 정유길과 첨지 이황李滉에게 모두 지어 올리게 하소서. 또 전각의 액자와 대보잠大寶箴·칠월편七月篇 및 억계抑戒는 모두 이황이 쓴 것을 사용했으니 관례대로 상을 주어야 합니다. 이황의 사람됨은 성리학과 문장을 겸비하였고 몸가짐이 청렴 근신하니 마땅히 경연관에 두고 고문顧問에 대비하도록 해야 합니다."

李子는 오랜 전, 남응룡에게서 '만죽산방집첩萬竹山房集帖'을 얻어본 뒤 이 필첩筆帖을 돌려주면서 한 부를 임서臨書하여 여가가 나는 대로 이 필첩으로 글씨를 익혀 그 진수의 상당 부분을 터득하였다.

'퇴도선생필법'은 권호문에게 써준 글씨본인데, 글자의 크기에 따라 해서, 행서, 초서의 각 체를 따로 구분하여 썼다.

李子는 조맹부의 송설체松雪體 필치와 왕희지 해서楷書의 형태적 특징을 넣어 자신의 글씨체를 이룬 것이다.

> 字法從來心法餘　字法은 예로부터 心法의 餘技라,
> 習書非是要名書　글씨 공부는 이름난 서예가 되는 것 아니다.

《명종실록》 사신史臣이 기록하였다.

「이황은 학문이 정수하고 문장이 아려雅麗하여 사림이 종주宗主로 여겼다. 여러 차례 징소徵召를 받았으나 소장을 올려 물러나기를 빌곤 하였다. 대사성·공조참판을 다 오래지 않아 사퇴하였는데, 이번에 이 명이 있자 물정物情이 다 흡연洽然하게 여겼으나 끝내 올라오지 않았다.」

예천 관사官舍에 오래 머물기 불편하여 다시 사직을 청할 계획을 가지고, 안동의 학가산 광흥사廣興寺로 옮겨갔다.

예천에서 광흥사 가는 길은 풍산에서 학가산을 올라가야 하지만, 당시 李子 일행은 예천을 출발하여 미호리에서 내성천을 건너서 학가산 보문사 앞을 지나서 신양新陽으로 갔다.

신양에서 학가산 산골마을 서미리西薇里 마을로 들어갔다. 서미리에서 대목재를 넘으면 광흥사 사하촌 대두실이다.

훗날 서애 류성룡이 임진왜란 이후 고향 하회 마을에 은거하였을 때, 하회의 옥연정사에서 서미동으로 들어가서 삼 칸 초당을 지어서 편액을 '농환弄丸'이라 하였다. 그 초막에서 징비록을 집필하였으며, 30년 후에 청음 김상헌이 청나라에 항복 문서를 찢어버리고 서미리에 들어가서 초당 목석헌木石軒에 은거하였다가 청나라로 압송되었다.

서미리西薇里의 은자암隱者巖에 '海東首陽 山南栗里'가 새겨져 있다. '해동수양海東首陽'은 백이와 숙제가 수양산에 들어가 고사리를 먹으며 연명하다 굶어 죽었다는 고사에서, 서애의 서西와 고사리(薇)를 교합하여 '서미西薇', 즉 서애西厓와 청음이 은거한 안동의 수양산으로 표현하였으며, '산남율리山南栗里'는 도연명(도잠)의 고향 율리栗里에 비유하여 산남山南은 교남嶠

南, 즉 영남을 가리킨다.

서미리에서 대목재를 넘으면 서후면 대두서리(한두실)이다. 서미리에 살았던 한일상은 대목재(大木峴)를 넘어서 대두서리의 분교장에 다녔다. 초등학교 어린이에게 무인지경無人之境의 대목재는 힘들고 무서운 고갯길이었으나, 하루도 빠지지 않고 대목재를 넘나들었다. 그는 영남에서 우수한 인재만을 뽑는 안동사범학교 병설중학교에 진학하고 서울대학교에서 화학을 전공한 후 '선경' 사우디 지사장이 되어, 사우디 석유공사 총재와의 끈끈한 인맥을 통해서 원유原油 확보에 성공하였다. 오늘날 세계적 기업 'SK 그룹'의 성장은 서미리西薇里에서 대목재를 넘던 그 어린이를 빼놓을 수 없을 것이다.

李子 일행은 대목재를 넘고 한두실에서 재품리 오르막길을 한참 올라 광흥사에 들어갔다. 광흥사에 있으면서, '자헌대부 겸·공조판서' 소명의 사면을 청하는 사장辭狀〈사면공조판서 소명장辭勉工曹判書召命狀(三月一日)〉을 올렸다.

「신이 지난 무오년(1558)에 조정에 들어가 성균관의 우두머리가 되었으나, 신병이 이미 극에 달하여 두서너 달 동안에 출근한 날이 4, 5일도 안 됩니다. 그런데도 도리어 승직시키라고 명하시고 본조의 참판으로 삼으셨으나 두 달 동안 애써서 겨우

3일을 출근했을 뿐입니다.

이제 한 치의 남은 힘도 없어서 성상의 은혜에 보답할 가망
이 없으므로 황송해서 물러나 돌아왔사온데, 이제 까닭 없이
갑자기 승진되었으니, 예로부터 어찌 이런 일이 있겠사옵니
까. 엎드려 비오니, 성상께서는 신을 특별히 불쌍히 여기시고
살펴주시와, 해골骸骨이나 고향에 가서 묻힐 수 있게 해주시옵
소서. 동지중추부사에서 체차하여 직분 없는 자리로 두셔서,
조금이라도 목숨을 보전하다가 의리를 다하고 죽게 될 수 있기
를 바랍니다.」

학가산 광흥사에는 세종대왕의 친서親書 수사금자법화경과
영조대왕의 친서 대병풍大屛風 16帖과 어필족자御筆簇子 등 왕
실의 다양한 유묵遺墨이 봉안되고 있으며, 세조대왕은 법화경
法華經, 반야경般若經 등 여러 경전經典을 간행하여 광흥사에 봉
안奉安하였다는 기록이 있다.

李子가 묵었던 당시, 광흥사에서 목판으로 경전을 간행하
고 있었는데, 세종 시대에 간행된 국보 제70호《훈민정음 해례
본》은 李子의 할아버지 이계양李繼陽이 태어난 안동의 진성 이
씨 두루 종택에서 보관하고 있던 것을 1940년 전형필全鎣弼에
의해 간송미술관에 소장하고 있다.

李子의 〈청량산가〉, 〈도산십이곡〉이 한글 가사로 쓰인 것은 광흥사 《훈민정음해례본》과 무관하지 않을 것으로 본다.

1827년 광흥사 화재로 인하여 시왕전과 일주문을 제외한 500여 간의 건물과 목판들이 소실되었으나, 광흥사 일주문 옆 은행나무는 아직도 400여 년 전 그해 겨울의 李子를 기억하고 있을까.

광흥사 요사채 앞 언덕에 올라서면, 발아래 대웅전에서 '夙興野處 哀慕不寧…' 七七齋의 독경이 흐르고, 소복한 여인이 합장하고 엎드려 울음을 삼키는데, 무수한 봉우리들 너머로 눈길이 끝 간 하늘 아래 무심한 팔공산이 길게 누웠다.

학가산은 봉화 문수산에서부터 내성천의 분수령을 이루며 뻗어온 문수지맥 중에서 매우 우뚝한 산으로 안동의 진산이며, 영주의 앞산이고 예천의 동산으로 세 고을의 경계를 이루고 있다. 학가산의 최고봉은 국사봉國祠峯(882m)으로, 고려 공민왕이 홍건적의 난을 피해 몽진해 왔을 때 쌓았다는 학가산성이 동서로 흔적이 있고, 평은에서 옹천으로 넘어가던 공민왕이 쉬었던 왕유 마을에는 조목趙穆의 후손들이 살고 있다.

李子는 한평생 학가산 주위를 맴돌면서도 한 번도 올라보지 못하다가, 이제 학가산 기슭의 광흥사에 오게 되었지만 늙고 병들어 산을 올라보지 못하니 아쉬움이 더하였다.

66세의 李子는 담수가 차서 터져 나오는 심한 기침을 참아가며 도산에서 영주로, 영주에서 풍기, 풍기에서 예천, 예천에서 학가산 광홍사로 매서운 눈바람을 맞아가며 옮겨 다녀야 했다.

3월 3일, 거듭 사장辭狀을 올려서라도 반드시 사면辭勉을 허락받고 돌아가려는 뜻을 밝혔다. 광홍사에서 봉정사로 거처를 옮길 계획을 하고 있었지만, 종마從馬를 구할 수 없자, 광홍사 가까이에 사는 제자 권호문에게 편지를 보내 종마從馬를 구해줄 것을 부탁하였다.

홍섬洪暹이 다시 홍문관 대제학의 사직을 청하자, 명종은 이를 윤허하고 대신들에게 후임을 천거하라고 지시하였다.

"경이 정성어린 마음으로 누차 소를 올려 사퇴를 청하였기에, 이미 대신들에게 의논하였다. 다음날 대신들이 다시 모여서 의논할 것이니 경도 적합한 사람을 가려서 추천하라."

홍섬의 사임에 대한 이준경·윤개 등이 의논드리기를,

"지금 세대에 적합한 사람이 누구인지 알 수 없습니다. 문장가의 일은 반드시 문장가인 뒤에야 그 능부能否를 헤아릴 수 있으니, 홍섬으로 하여금 적합한 사람을 추천하여 스스로 대신하게 하는 것이 어떻습니까?"

3월 8일, 광흥사에서 봉정사로 거처를 옮겼다. 16세 봄에 봉정사에서 종제 수령과 함께 공부한 적이 있었다. 50년 전 일이 감회가 깊어, 〈봉정사 서루鳳停寺西樓〉를 읊었다.

山含欲雨濃陰色
산 함 욕 우 농 음 색
산 내리려는 비 머금어 그늘 색 짙어지고,

鳥送芳春款喚聲
조 송 방 춘 관 환 성
꽃다운 봄 보내며 새소리 탄식스럽네.

漂到弱齡栖息處
표 도 약 령 서 식 처
어릴 때 깃들었던 곳 세상 떠돌다 다시 오니,

白頭堪歎坐虛名
백 두 감 탄 좌 허 명
흰머리에 헛된 명예 얽힘 탄식할 만하네.

3월 13일, 영의정 이준경, 영중추부사 심통원 등이 민기·박충원·이황李滉·오상·박순을 대제학大提學으로 피천被薦하였다. 이날 지난 3월 7일 명종이 자헌대부·공조판서 소명의 사면을 청하는 사장〈辭勉工曹判書召命狀一〉을 보고 내린, 안심하고 조리해서 올라오라는 교지敎旨를 받았다.

3월 14일, 이번 길의 네 번째 사장, 곧 다시 자헌대부·공조판서 소명의 사면을 청하는 사장〈사면공조판서소명장辭勉工曹判書召命狀二〉을 지었다.

「소신小臣이 앞서 종품從品인 아경亞卿의 직임을 맡았을 때도 오히려 임무를 감당하지 못하여 사직하기를 여러 해 동안 하였고, 그러다가 비로소 물러나라는 허락을 받았으니 천은天恩이 망극했습니다. 그런데 지금 까닭도 없이 갑자기 정품正品으로 승진시켜 육경의 직임을 맡기셨습니다.

신이 만약 앞뒤를 돌아보지 않고 무턱대고 나아가 받는다면, 작은 것은 사양하고 큰 것은 받는 셈이 되고 물러나는 것으로 진출하는 매개를 삼은 셈이 되는 것이니, 그 교묘하게 속인 더럽고 비천한 행동은 말로 표현하기 어려울 것입니다. 가령 소신이 보잘 것 없어서 비록 함께 예의를 논하기에는 부족하다 하더라도, 성조에서 신을 보기를 이와 같이 하는 뜻을 모르고

서 이익을 보자 부끄러움을 잊고 그 지키는 바를 상실한다면, 신에게 무슨 취할 것이 있어서 반드시 높은 벼슬과 무거운 품질을 제수하시겠습니까?

신이 삼가 전고前古의 인신人臣으로 이와 같은 자가 있음을 보았는데, 당시에 걱정하지 않고 기용하여 진출시켰다가 마침내 천하를 허물어지게 했었습니다. 신이 비록 어리석다 하더라도 진실로 그것을 차마 본받지는 못하겠습니다. 더구나 비록 미관말직이라 하더라도 반드시 그의 자질과 경력이나 공로를 따져서 승직시키는 것이 예입니다.

소신이 앞서 본조의 참판이 되어서는 겨우 3일 출사出仕하였는데, 이제 판서로 삼아 진출하게 하시니 예나 지금에 전혀 없었던 일일 뿐만 아니라 국가에서 작상爵賞하는 법이 이로부터 무너지고 문란해질까 매우 두려우니 참으로 조그마한 일이 아닙니다. 삼가 생각하니, 소신이 여러 해 동안의 고질을 앓는 중에 명을 받은 지 석 달이 되었습니다만 조심하고 두려워하다가 병을 더치어 나을 기약이 없습니다. 지금 이 새로 임명하신 직질은 의리와 분수 그리고 자질과 경력으로 헤아려 볼 때 한 가지도 받을 만한 이치가 없으니 차라리 죄책을 달게 받을지언정 끝내 벼슬을 받을 수 없는 것입니다. 그런데도 오히려 머물면서 명을 기다리는 것은 도리어 외람되게 진출하기를 바라는 뜻을 둔 것이어서 신의 죄는 더욱 중하게 됩니다. 그러므로 신의 망령된 생각으로서는 아마도 그대로 머물면서 명을 기다릴 수 없을 듯합니다.……」

《명종실록》 사신은 논하였다.

「이황이 이 앞서도 부름을 받고 조정에 왔었다. 그러나 한 차례 계복啓覆하고 예에 따라 입시한 뒤로는 별로 소대하거나 계납하는 보탬이 없었으니, 겉으로는 그 명망을 사모하면서 속으로는 사실 정성을 드리지 않는다면, 이황이 지금 온다고 하더라도 무슨 도움이 있겠는가? 조정에 있는 대신들도 오히려 상지上旨를 거스르는 책임을 피하려고 하는데, 더구나 멀고 또 친하지 않은 차이겠는가? 이황이 헤아린 바가 어찌 익숙하지 않은가?」

3월 15일, 안동부에서 보낸 사람을 통해 사장을 올린 다음, 이 사장에 대한 명종의 명령을 기다리지 않은 채 봉정사를 떠나 집으로 돌아왔다.

3월 16일, 자헌대부·공조 판서 겸 홍문관 대제학·예문관 대제학·知성균관·동지경연·춘추관사에 임명되었다.

4월 10일, 명종이 李子의 직책에 대해 전교하기를,

"내가 현명한 사람을 좋아하는 정성이 부족하여 공조판서 이황에게 여러 번 유시諭示를 내렸지만 올라올 의사가 없는 듯하다. 대제학은 중대한 임무이니 더욱 빨리 차임하는 것이 마땅한데 어떻게 조처해야겠는가? 그에 대해 의논하여 아뢰라."

이에 이준경 등이 회계하기를,

"신들이 삼가 이황의 전후前後 네 차례의 사장을 보니, 형세가 올라오기 어렵게 되었으니 그에게 안심하고 조리調理하게 하였다가 날씨가 좀 더 따뜻해지기를 기다려 올라오라는 뜻으로 하서下書하여 친절하게 타이르는 것이 마땅할 듯합니다. 대제학은 바로 문형을 맡은 직책이므로, 한 나라의 사명이 모두 그의 손에서 나오는 것이니 더욱 잠깐이라도 직임을 비워둘 수 없습니다. 우선 체임하도록 명하심이 마땅하겠습니다."

이에 명종이 병이 낫거든 올라오라고 하서下書하였다.

"경의 간곡한 사정을 보니 나의 마음이 서운하기는 하나 지금 우선 본직本職과 겸대兼帶한 문한文翰의 직임을 체임하고 그대로 한관閑官에 임명하니, 경은 모름지기 안심하고 조양調養하여 날씨가 더 따뜻해지고 병病이 낫거든 올라오도록 하라."

李子는 계상서당에서 모처럼 편안한 밤을 보냈다.

다음 날 새벽 면벽하고 정좌靜坐하였다. 젊은 시절부터 지금까지 하루도 빠짐없이 습관처럼 해온 활인심방 명상에 들어갔다. 눈을 감고 허리를 똑바로 편 채, 혀를 말아 입천장에 살짝 대고, 코로 숨을 들이쉬고 입으로 천천히 내쉬었다.

양 손바닥을 비벼 열을 낸 뒤에, 두 눈을 지그시 눌러 시신경의 피로를 풀어주고 눈알을 좌우, 상하로 굴렸다. 콧날을 살살 문지른 다음, 힘주어 주무르고, 코를 힘껏 잡아 비틀었다. 양손으로 귓불을 잡아당기고, 손가락을 귓속에 넣어 부드럽게 자극하였다. 귀가 화끈거리면 허리도 따뜻해졌다.

마지막으로 주역의 괘사를 짚어보았다. 64卦 중 열다섯 번째의 괘가 나왔다. 외괘가 땅을 상징하는 坤이요, 내괘가 山을 상징하는 艮이어서 지산겸地山謙, 지중유산겸地中有山謙 산이 땅 밑에 있으니 곧 謙卦의 모습이다. 즉 謙亨은 Understand.

그 사람의 밑(Under)에 서야(Stand) 진정으로 그 사람을 이해(Understand)할 수 있다. 주역이 영어로 해석되는 순간이다.

명종의 교지教旨를 받고 겨우내 눈 속을 헤매는 동안 이미 봄이 다 가고 있었다. 도산서당으로 가기 위해 詩를 읊으며 고개를 넘었다. 이복홍·이덕홍·금제순 등이 따랐다.

花發巖崖春寂寂
화 발 암 애 춘 적 적

鳥鳴澗樹水潺潺
조 명 간 수 수 잔 잔

偶從山後攜童冠
우 종 산 후 휴 동 관

閒到山前問考槃
한 도 산 전 문 고 반

벼랑에 꽃이 피어 봄은 더욱 적적하고

시내 숲에 새가 울어 물은 더욱 잔잔하네.

우연히 산 뒤에서 제자들을 대동하고

한가히 산 앞에서 고반을 묻는다.

도산서당에 가보니, 매화는 이때 비로소 피기 시작하였다.
매화와 문답하는 형식의 詩〈梅花答〉을 지어서 그간의 격조했
던 정회를 풀었다.

〈분매에게(盆梅贈)〉

頓荷梅仙伴我凉	다행히 매선이 나의 쓸쓸함을 짝해 주니,
客窓灑灑夢魂香	객창은 소쇄하고 꿈마저 향기롭네.
東歸恨木携君去	고향으로 돌아갈 제 그대와 함께 못하니,
京洛塵中好艷藏	서울의 먼지 속에서 아름다움 간직해 다오.

〈분매가 답하였다(盆梅答)〉

聞說陶仙我輩凉	산의 신선께서 우리를 푸대접한다 하니,
待公歸去發天香	공이 돌아간 뒤에 천향을 피우리라.
願公相對相思處	서로 마주하든지 서로 그리워하든지 간에
玉雪清眞共善藏	옥설의 맑고 참됨을 모두 고이 간직하시오.

소명을 받고 길을 떠나서 다시 도산의 집으로 돌아왔으니,
결국 학가산을 한 바퀴 돌아온 셈이었다. 길을 떠난 1월부터 3
월 집으로 돌아온 직후까지 지은 詩 40題 56首를 묶어서《병인
도병록丙寅道病錄》이라고 이름하였다.

4. 월란척촉회
月瀾躑躅會

1546년 46세의 李子는 고향으로 돌아와 월란암月瀾庵에 거처하면서 다시는 벼슬길에 나가지 않고 은거하여 살 뜻으로 〈寓月瀾僧舍書懷二首〉를 지었다.

十五年前此讀書　열다섯 해 전에 이곳에서 글을 읽었지,
紅塵奔走竟何如　세상 일로 바쁘다가 이제 오니 어떠한가.
只今病骨迷丹訣　이 몸 이제 병 들고 신선 비결 어겼으나,
依舊灘聲上碧虛　의구한 여울 소리는 창공에 사무친다.
居士忘家爲老伴　선비는 집을 잊고 늙은이와 짝이 되고,
胡僧結約刱幽廬　스님은 약속대로 그윽이 초막집 지었네.
不堪每累君恩重　무거운 나라 은혜에 누 끼칠까 못 견뎌
非爲高名向釣漁　높은 이름 얻지 말고 낚시질 하고 싶네.

간재 이덕홍의 《계산기선록溪山記善錄》에 기록하기를,
「어느 날 선생께서 갑자기 월란月瀾에 가셨는데, 덕홍은 금제순琴悌筍과 함께 먼저 가서 선생을 기다리고 있었다. 잠시 후 선생께서 고반대考槃臺에 올라 한참을 있다가 바람이 불어 암자에 들어갔는데, 아순阿淳(둘째 손자 純道)이 아직 따라오지 못하고 있었는데, 동자童子를 시켜서 물을 잘 건넜는지 살펴보고 잘 건넜으면 즉시 알리라고 하셨다.

밤이 되자 묵묵히 앉았더니 술시戌時에 잠자리에 들었다가 겨우 자시子時가 되자 일어나서 아이를 불러 촛불을 밝히고 회암晦庵의 글을 읽다가 잠시 뒤 취침하고 곧 일어났다.

아침이 되자, 덕홍이 《심경心經》의 〈천명天命〉과 〈잠수복의潛雖伏矣〉 및 〈성기의誠其意〉 등에 대하여 질문하였다. 오시午時에 고반대에 나아가 한참 동안 앉아서 원근의 경치를 바라보다가 눈이 전처럼 밝지 못함을 탄식하셨다. 잠시 후 어풍대馭風臺와 능운대凌雲臺 두 대가 생각나서 아이 셋과 어른 둘을 데리고 어풍대에 올라 빼어난 경치에 감탄하다가 조금 있다 돌아왔다. 이날은 초저녁에 잠들었다가 자시子時가 못 되어 일어나서, 의관을 바르게 하고 앉아 다시 묵묵히 계실 뿐이었다.

덕홍이 조용히 묻기를,

"전날에 선생께서 덕홍에게 가르치시기를, '주재主宰를 세우는 것은 하나의 경敬 자에 불과하나, 경에 대한 설들이 많으니, 우선 정제整齊하고 엄숙嚴肅하게 공부한다면 망각하거나 조장助長하는 병통이 전혀 없을 것이다.' 하셨습니다. 그런데 감히 묻겠습니다만, 망각하지 않거나 조장하지 않는 것을 《참동계參同契》의 화법火法으로 증험證驗한다고 하였는데, 이른바 화법이란 어떤 것입니까?" 하니, 선생께서

"《참동계》에 대한 법은 본 지가 오래되어 잊어버렸다. 대체

는 사람의 몸을 이루는 것은 오직 火와 水이니, 물은 곧 血이요, 불은 곧 氣이다. 그래서 팔괘八卦의 감坎의 물과 이離의 불로 혈血과 기氣를 나누고 건곤乾坤으로 솥을 삼아서 내단內丹을 단련하는 것이다. 60개의 괘를 30일에 나누어 정하고, 다시 두 괘를 1일에 나누어 정하고, 다시 두 괘의 12획을 12신辰에 나누어 정하여 하늘의 氣가 나의 氣에 합치되도록 한다. 달이 차고 기우는 데 따라서 이를 빼거나 보태어서 단련하되, 달이 차면 보태고 달이 기울면 빼어서 조금도 하늘의 氣가 이탈함이 없도록 하여, 혈血이 폐肺에 엉기어 안정되게 한다. 이렇게 하여 3년이 되면 몸이 가볍고 뼈가 차가워져서 대낮에도 날아오르게 되는데, 이것이 내단법內丹法이다. 그 사이의 묘법妙法들에 대해서는 일일이 다 말할 수가 없다. 그러나 이것은 우리의 공부에서는 어려운 것이다."라고 하셨다.

다음 날 새벽에도 동틀 무렵에 일어나 세수하고 외관을 갖추고 바르게 앉아 책을 보셨다. 아순阿淳에게 역사를 가르쳤는데, 측천무후則天武后와 옥진玉真(양귀비)의 일에 이르러 일찍이 책을 대하고 세 번씩 탄식하지 않은 적이 없었다.

덕홍이 다시 《심경心經》의 〈수신재정기심修身在正其心〉 등의 장에 대하여 질문하였다. 식사를 마친 뒤 선생께서 《회암서晦庵書》를 들고 응사대凝思臺에 올라가 잠시 앉아있었다. 조금 뒤

다시 낭영대朗詠臺로 올랐는데, 오르기가 너무 불편하여 중을 시켜 돌을 져다가 계단을 만들도록 하였다. 어린 소나무를 좋아하여 직접 그 가지를 손질하고, 또한 그 경치가 빼어남을 감탄하지 않음이 없었다. 일을 끝마치지 못한 즈음에 감사監司의 편지가 도착하여 덕홍을 시켜보라 하고 곧장 들어가서 답장을 쓰셨다.

고을 사람이 소어鱠魚(밴댕이)를 보내왔는데 보관해 두라고 명하셨다. 이날 저녁에 등불을 밝히고 〈칠대七臺〉 시를 지어 오랫동안 읊조리셨다.」

대臺는 높고도 위가 편편하여, 그 위에 걸터앉아서 사방의 경치를 바라볼 수 있는 곳이다. 월란암 주변의 왕모산에 있는 언덕과 낭떠러지 일곱 군데와 강이 산을 감돌아 구비를 이룬 곳이 세 군데이다.

월란암은 산이 가까운데도 강물이 바로 앞을 흐르면서 절벽을 이루었는데, 높은 곳과 같이 생긴 것이 무릇 일곱이요, 물이 산을 감돌고 흘러 물굽이를 이룬 것이 무릇 셋이다.

월란정사 바로 앞 달빛이 강물에 비치어 반짝임을 볼 수 있는 언덕에 '月瀾庵七臺記蹟碑' 화강암 비가 세워져 있다.

〈장난삼아 일곱 대와 세 물굽이 읊다(戲作七臺三曲)〉

〈월란대月瀾臺〉

高山有紀堂	높은 산은 모서리(廉角)도 있고 편편(寬平)하다
勝處皆臨水	경치도 좋은 곳은 모두 강가에 있네.
古庵自寂寞	오래된 암자 저절로 적막하니
可矣幽棲子	그윽하게 사는 이에게 있을 수 있네.
長空雲乍捲	넓은 하늘에 구름이 문득 걷히니
碧潭風欲起	짙푸른 소沼에 바람 일 것 같네.
願從弄月人	바라노니 달을 즐기는 사람을 쫓아서
契此觀瀾旨	이 물결 관찰하는 취지에 부합하고자 하네.

춘양 한수정 臺

월란대는 높고 펀펀한 곳으로 경치를 내려다 볼 수 있으면서 조용하고 그윽하다고 월란암의 분위기를 읊었다.

하늘의 구름 걷히자, 둥근 달이 낙동강 물결에 일렁이는 달빛을 관찰한다고 읊었다.

〈초은대招隱臺〉

晨興越淸溪 새벽에 일어나 맑은 물 건너
杖策尋雲壑 지팡이 짚고서 구름 낀 골짜기 찾아드네.
幽人在何許 그윽하게 숨어사는 이 어디쯤에서 살고 있나
鬱鬱松桂碧 소나무 계수나무 짙푸름만 울창하고 울창하네.

산속에서 즐기는 것은 무엇인가, 날짐승 길짐승 머뭇거림뿐일세, 언제나 생각하지만 쉽게 보이지 않으니, 주저주저하면서 길게 한숨만 늘어놓네.

〈고반대考槃臺〉

層臺俯絶壑 층층이 높이 솟고 끊어진 낭떠러지 굽어보니
下有泉鳴玉 아래쪽 샘에서 옥구슬 소리가 나네.
西臨豁而曠 서쪽으로는 확 터져서 훤하고
東轉奧且闃 동쪽으로 돌아서면 길고도 고요하네.

울창한 숲 잘라내고 아름다운 경지 얻어내니, 띠집 지을 것을 점칠만 하구나. 숨어 살며 뜻을 구하지 또 무엇을 구하겠나. 즐겁게 노닐며 '남에게 알리지 말자' 노래하네.

〈응사대凝思臺〉

襄裳度寒磵	바지 걷고 찬 바위 틈에 흐르는 물 건너
捫葛陟高崖	칡넝쿨 잡고서 높은 산비탈을 올라가네.
老松盤巖顚	늙은 소나무는 바위 끝에 서리었는데
百霆猶力排	백 번 뇌정벽력에도 힘으로 버틸 것 같네.

옛 관목 떨기들을 베어내어 보니, 앞경치 그윽하고도 또한 아름답네. 깊숙하게 하루 종일 앉아있으니 아무도 나의 마음을 알 길이 없다네.

〈낭영대朗詠臺〉

躋攀出風磴	붙잡고 올라서 바람부는 돌사다리 벗어나니
一眼盡山川	온 산과 시내가 한눈에 다 들어오네.
不有妙高處	만약에 묘하게 높은 곳이 없다면
焉知雲水天	어찌 알겠는가, 구름과 물의 세계를.

넓은 우주를 내려다보고 쳐다보니, '높고 높고 넓고 넓다'는 성현들 생각나네. 묻노니, 쇠 던지는 듯한 천태산의 노랫소리가 기수서 거문고 타는 소리와 어떤 것이 나은가.

〈어풍대御風臺〉

至人神變化	수양이 잘 된 사람은 변화에 귀신 같아서
出入有無間	有와 無 사이를 나왔다 들어갔다 하네.
泠然馭神馬	경쾌하게 신령스러운 말을 타고서
旬有五乃還	열흘에다 닷새만에 이에 돌아오네.

슬프구나, 견문이 넓다고 생각하는 못난이, 여름 벌레는 추위를 알지 못한다네. 청하노니 그대여, 이 대에 오르게 된다면 아침노을로써 끼니를 삼을 필요도 없다네.

〈능운대凌雲臺〉

下有淸淸水	아래에는 맑디맑은 물이 흐르고
上有白白雲	위로는 희디 흰 구름 떠있네.
斷峯呼作臺	끊어진 봉우리를 '臺'라 이름 지어
登臨萬象分	올라가서 앉으니 삼라만상이 나누어져 보이네.

구름을 타고 하늘로 솟아오르고 가슴을 씻어내니 호탕한 기운 생기고 초연하게 속세의 기분 벗어났네. 어찌 다만 유씨 성 가짐 천자님만이 훌훌 나부끼는 기분으로 기이한 글 감상 하나.

〈석담곡石潭曲〉(웅덩이 구비)

奔流下石灘	분주하게 흐르는 물굽이 돌여울로 내려와서
一泓湛寒碧	한 소 이루어 차고 푸름 넘치네.
躑躅爛錦崖	철쭉 꽃은 비단 무늬 낭떠러지에 흐드러졌고
莓苔斑釣石	이끼는 낚시 돌 위에 아롱진 무늬를 이루었네.

석담곡石潭曲은 자하산 동남쪽에 있는데, 월란암에서 조금 돌아서 내려가면 강가에 물웅덩이가 있다.

강가의 흰갈매기는 나와 같이 한가롭고 피라미는 제 즐거움을 제가 아네. 어느 때에 작은 배를 갖추어서 길게 노래하며 밝은 달을 마음껏 즐길 것인가.

〈천사곡川沙曲〉

川流轉山來	강의 흐름 산을 둘러나오고
玉虹抱村斜	옥무지개 마을을 껴안고 비스듬히 섰네.
岸上藹綠疇	강 언덕 위에는 푸른 밭이랑이 넘실거리고
林邊鋪白沙	수풀 곁에는 흰모래 깔려있네.

돌 징검다리 낚시하고 놀 만하고 쓸쓸한 골짜기도 지내볼만 하구나. 서쪽으로 자주빛 노을 낀 산언덕 바라보니, 또한 그윽하게 사는 사람 집이 보이네.

〈단사곡丹砂曲〉

靑壁欲生雲	푸른 절벽에서 구름 생겨나려 하고
綠水如入畫	파란 물은 마치 그림 속에 들어온 듯하네.
人居朱陳村	사람들은 주씨 진씨 마을에 살고
花發桃源界	꽃은 무릉도원의 경계에서 피었네.

도원계桃源界:이상향理想鄕 유토피아. 현실에는 존재하지 않는 이상적인 사회. 아, 어찌 알았으리. 만휘의 모래가 진사를 그 가운데 숨기고 하늘이 몰래 경계하는구나. 슬프도다, 내 참된 비결에 어두워서 처참하게 바라보며 오로지 한탄만 일으키네.

李子는 23세 때 성균관에 있을 때, 황상사黃上舍를 만나서 《심경부주心經附註》를 보고 너무 마음에 들어서, 종이를 주고 한 부를 구득하였다. 이 책은 어록체語錄體이어서 대개 사람들은 문리文理를 해득하지 못하였는데, 문을 닫고 들어앉아 여러 달 반복하여 읽은 끝에 통연하게 깨닫지 못한 곳이 없게 되자, 비로소 심학의 연원과 심법의 정미함을 알게 되었다고 한다.

장인 권질의 장례를 위해 휴가를 얻어서 고향에 내려와서 월란암月瀾菴에서 지내면서, 하루에도 몇 번씩 《심경부주心經附註》만 읽었다.

이 책에서 학문의 참된 길을 깨닫고 이를 바르게 밝혀나갈 생각을 갖게 되어 그 소회를 적은 시 〈비 개인 뒤 느낌을 적다 (雨晴述懷)〉에서 그의 결심을 짐작할 수 있다.

天開一片燭幽鑑 한 조각하늘이 열리며 거울을 비추니
篁墩旨訣西山經 황돈의 지은 비결 서산의 심경이로구나.

《心經》은 송대 정주학자 서산西山 진덕수眞德秀가 사서삼경 四書三經과 《예기禮記》, 주돈이周敦頤, 정이程頤, 범준范浚, 주희 朱熹의 글 등 경전經傳에서 심법心法이 표현된 핵심 구절들을 뽑아 모은 책인데, 명대明代에 황돈篁墩 정민정程敏政이 진서산 眞西山의 《心經》에 주석註釋을 달고 서문序文을 붙여 출간한 것 이 《심경부주心經附註》이다.

《심경부주心經附註》는 당시 성리학자들 사이에서 널리 읽혔 으며, 李子는 《심경부주心經附註》를 평생 존신尊信하여 《근사 록近思錄》 못지않게 중시하였는데, 《근사록近思錄》은 주희朱熹 와 여조겸呂祖謙이 주돈이周敦頤의 《태극도설太極圖說》과 장재 張載의 《서명西銘》·《정몽正蒙》 등에서 긴요한 장구만을 골라 편찬한 일종의 성리학 해설서이다.

李子의 《心經》 연구는 서책에만 있지 않고, 다양하게 절차 탁마하여 이루어졌다. 당시 서경덕의 영향으로 양명학에 심취 한 홍인우, 남언경 등과 토론하였다.

서울에 있을 때, 홍인우가 찾아와서 함께 학문에 관해 토론 하였으며, 며칠 후 홍인우를 방문하여 함께 학문을 토론하고 돌아왔다. 그 후 홍인우와 남언경이 찾아와서 밤이 늦도록 학 문에 대해서 토론하였다. 홍인우가 왕수인王守仁의 『傳習錄』을 빌려달라고 하여 빌려주었다.

남언경은 우주의 본질과 현상 작용을 모두 氣로써 설명하고 氣의 영원성을 주장하였으며, 그 선천성과 후천성을 구별하면서도 그 저변에 일기一氣의 연속성을 강조하였다.

"理란 氣의 동정취산動靜聚散에 따른 법칙에 지나지 않는 것으로, 이는 기를 초월할 수도 없고 초월적 실재성實在性도 인정되지 않는다."라고 하여, 기는 유한하고 이는 무한하다는 李子의 주장을 반박하고 서경덕의 주장에 동조하였다.

남언경의 논설 중에서 "맑고 유일唯一하며 밝은 본체는 위·아래, 하늘·땅과 함께 흐른다."라고 한 주장은, 곧 "양지良知의 묘용妙容이 발생할 때 인심人心·하늘·땅이 모두 일체임을 알 것이다."라고 한 왕양명王陽明의 설과 일치하며, 서경덕의 기불멸설氣不滅說과도 상통한다.

인간의 심성心性에 대한 해석에서는 李子는 理, 즉 본연의 성性은 순선무악純善無惡한 것이라 하여 이에 절대적 가치를 부여하고 있는 데 반해, 그는 우주는 氣이며 마음도 氣이므로 도덕적으로 善과 惡이 함께 있음을 주장하였다.

남언경은 왕양명의 《전습록傳習錄》을 탐독하여, 그 영향을 받았다.

〈남시보南時甫 언경彦經에게 답하다〉에서,

「자로子路가 귀신에 대한 것을 물으니, 공자가 말하기를,
"사람도 제대로 섬기지 못하는데, 어찌 귀신을 섬기겠는가."
하였습니다.

정자程子가 "귀신이 있다고 말을 하면 가서 찾을 것이다."라
고 한 말의 뜻은 참으로 있다는 말이 아닙니다. 그런데 화담花
潭은 참으로 있다고 여겨서, 그 물체가 모이면 사람이 되고, 그
물체가 흩어지면 허공에 있어 생성되었다 없어졌다 하지만, 이
물체는 영원히 소멸되지 않는다 하였습니다. 이 말이 불가佛家
의 대윤회설大輪廻說과 무엇이 다릅니까. 응길應吉 일가一家의
일을 듣고 깜짝 놀라 눈물을 간신히 참았습니다.

응길應吉은 홍인우洪仁祐의 字인데, 겨우 40세에 사망한 뒤
한 해 동안 그 집안에 여섯 차례 상사喪事가 일어났다.

고봉 기대승이 《고봉별집 부록》의 〈명언에게 답하는 편지〉
에서, 근자에 듣건대, 남시보南時甫가 "이황이 위아지학爲我之
學을 한다 하는데, 위아지학은 이황이 본래 하지 못하지만 그
행적은 한결같이 위아지학과 흡사하다."라고 했다 하니, 그 말
을 듣고는 등에 식은땀이 흘렀습니다.」

李子는《심경부주心經附註》를 읽고 깨달은 바가 있어서《심경후론心經後論》을 지었다. 특히 이 글에서 조목趙穆이《황명통기皇明通紀》에 실려 있는《심경부주心經附註》의 편자 정민정程敏政의 기록을 조사해서 보내준 것을 계기로 오징吳澄과 정민정程敏政의 잘못을 지적하고, 주자학과 육학陸學이 다른 점을 밝히는 대신,《心經》은 공맹과 정주程朱 등 역대 성현聖賢들의 말씀을 모아놓은 것이므로 변함없이 존신尊信한다는 뜻을 분명히 하였다.

《心經附註》진덕수陳德秀의 贊에서, 〈마음 다스리기〉는 舜임금과 우왕禹王이 주고받은 말은 16자인데, 아주 오랜 세대의 심학心學은 이를 그 깊은 뿌리[淵源]로 삼고 있다.

사람의 마음[人心]이란 대체 무엇인가? 사람의 마음이란 형체와 기운[形氣]에서 생기는 것이니, 좋아함[好]이 있고 즐김[樂]이 있으며, 성냄[忿]이 있고 한스러워 함[懥]이 있다. 이런 욕심은 쉽게 흘러 다니니 이를 일러 위태롭다고 하는 바, 잠시라도 혹 그것을 놓아버리면 수많은 사특함이 그것을 따르게 된다.

도리의 마음[道心]이란 대체 무엇인가? 도리의 마음이란 본성과 천명[性命]에 뿌리를 두고 있는 것이니, 의로움[義]이라 하고, 어짊[仁]이라 하고, 적중함[中]이라 하고, 바름[正]이라 한다. 이런 이치[理]는 형체가 없으니, 이를 일러 잘 드러나지 않는다[微]고 하는 바, 털끝[毫芒]만큼이라도 잃으면 그것을 보존하는 일은 거의 드믈게 된다.

이 두 마음 사이에는 일찍이 중간지대[隙(틈)]를 용납하지 않으니, 반드시 정밀하게 살펴서 흑백을 분별하듯 해야 한다.

앎이 미치고[知及], 그 미친 바를 어짊이 지키는 것[仁守]이 서로 처음과 끝이 되니, 오직 정밀하기[惟精] 때문에 한결같고 오직 한결같기[惟一] 때문에 적중한다.

빼어난 이와 뛰어난 이[聖賢]가 번갈아 일어나 순임금을 체득하고 우왕을 본받으며[體姚法姒] 반드시 따라야 할 법도[綱維]를 들어서 후대의 세상에 훤하게 보여주었으니, 그것이 바로 경계하고 두려워함[戒懼]과 홀로 있을 때에도 삼감[謹獨]이고, 간사함을 막음[閑邪]과 열렬함을 잘 지켜냄[存誠]이며, 분노나 욕심을 막아내고 경계하는 것이다.

상제上帝가 참으로 어디에나 임하여 계시니, 어찌 감히 혹시라도 두 마음을 품겠는가? 방구석이 비록 은밀하다고 해도 어찌 아무도 보지 않는다고 해서 마음에 부끄러운 짓을 하겠는가? 네 가지 그릇됨[四非]을 모두 이겨내되 마치 적을 물리치듯이 하고, 네 가지 실마리[四端]가 이미 발현하면 그것을 모두 널리 펴서 그것으로 마음 안을 꽉 채워야 한다. 그래서 억측

〔意〕과 반드시 하겠다며 무리하는 마음〔必〕이 싹틀 때는 구름이 걷히고 자리를 없애버리듯이 깨끗하게 제거하고 사랑하는 마음〔慈〕과 믿음〔諒〕이 생겨날 때는 봄기운에 만물이 자라듯이 길러주어야 한다.

닭이나 개가 달아났을 때에는, 그것을 찾을 줄 알 듯이 바른 마음을 찾으려 해야 하고, 소와 양이 뜯어 먹으면 민둥산이 되듯이 바른 마음을 해칠까 걱정해야 한다. 한 손가락과 어깨와 등 중에서 어느 것이 귀하고 어느 것이 천한가? 한 그릇 밥과 만종萬鍾(거액의 돈)에 대해서도 사양할 때와 받을 때〔辭受〕를 반드시 분별해야 한다. 사사로움을 이겨내 다스리는 것〔克治〕과 잘 지켜서 길러내는 것〔存養〕은 서로 교차하여 공을 쏟아야 하는 것이니, 순임금은 어떤 사람이었던가?

아! 이 도리의 마음은 만 가지 좋은 것〔萬善〕의 주재자이니, 하늘이 사람에게 주신 것 중에서 이것이 가장 크다. 이를 마음에 거두어들이면〔斂〕 太極은 내 몸에 있게 되고, 만 가지 일에 그것을 뿌리면 그 쓰임은 끝이 없다. 신령스러운 거북 껍질을 보배로 여기듯이 큰 구슬을 받들 듯이 도리의 마음을 기르기를 그렇게 하라. 늘 이를 생각하여 늘 마음이 여기에 있어야 하는 것이니, 거기에 힘을 쓰지 않을 수 있으랴.

옛날에 뛰어난 이들을 살펴보면, 다 삼감〔敬〕을 서로 주고받았으니 그것을 잡아 쥐어 다잡고 널리 베푸는 것〔操約施博〕보다 앞서는 것이 과연 뭐가 있겠는가? 욕심을 부리다 마음이 막히는 것〔茅塞(모색)〕을 두려워하여 이에 바른 말들을 모아서 그것으로 폐부를 씻어낸다. 밝은 창문과 비자나무 책상〔榧几(비궤)〕, 맑은 한낮에 향로에서는 연기가 피어오르는데 책을 펴놓고 숙연한 마음으로 나의 마음〔天君〕을 섬기노라.

'상제上帝가 어디에나 임하여 계시니, 혹시라도 두 마음을 품겠는가? 방구석이 비록 은밀하다고 해도 어찌 아무도 보지 않는다고 해서 마음에 부끄러운 짓을 하겠는가?'

성리학에서 敬의 공부는 인간으로 하여금 理와 氣의 괴리를 되도록 줄여서 신의 경지에 이르도록 하는 데 있다.

李子는 이러한 공부가 신사愼思 명변明辯으로만 되는 것이 아니라, 계구戒懼·신독愼獨·경외敬畏의 방법을 통해 자신을 물화物化·질화質化로부터 상제上帝의 경지로 승화시킴에 있다고 했다.

사람이 죽으면 영혼은 떠나서 하늘로 올라간다는 말은 기가 질화·형화된 상태를 벗어나 그 담허·영통한 본체로 돌아간다는 뜻이다. 그러므로 誠을 다하여 구하면, 곧 서로 감응이 되어 마치 처음부터 없어지지 않은 것 같다.

〈憑의 집에서 술 마시고 돌아오는 길에 시내 달을 읊다〉

踏月歸時霜滿天
답 월 귀 시 상 만 천

달을 밟고 돌아올 때 서리는 하늘 가득

衣巾餘馥菊花筵
의 건 여 복 국 화 연

옷에 스민 남은 향기 국화꽃 자리였네.

箇中別有醒心處
개 중 별 유 성 심 저

이 가운데 한결 마음 깨우는 곳 있으니

水樂鏘鏘太古絃
수 락 장 장 태 고 현

여울소리 울려대는 태고의 현악이라.

李子는《心經附註》를 읽은 후《심경후론心經後論》을 쓴 까닭은 조사경趙士敬이《황명통기皇明通紀》를 읽다가 그 가운데 황돈에 관한 사실 두세 조항을 기록하여 보여준 뒤에야 황돈의 사람됨과 학문이 이러한 줄을 알게 되었다.

"황돈이 육씨陸氏의 학문을 미봉彌縫하려고 주자朱子와 육상산陸象山 두 분의 말씀 가운데 초년설과 만년설을 취하여 일체를 전도시키고 변란變亂하여 '초기에는 잘못 상산을 의심하다가 만년에 가서 비로소 뉘우치고 깨달아 상산과 합치되었다.'고 주자를 무함하였으니, 그 후학을 그르침이 너무 심하였다. 이에《학부통변學蔀通辨》과《편년고정編年考訂》을 저술하여, 주·육 두 학설의 같고 다름과 옳고 그른 귀추를 끝까지 밝혀 놓았다." 하였다.

황준량이 스승에게 보낸 편지에《심경》을 비판하여,

"진서산眞西山은 속은 비고 거죽만 화려하여 실상이 없고, 범난계范蘭溪는 덩굴지기만 하고 절실하지 못하여, 황자계黃慈溪는 관찰한 것이 두 사람에 비하여 더욱 떨어지고, 정황돈程篁墩은 관찰한 것이 분명하지 아니하며, 택한 것이 정하지 못합니다."

〈이수재李秀才 숙헌叔獻(율곡)이 계상溪上에 찾아오다〉

從來此學世驚疑　예로부터 이 학문을 모두 놀라 의심하고
종래차학세경의

射利窮經道益離　이익 좋아 글 읽으면 도는 더욱 멀어지네.
사리궁경도익리

感子獨能深致意　고마워라 그대 홀로 그 뜻 깊이 두었으니
감자독능심치의

令人聞語發新知　그 말을 듣고 나서 새 지각이 생기누나.
영인문어발신지

정선, 경교명승첩 中 시화상간 〈간송미술관〉

李子의 이학관異學觀은 정주程朱보다 철저하였다. 주자학과 양명학은 심성론에 있어서 커다란 차이가 있기 때문이다.

양명학의 발생의 단초는 理學에서 心學으로의 전환이었다.

心에 대하여 객관적 주지주의적 '성즉리性卽理'인데 반하여, 양명학에서는 주관적 주정주의적 '심즉리心卽理' 입장이다.

육상산에 의하면, 우주의 모든 현상은 마음의 현상이고, 이 마음을 떠나서는 아무런 현상도 있을 수 없다고 한다.

"배우지 않아도 알고, 일삼지 않아도 할 수 있다. 마음의 움직임이 곧 理의 구현이다."

《대학》에 如惡惡臭 如好好色 "아름다운 여색을 좋아하듯이 하고, 악취를 싫어하듯이 하라." 아름다움을 느끼는 것은 앎이고, 아름다운 여색을 좋아하는 것은 행위이다. 악취를 맡았을 때 이미 저절로 싫어하게 되는 것이지 냄새를 맡은 뒤에 판단하여 싫어하는 것은 아니다. 따라서 앎과 행위가 합일한다는 지행합일知行合一을 주장하였다.

李子는 "호색을 보기만 하면 곧 아름답다는 것을 알아서 마음에 진실로 좋아하고, 악취를 맡기만 하면 곧 나쁘다는 것을 알아서 마음에 진실로 싫어하니, 행行이 지知에 붙어있다고 해도 될 것이다.

그러나 의리義理에서는 그렇지 않다. 배우지 않으면 알지 못하고 힘쓰지 않으면 능하지 못하여, 겉으로 행하는 것이 반드시 내면에 진실한 것은 아니다. 그러므로 善을 보고도 善인 줄 알지 못하는 자가 있으며, 善임을 알고도 마음으로 좋아하지 않는 자가 있으니, 善을 보고 이미 스스로 좋아한다고 말할 수 있겠는가. 不善을 보고도 싫어할 줄 알지 못하는 자도 있으며, 惡임을 알고도 마음으로 싫어하지 않는 자가 있으니, 惡을 안 때에 이미 스스로 싫어한다고 말할 수 있겠는가.”

앎과 실천을 수레의 양 바퀴와 새의 양 날개와 같아 어느 하나도 빠뜨려서는 안 된다는 주희의 말을 들어, 앎과 실천의 일치를 주장하면서도 앎과 실천의 선후 문제에 있어서는 진지가 실천과 행동의 전제가 되어야 한다는 주희의 선지후행의 견해를 따르고 있다.

李子의《심경후론心經後論》을 저술한 동기는, 양명陽明의 학설이 성행하고 정주학이 날로 인멸되어 가는 것에 탄식하고, 황돈이 육상산의 견해를 인정한 것에 대한 반발이었다.

「내가 젊을 때 서울에 유학하면서 처음으로 이 책을 여관에서 보고 찾아 읽었다. 비록 중간에 신병身病으로 공부를 접어 '늦게 깨닫고 이루기 어렵다'는 한탄을 하고 있지만, 애초 이 일에 감발感發하여 흥기하게 된 것은 이 책의 힘이었다. 그 때문에 평소 이 책을 높이고 믿는 것이 사서四書나 《근사록》에 뒤지지 않았다. 그런데도 매양 그 책을 읽다가 끝에 가선 한 번도 그 사이에 의심을 두지 않은 적이 없어서, '오씨吳氏(오징吳澄)가 이런 말을 한 것은 무엇을 보고 한 것이며, 황돈篁墩이 이 대목을 뽑아 놓은 것은 무슨 뜻인가? 천하 사람들을 거느리고 육씨陸氏(상산象山 육구연陸九淵)에게로 돌아가려는 뜻이 있는 게 아닌가?' …

맹자는 "널리 배우고 자세히 말함은 장차 이를 돌이켜 요약함을 말하려 해서이다." 하였으니, 박문博文과 약례約禮 두 가지가 서로 필요한 것은 수레의 두 바퀴나 새의 두 날개와 같아서 하나가 없이는 굴러가고 날아갈 수가 없으니, 이것은 실로 주자의 설이다. 유가儒家의 가법이 본래 이와 같다.

나는 〈도일편〉을 보지 못하였으니, 그 내용이 어떤지는 모르겠다. 그러나 그 책의 제목을 가지고 진건陳建의 말에,

"도道는 하나요 둘이 없다. 육씨陸氏는 돈오頓悟하여 하나를 주장하였고, 朱子는 초년에 둘이라 하다가 만년에 하나를 주장하였다."고 하였을 것이다. …

내 생각에, 황돈이 두 분의 학설을 같게 하려 한 것은 거의 정윤부의 식견과 같아지는 것이다. 그 당시 가령 주자가 참으

로 만년에 육상산과 견해가 같아진 사실이 있었다면, 육씨가 죽었을 때에 주자가 어떤 사람에게 보낸 편지에,

"평소 머리를 크게 쳐들고 큰소리를 치다가 갑자기 이렇게 되었단 말인가." 하고 탄식하였으며, 육상산은 일찍이 그 문인에게 이르기를, "주원회朱元晦는 태산교악泰山喬嶽 같으나, 오직 그가 자기의 견해를 스스로 옳다 하고 남의 말을 들으려 하지 않는 것이 한스러울 뿐이다."

본래 말을 다 기억하지 못하는데, 대의大意는 이러하다 하였다. 이것은 두 분이 평소 한마디도 도道가 같다고 허여한 적이 없는 것이다. 그런데도 뒷사람들이 이리저리 끌어 맞추어 억지로 같게 만들려 하니, 어찌 될 법이나 한 일인가.

《심경心經》은 존신할 것이 못 되는가? 묻는다면,

"그것은 그렇지 않다. 내가 이 책을 보니, 그 경문經文은《시경》·《서경》·《주역》에서부터 정자·주자朱子의 설에 이르기까지 모두가 성현의 큰 교훈이요, 그 주석에 있어서는 염濂·낙洛·관關·민閩으로부터 그 뒤의 여러 현인賢人들의 설까지 아울러 취하여 지론至論이 아닌 것이 없으니, 어찌 황돈의 잘못 때문에 성인의 큰 교훈과 현인의 지론까지 높이고 믿지 않을 수 있겠는가." 하였다.

"주자가 만년에 뉘우치고 陸氏와 합치되었다."고 말한 〈도일편〉 같은데 비교하겠는가. 지금 배우는 사람들은 마땅히 박문과 약례 두 가지를 다 지극히 함은 주자가 이루어 놓은 공이며, 知와 行 두 공부를 서로 도와 나가는 것은 유가儒家의 본래 가법인 줄 알아서, 이것으로 이 경문과 이 주석을 읽고 황돈의 〈도일편〉의 오류를 그 중간에 끼워 넣어 혼란시키지 않는다면, 성인이 되는 공부가 분명히 여기에 있을 것이다. 그러니 이를 높이고 믿는 것이 마땅하다.

허노재許魯齋(허형許衡)는 "내가 《小學》을 공경하기를 신명神明같이 하고, 존중하기를 부모같이 한다." 하였는데, 나는 《心經》에 대해 그렇다 하겠다. 다만 초려공草廬公의 학설은 불가佛家의 기미가 있으니, 나정암羅整庵이 배척한 논의가 맞다. 배우는 사람은 그 뜻을 이해하고 말을 가려서 같은 것은 취하고 다른 것은 버린다면 옳은 일이 아닌가 한다.」

병인년(1566) 맹추일孟秋日에 이황은 삼가 쓰노라.

한국고전번역원 | 권오돈·권태익·김용국·김익현·남만성·
성낙훈·안병주·이동환·이식·이재호·이지형·하성재 (공역) | 1968

李子의《심경후론心經後論》은 심학의 연원을 천명하고, 이단의 거친 가시덤불을 물리친 것이 깊고 절실하고 분명하여, 초려草廬와 황돈篁墩 등의 말에 대해 진실로 털끝같이 나누고 실오라기같이 분석하였으며, 겸하여 그 장점되는 바를 매몰시키지 아니하고, 학문의 바른 명맥이 환하게 밝아져서 다른 갈림길에서 헤매지 않게 하였으니, 선생이 후세를 위하여 생각한 것이 지극하였다.

李子는 주자朱熹의 시문과 사상을 수록한《朱子大全》의 서간書簡 중에서 중요 부분을 발췌하여《朱子書節要(晦菴書節要)》를 편찬하는 작업을 시작했다.《朱子大全》에서 발췌한 내용을 제자弟子 및 자질子姪들에게 분담하여 베끼게 하였다.

《주자서절요朱子書節要》는 처음 7책으로 묶어서 抄한 다음, 이것을 조목과 금난수에게 선사繕寫하게 하였다.

병진년(1556) 월란암에서 절요한 주자서를 선사하는 작업을 하고 있던 조목과 금난수가 선사繕寫한 원고 일부와 편지를 보내오자, 편지를 보내 그들의 노고를 치하하였다.

李子는 고향으로 돌아와 월란암月瀾庵에 거처하면서 하루에도 몇 번씩《심경》만 읽었다. 벼슬길에 나가지 않고 은거하여 살 뜻으로 詩를 지었다.

只今病骨迷丹訣
지금병골미단결
이 몸 이제 병 들고 신선 비결 어겼으나,

依舊灘聲上碧虛
의구단성상벽허
의구한 여울 소리는 창공에 사무친다.

居士忘家爲老伴
거사망가위노반
선비는 집을 잊고 늙은이와 짝이 되고,

胡僧結約刱幽廬
호승결약창유려
스님은 약속대로 그윽이 초막집 지었네.

겸재 정선, 인곡유거도仁谷幽居圖 〈간송미술관 소장〉

신유년(1561), 그동안 작업한 것을 《晦菴書節要》라는 서명書名으로 15권 8책으로 분책해서 성주목사 황준량이 성주에서 목활자로 초간하였고, 추후 그 내용을 증보해서 정묘년(1567)에 《朱子書節要》로 서명書名을 바꾸고 20권 10책으로 분책해서 입암立嚴 정주목사 유중영柳仲郢(류성룡의 아버지)이 정주定州에서 목판木板으로 간행하였다.

《朱子書節要》의 간행 역사는 황준량이 성주에서 영천 임고서원의 목활자를 가져다가 초간初刊하였다. 목활자본으로는 황해도관찰사 유중영柳仲郢이 잡자년(1564)에 해주에서 간행한 것과 평양에서 간행한 것이다. 목판본은 유중영柳仲郢이 1567년에 정주定州에서 처음 간행하였는데 기존 해주본의 오착誤錯을 바로잡는 한편, 난해어難解語에 주해註解를 붙이고, 목록 1권과 지구문인知舊門人의 성명 사실을 넣어서 완정完整된 《朱子書節要》의 면모를 갖추게 되었다. 이때 《晦菴書節要》라는 서명書名이 《朱子書節要》로 바뀌고, 체재體裁도 15권 8책에서 20권 10책으로 바뀌게 되었다.

목판본은 을해년(1575) 성주 천곡서원에서 다시 간행되었다. 이 천곡서원본에는 李子 서거逝去 후에 발견된 《朱子書節要序》가 붙게 되었다. 그 후 《朱子書節要》는 금산과 도산서원에서 간행하여 널리 전파되었다.

〈월란암에서 주자의 서림원 시에 화운하다 一〉

似與春山宿契深
사 여 춘 산 숙 계 심
봄 산과 함께 옛 약속 깊었던 듯이

今年芒屩又登臨
금 년 망 교 우 등 림
올해도 짚신 신고 또 올라 굽어보네.

空懷古寺重來感
공 회 고 사 중 래 감
옛 절 거듭 온 느낌 헛되이 품었지만

詎識林中萬古心
거 식 림 중 만 고 심
숲속의 오랜 마음 어찌 누가 알리요.

〈주자서절요서朱子書節要序〉

회암晦菴 주부자朱夫子는 아성亞聖(성인 다음이란 뜻)의 자질이
뛰어나 하락河洛의 전통을 이어 도덕이 높으며 공업功業이 크
다. 경전經傳의 뜻을 밝혀 천하의 후세 사람에게 다행하게 가
르친 것이 귀신에게 물어도 의심이 없고, 백 대 후에 성인이 나
타나기를 기다려도 의혹되지 않을 것이다. 부자가 돌아가신
후 두 왕씨王氏와 여씨余氏는 부자가 평일에 지은 시문류詩文類
를 전부 모아 《주자대전朱子大全》이라 이름하였으니, 모두 어
느 정도의 분량이 되었다. 그 가운데 공경대부公卿大夫와 문인,
그리고 친구와 왕래한 편지가 많아서 48권에 이르렀다. 그러
나 이 글이 우리나라에 유행된 것은 아주 드물었으므로, 선비
들이 얻어본 것은 아주 적었다.

계묘년(1543)에 중종 대왕이 교서관校書館에 인쇄하여 반포
하도록 하였으므로, 臣 나도 비로소 이런 책이 있음을 알고 구
하였으나, 아직껏 그것이 어떠한 종류의 책인지를 알지 못하였
다. 병으로 벼슬을 그만두고 책을 싣고 시골에 돌아와서 날마
다 문을 닫고 조용히 앉아서 이 글을 읽어 보니, 점점 그 말이
맛이 있고 그 뜻이 무궁無窮함을 깨달았으며, 더욱이 서찰에
느낀 바가 많았다.

대개 그 책 전체에 관해서 논한다면, 땅이 만물을 싣고 있고 바다가 온갖 만물을 포용한 것과 같아서 없는 것이 없으나 어려워서 그 요점을 얻기가 어렵다. 그러나 오직 서찰은 각각 그 사람의 재주의 고하高下와 학문의 천심淺深을 따라 병을 살펴서 약을 쓰며 물건에 따라 알맞게 담금질을 하는 것과 같아서, 혹은 눌리고 혹은 들추며, 혹은 인도하고 혹은 구원하며, 혹은 격동하여 올리고 혹은 물리쳐 깨닫게 하여서, 심술心術의 은미한 사이에는 그 악을 용납하지 못하게 하고, 의리義利를 궁구히 하는 즈음에는 홀로 먼저 조그마한 착오도 비추어 보니, 그 규모가 넓고 크며 심법心法이 엄하고 정밀하다. 못에 다다르면 얼음을 밟는 것과 같아서 조심하고 조심하여 잠깐이라도 쉴 때가 없다. 분노를 징계하며 욕심을 막아 선에 옮기며, 악을 고치기에 불급할까 두려워한다. 강건하고 독실하여 빛이 나서 날로 그 덕을 새롭게 하니, 힘쓰고 힘쓰며 따르고 따르기를 마지 않음이 남과 자기의 사이가 없다. 그러므로 그 사람에 고한 것이 능히 사람으로 하여금 감동하고 흥기하게 함이 당시 문하에 직접 배운 사람만 그럴 뿐 아니라, 비록 백 대 후라도 진실로 이 글을 보는 자는 직접 가르침을 받는 것과 다름이 없을 것이다. 아아, 참 지극하도다.

〈월란암에서 주자의 서림원 시에 화운하다 二〉

從師學道寓禪林
종 사 학 도 우 선 림

스승 따라 도 배우러 절간에 머물면서

壁上題詩感慨深
벽 상 제 시 감 개 심

벽 위에 붙인 시구 감개도 깊을 시고.

寂寞海東千載後
적 막 해 동 천 재 후

적막한 우리나라 천년 지난 오늘에야

自憐山月映孤衾
자 련 산 월 영 고 금

산 위의 달 외로운 이불 비춤 안타깝네.

그 책이 너무 많아서 연구하기가 쉽지 않고 겸하여 그 책에 실려 있는 제자의 물음이 혹 득실이 있음을 면하지 못하였다. 내 어리석은 것은 스스로 헤아리지 않고, 그중에 더욱 학문에 관계되고 수용에 간절한 것만을 뽑아내되, 편장篇章에 구애되지 않고 오직 그 요긴함을 얻기에만 힘쓰고, 이에 글씨를 잘 쓰는 벗과 아들과 조카들에게 주어 권卷을 나누어 쓰기를 마치니, 무릇 14권 일곱 책이 되었으니, 대개 그 본서에 비교하면 감해진 것이 거의 3분의 2이다. 참람한 죄는 피할 바가 없다.

일찍이 송학사宋學士의 문집을 보니 거기에 기록하기를, 노재魯齋 왕선생王先生이 뽑은 《주자서》를 북산北山 하선생何先生에게 교정하기를 청하였다 하였으니, 옛사람이 이미 이런 일을 하였다. 그 뽑고 교정함이 응당 정밀하여 후세에 전할 만하였을 것이다. 그러나 그 당시 송공宋公이 오히려 그 책을 얻어 보지 못하였다고 탄식하였는데, 하물며 우리는 해동에서 수백 년 후에 태어났으니, 또 어찌 그 책을 보고서도 좀 더 간략하게 만들어 공부할 자료를 삼으려 하지 않을 수 있겠는가.

어떤 사람이 말하기를,

"성경聖經과 현전賢傳은 어느 것이나 다 실학實學이 아니겠는가. 또 지금 주자가 경전에 집주集註한 모든 말을 집집마다 전하고 사람마다 외우니, 모두가 다 지극한 가르침인데, 자네는 홀로 부자의 편지에만 관심을 가지니, 어찌 숭상함이 그리 편벽되고 넓지 못하는가?"

나는 대답하였다.

"자네의 말이 근사하나 그렇지 않다. 대개 사람이 학문을 하는 데는 반드시 단서端緖를 열어 흥기할 곳이 있어야 성취하게 될 것이다. 또 천하의 영재가 적지 않으며, 성현의 글을 읽고 공자의 말을 외기를 부지런히 하지 않는 것이 아니건만, 끝내 이 학문에 힘을 쓰는 자가 있지 않는 것은 다른 까닭이 아니라, 그 단서를 열고 그 마음에 징험함이 있지 않는 까닭이다."

지금 이 서찰의 말은 그 당시 사우師友들 사이에서 성현의 요결要訣을 강명하고 공부를 권장한 것이었으니, 저들과 같이 범범하게 논한 것과는 다르고 어느 것이나 사람의 뜻을 감동시키며 사람의 마음을 흥기시키지 않은 것이 없다. 옛 성인의 가르침에는 詩·書·禮·樂이 모두 있지만, 정주程朱가 칭송하여 기술할 때 《논어》를 가장 학문에 절실한 것으로 삼은 뜻도 역시 이와 같다. 아아, 《논어》 한 책으로 너끈히 도에 들어갈 것인데, 지금 사람은 이 책에 대해 다만 읽고 말하기만을 힘쓰고 도를 구하기를 생각하지 않는 것은, 이익에 유혹되어 마음을 빼앗겼기 때문이다.

〈삼가 퇴계 선생의 和서림원시에 차운하다 一〉

- 대산 이상정

萬木陰陰一水深	만 목 음 음 일 수 심	만그루 나무 우거지고 한줄기 강 깊은데
當年攜笈幾遊臨	당 년 휴 급 기 유 림	당시에 책을 들고 얼마나 자주 찾으셨나.
秋風古寺重回首	추 풍 고 사 중 회 수	가을바람 속 옛 절을 거듭 돌아보나니
妙處那窺一片心	묘 처 나 규 일 편 심	어찌 묘처에서 한 조각 마음 엿보려나.

이 책은 《논어》의 뜻은 있으나 유혹하여 빼앗는 해는 없다. 장차 배우는 자로 하여금 감발하고 흥기하여 참으로 알고 실제로 행하는 것을 일삼으려 하는 자는 이 글을 버리고 어찌하겠는가.

공자의 말에, "학자가 나아가지 못함은 道의 문에 들어갈 곳이 없음으로 말미암아 그 맛을 즐거워할 줄 알지 못함이다. 그 들어갈 곳이 없음은 마음을 비우고 뜻이 겸손하여 번거로운 것을 견디고 다스리기를 즐기지 않는 까닭이다." 하였으니,

지금 이 글을 읽는 자가 진실로 능히 마음을 비우고 뜻이 겸손하기를 부자의 훈계와 같이 하면, 자연히 그 들어갈 곳을 알게 되고, 그 들어갈 곳을 얻은 후라야 그 맛을 즐길 것을 아는 것은, 맹자의 말에 고기〔芻豢〕가 나의 입을 즐겁게 함과 같이 될 뿐만 아니라, 주자의 이른바 큰 규모〔大規模〕의 엄한 심법〔嚴心法者〕도 거의 힘쓰게 될 것이다. 이로 말미암아 겉으로 통하고 바로 오르면, 이락伊洛을 거슬러 수사洙泗에 달하여 가히 옳지 않음이 없으니, 앞에서 이른바, 성경聖經과 현전賢傳은 과연 모두 나의 학문이 될 것이니, 어찌 편벽되게 이 한 글만 숭상한다고 할 수 있겠는가.

내가 늙어 상유桑楡(황혼)에 가깝고 궁벽한 산에서 병들어 전에 배우지 못한 것을 슬퍼하고 전현이 남긴 자취를 깨닫기 어

려움을 개탄하였다. 그러나 구구區區하게 단서를 연 것은 실로 이 글에 힘입음이 있다. 그러므로 감히 남들의 지목함을 돌보지 않고, 스스로 뽑아 모아서 동지에게 고하고, 또 뒤에 오는 자를 무궁無窮하게 기다리려고 함이다.

무오년(1558), 4월 모일에 후학後學 진성眞城 이황李滉은 삼가 서문에 쓴다.

한국고전번역원 | 권오돈·권태익·김용국·김익현·남만성·
성낙훈·안병주·이동환·이식·이재호·이지형·하성재 (공역) | 1968

계해년(1563) 2월 15일, 정존재 이담李湛이 부탁한 〈정존재 잠靜存齋箴〉을 지어 보내면서, 그 취지를 밝혀 말하기를, '靜存'이란 의리義理의 원두源頭이며 지미지밀至微至密한 곳이라 그 명의命意와 조어措語가 참으로 득당得當하기가 어렵다고 전제한 다음, '靜存'이란 말은 끝내 '靜' 일변一邊의 도리道理일 뿐이기 때문에, 잠箴의 중간 부분과 끝부분에는 '動'의 측면을 언급하지 않을 수가 없었고, '敬'도 아울러 자상하게 언급하였다가 걸어두고 자경自警하는 본의에 어긋나지 않겠느냐고 물었다.

〈삼가 퇴계 선생의 和서림원시에 차운하다 二〉

- 대산 이상정

瀾臺遺躅繼西林
란 대 유 촉 계 서 림

월란대에 남은 자취 서림원을 계승하니

幾首詩成託意深
기 수 시 성 탁 의 심

몇 수 시 지어서 의탁하신 뜻 깊어라.

山月獨留人不見
산 월 독 류 인 불 현

산의 달 의구하고 사람은 보이지 않는데

中宵無寐擁寒衾
중 소 무 매 옹 한 금

밤중까지 잠 못 들고 찬 이불을 두르네.

이담李湛이 제기한 《晦菴書節要》의 문제점, 곧 "의리義理의 정심精深, 사위事爲의 수작酬酌 가운데 나의 몸과 나의 마음에 긴절緊切한 것들을 우선적으로 선취選取해 실었어야 마땅한데, 그중에는 더러 긴절치 않은 경우인데도 실려 있는 것들이 있다."고 한 것에 대해서 답변하였다.

《晦菴書節要》에는 나의 몸과 나의 마음에 긴절緊切한 것들로 우선해야 할 것들은 충분히 실었거니와 간혹 피차 편지를 주고받을 즈음에 인사말을 한 것, 평소의 정회를 말한 것, 산수山水를 유완遊玩한 일을 말한 것, 시속을 민망히 여겨 말한 것 등 한수작閒酬酌에 속하여 그리 긴절하지 않아 보이는 내용의 것들도 선취해 함께 실은 것은, 선생(朱熹)의 풍모를 심신안한心身安閒하고 우유일락優遊逸樂하는 가운데 직접 뵙듯이 하게 하고, 그 말씀의 지취志趣를 기침하고 담소하는 여운 속에서 직접 듣게 하자는 것으로, 유도자有道者의 기상을 풍범風範·신채간神采間에서 체득하게 되는 것이 오로지 정심精深의 면에만 힘쓰고 긴절치 않아 보이는 것을 탐탁하게 여기지 않는 경우에 너무 한쪽으로 치우쳐서 체득되는 바가 없는 것보다 못하지 않다고 하였다.

나아가 자신은 《주자서》를 읽은 뒤로 비로소 사우師友의 義가 그렇게 지중至重함을 알았다고 전제한 다음, 그 義가 무겁

기 때문에 情이 깊기 때문에 허다하게 서로 주선周旋하고 간곡히 피력하는 사연이 있게 된 것인데, 만약 의리義理를 논하지 않아서 나의 몸과 나의 마음에 긴절치 않은 것이라고 하여 모두 제거해 버린다면, 고인古人들의 사우師友의 道가 그렇게도 중차대重且大함을 어찌 알겠느냐고 반문하였다.

끝으로 전에 남언경南彦經도 같은 지적을 한 적이 있었다고 하면서, 그때, 곧 무신년(1560) 1월에 보낸 답장에서 한 설명을 들어서 다시 자신의 입장을 역설하였다.

李子는 정지운鄭之雲의 《天命圖說》을 수정하여 만든 정본定本에 후서後叙 《天命圖說(附圖)》를 지었다.

계축년(1553), 조카 교嶠가 정이靜而의 '천명도天命圖'를 구해 왔는데, 그 도식과 해설이 자못 틀린 데가 있었다. 그 후 정이靜而가 도식과 부기한 해설을 가지고 와서 이자와 함께 교정하여 새로 《天命圖》를 지었다.

조목趙穆에 의하면, 《天命新圖》는 추만과 같이 상의해서 수정한 초본이 아니라, 선생이 도산에 돌아와 독자적으로 정사수개精思修改한 '수개본修改本'이라고 한다.

李子가 《天命圖說》을 수정하여 만든 《天命新圖》에 후서後叙 《天命圖說(附圖)》를 지어서 붙였다.

경신년(1560) 2월 5일, 정유일鄭惟一이 서울로 올라가기 전에 계상으로 찾아왔다. 선생은 그가 작년(1559년) 10월 24일에 이미 써두었다가 부치지 못한 기대승奇大升의 편지 및 그가 사단칠정四端七情을 논한 글에 대한 답장과 이 답장을 이제야 보내게 된 이유를 밝힌 편지, 그리고 정지운鄭之雲의 편지에 답한 답장이었다. 추만 정지운鄭之雲에게 보낸 답장에서는 먼저 풍덕豊德에 가지 못하게 막은 것은 관아에서 술에 취해 인격을 손상시킬까 저어해서 그랬다고 변명한 다음, 노수신盧守愼의 〈숙흥야매잠해〉에 선학적禪學的 요소가 있음을 인정하였다.

《명종실록》 신유년(1561) 3월 9일, 처사處士 정지운鄭之雲이 졸卒하였다. 그의 字는 정이靜而이고, 號는 추만秋巒이다.

성품이 활달하고 효의孝義에 독실하였으며, 양친의 상을 당하여서는 예에 지나치게 슬퍼하였다. 일찍이 김정국金正國에게 배웠는데, 그가 졸하자 3년간 심상心喪을 입었다.

집이 매우 가난하여 처첩妻妾이 길쌈하여 먹고 살았는데, 가끔 양식이 떨어져도 태연히 여기고 근심을 하지 않았다. 그 행동은 진실하였고 분수를 지켰으며 피아의 한계를 초월하였으므로 사람들이 보기에 절제가 없는 듯하였다.

나이 53세로 졸하니, 식자識者들이 애통해하지 않는 이가 없었다. 고봉이 〈추만을 애도하다(悼秋巒奇高峯)〉

去歲哭河西 _{거 세 곡 하 서}	지난해엔 하서를 곡하고
今歲哭秋巒 _{금 세 곡 추 만}	금년에는 추만을 곡하니
善人相繼行 _{선 인 상 계 행}	착한 사람 서로 이어 떠나
道喪無時還 _{도 상 무 시 환}	도학의 상실을 돌릴 수 없구나 …

추만은《천명도설天命圖說》을 지어 조화造化의 理를 규명한 뒤, 계축년(1553)에 李子를 만나 수정을 받았으며, 이것이 뒷날의 '사칠논쟁四七論爭'의 발단이 되었다.

고봉高峯 기대승奇大升은 경신년(1560) 5월, 서신으로 추만秋巒 정지운鄭之雲과 〈천명도天命圖〉에 대해 논하였다.

"퇴계 선생의 사칠변四七辨을 반복하여 말씀해서 많이 발명하였습니다. 그러나 제 생각에는 의혹이 없지 않습니다. 존장尊丈께서는 단지《주자어류朱子語類》에 근거하여 말씀하셨으니, 이는 반드시 퇴계 선생의 말씀을 바꿀 수 없는 것이라고 여기신 것으로 생각됩니다. 저는 존장의 의견에 구차히 찬동하지 못하옵고 삼가 저의 견해를 말씀드리겠습니다.

《주자어류》에 '사단은 理가 발한 것이고, 칠정은 氣가 발한 것이다.'라는 내용이 있습니다. 이는 비록 범연히 이렇게 말씀하셨지만 그 사이에는 참으로 곡절이 있어서였으니, 이것을 살피지 않으면 안 됩니다."

고봉은 32세인 무오년(1558) 8월에, 추만 정지운이 고봉을 찾아와 〈천명도설天命圖說〉에 대해 강론하였는데, 정론이 될 수 없다는 이유로 고봉이 논쟁하였다.

그해 10월에, 문과 을과乙科에 1등으로 급제한 고봉은 그달에 서울에서 李子를 배알하고, 처음으로 '사단칠정'을 발론하였다. 이때의 토론을 바탕으로 이듬해인 33세에 〈사단칠정설四端七情說〉을 지었다.

계축년(1553) 가을, 추만 정지운은 자신이 작성한 〈천명도설〉을 가지고 李子에게 질정을 구했다.

"사단은 이에서 발하고, 칠정은 기에서 발한다.〔四端發於理七情發於氣〕"라는 추만의 설을 李子는 "四端은 理의 발함이요, 七情은 氣의 발함이다.〔四端理之發 七情氣之發〕"라고 고쳐주었다.

그 후 추만은 李子의 의견을 수렴하여 개정한 도설을 가지고 와서 李子에게 보여주었고, 선생이 그것을 다시 교정하여 완전히 정리함으로써 〈천명도설〉은 새롭게 완성되었다. 12월에 李子는 〈천명도설天命圖說 후서後敍〉를 지어 추만에게 주었고, 이듬해(1554년) 정월 추만은 〈천명도설서天命圖說序〉를 지었다.

고봉이 이 〈천명도설〉을 접한 것은 그의 나이 31세이던 1558년 가을이다. 추만이 〈천명도설〉을 가지고 고봉을 찾아와 함께 토론한 후, 고봉이 추만에게 답한 편지에,

"《주자어류》에 '사단은 理가 발한 것이고, 칠정은 기氣가 발한 것이다.' 하였습니다. 비록 이와 같이 범범하게 말하였으나

그 사이에 극진한 곡절이 있는 것을 살피지 않으면 안 될 것입니다. 퇴계 선생이 '정情에 사단·칠정의 구별이 있는 것이 마치 性에 본성本性·기질氣質의 다름이 있는 것과 같다.'라고 한 말은 매우 타당하여 바로 朱子의 뜻과 같다고 하겠으나, 그 밑에 운운한 말은 자못 타당치 않습니다.

'칠정은 외물外物이 그 형기形氣와 접촉하여 마음에 감동을 주어 환경에 따라 나오는 것이다.' 하고, 또 '외물이 오매 쉽게 감응되어 먼저 움직이는 것이 형기形氣만 한 것이 없는데, 칠정이 그 묘맥苗脈이다.'라고 한 이 두 조항은 아마도 선현先賢의 논과 같지 않은 듯합니다. …"

李子는 추만과 고봉의 논쟁 전말을 전해듣고 논리를 정정해 편지를 보냈다.

"금년 가을에, 자중이 서울서 시골로 내려와 정추만鄭秋巒에게 보낸 공의 편지를 보여주었습니다. … 너무 광대하고 미묘하여 선악이 정해지지 않았다는 등의 조항에 대하여 스스로 어그러졌다는 것을 깨달은 것 이외에는 끝도 없이 아득하여 요령을 터득할 수 없는데다가 연일 빈객이 찾아왔으므로 사리를 궁구할 겨를이 없었습니다. 또 공이 보낸 사람이 오래 머물러 있을 수 없기 때문에 지금 우선 대충 써서 회답하고, 이 변목辨目

은 남겨두어 후일을 기다리겠습니다."

이에 고봉이 답서를 보냈다.

"사단·칠정에 대한 논論은 바로 제가 평생 동안 이에 대해 깊이 의심해 온 사안입니다. 그러나 저의 식견이 아직도 분명치 못하고 어렴풋한데, 어찌 감히 망령된 말을 올릴 수 있겠습니까. 삼가 선생께서 고치신 설說을 자세히 연구해 보니 의심이 풀리는 듯합니다. 그러나 저의 생각에는 먼저 理와 氣에 대해서 분명히 안 뒤에야 心·性·情의 뜻이 모두 낙착落着되는 곳이 있어서 사단·칠정도 분별하기 어렵지 않으리라 여겨집니다."

기미년(1559), 李子는 고봉에게 편지를 보냈다.

"사우士友들을 통하여 공이 논한 사단四端·칠정七情에 대한 설을 전해 들었는데, 나의 의견도 이 점에 대해 그렇게 말한 것이 온당하지 못함을 문제로 여기고 있던 터에 공의 지적을 받고는 엉성하고 잘못되었다는 것을 더욱 절감하였습니다. 그래서 곧바로 '사단의 발發은 순전한 理이므로 善하지 않음이 없고, 칠정의 발은 氣를 겸하였으므로 선과 악이 있다.'고 고쳤는데, 이렇게 말을 만들면 문제가 없을는지 모르겠습니다. 또 공에게서, 주자가 왕구령王龜齡에게 준 편지에서, '古와 人 두 글

자가 잘못 합쳐져서 克 자가 되었다.'고 하였다는 말을 듣고는
지난날의 의문이 확 풀렸습니다.

처음 만나는 날부터 고루한 소견이 박학한 공에게 도움을
얻은 바가 많았는데, 하물며 길게 상종하게 된다면 더 말할 게
있겠습니까. 다만 예측하기 어려운 것은 한 사람은 남쪽에 있
고 한 사람은 북쪽에 있으니, 혹 제비가 오자 기러기가 떠나는
격이 될까 하는 것입니다.

역책曆册 한 부를 보내니, 이웃의 요구에 부응할 수 있을 것
입니다. 하고 싶은 말은 많지만 먼 곳으로 보내는 편지가 되어
이만 줄입니다. 더욱 보중保重하십시오."

사단·칠정을 논한 두 번째 편지이다.

고봉 : 천지의 성〔天地之性〕은 오로지 理만을 가리키고, 기질
의 성〔氣質之性〕은 理와 氣가 섞인 것이니, '理의 발〔理之發〕'
이라 한 것은 진실로 그러하지만 '氣의 발〔氣之發〕'이라 한 것
은 氣만을 가리키는 것이 아닙니다.

李子 : 기질의 性이 비록 理·氣가 섞여있다 하더라도 어찌 氣
를 가리켜 말하지 못하겠습니까. 하나는 理가 주가 되기 때문
에 理에 나아가 말한 것이고, 하나는 氣가 주가 되기 때문에 氣
에 나아가서 말한 것뿐입니다.

고봉:천지天地·인물人物에서 理와 氣를 나누는 것은 해롭지 않으나, 性에서 논하면 理가 氣 속에 떨어져 있고, 情을 논하면 성이 기질氣質 속에 떨어져 있어 이·기를 겸하고 선·악이 있는데, 이것을 분속分屬시키는 것은 옳지 않은 것으로 생각합니다.

李子:理·氣를 겸하고 善·惡이 있음은 情뿐만 아니라 性도 그러한데, 어찌 이것으로 나눌 수 없다는 증거로 삼을 수 있겠습니까. 理가 氣 속에 있다는 점에서 말했기 때문에 性도 그렇다고 하였습니다.

고봉:칠정七情도 仁·義·禮·智에서 발한다고 하셨는데, 이것이 이른바 異에서 同을 본다는 것이니, 두 가지를 혼합하여 말할 수 있습니다. 그러나 同만 있고 異는 없다고 말할 수는 없는 것입니다. 理에서만 나오고 氣에서 나오지 않는 情이 따로 있는 것이 아닙니다.

李子:칠정이 理·氣를 겸하는 것은 명확합니다. 만일 칠정을 사단과 대립시켜 각각 구분되는 것으로 말한다면, 칠정과 氣의 관계는 사단과 理의 관계와 같습니다. 그 발하는 것이 각각 혈맥이 있고, 그 이름이 다 가리키는 바가 있으므로 주가 되는 바에 따라 분속시킬 수 있는 것입니다.

다만 사단은 理가 발하여 氣가 따르고, 칠정은 氣가 발하여

理가 타는 것뿐입니다.

고봉: 발한 뒤에 곧 氣를 타고 행하니, …사단도 氣이다. (旣發 便乘氣以行云云 四端亦 氣也)

李子: 사단이 비록 氣를 탄다고는 하지만 맹자가 가리킨 것은 氣를 타는 곳에 있지 않고 다만 순리가 발하는 곳에 있기 때문에 仁의 단서·義의 단서라고 하였습니다.

사람이 말을 타고 출입하는 것으로, 理가 氣를 타고 운행하는 것에 비유한 것은 참 좋은 비유입니다. 혹 범범하게 가리키며 "간다"고 말한다면 사람과 말이 다 그 가운데 있는 것이니, 사단·칠정을 혼합하여 말하는 것이 바로 이것입니다. 사단·칠정을 분별하여 말하는 것은 "사람이 가고 말이 간다."고 사람과 말을 나누어 말하는 것과 같습니다.

기발氣發로 칠정을 말하는 것을 보고 이발理發이라고 역설하니, 이것은 어떤 이가 "말이 간다."고 하는 걸 보고 반드시 사람도 간다고 하는 것이며, 내가 이발로 사단을 말하는 것을 보고는 또 기발을 역설하니, 이것은 어떤 이가 "사람이 간다."고 하는 말을 듣고 반드시 말도 간다고 하는 것입니다. 이것은 참으로 주자가 이른바 '숨바꼭질'이란 것과 유사합니다. 어떻습니까?

〈또 의고에 화답하여(又和擬古) 一〉

我思在何許　　내 생각이 어디 있는가,
아 사 재 하 허

巖花開處開　　바위틈의 꽃이 피는 곳에 피어 있네.
암 화 개 처 개

故園非不好　　고향의 동산이 좋지 않으랴마는
고 원 비 불 호

春色摠心灰　　봄빛이 모두 아무런 흥취가 없네.
춘 색 총 심 회

시 읊으며 거닐었네

선생이 이미 두 번째 편지에 회답하였는데, 고봉이 또 편지로 변론하여 왔으므로, 선생이 다시 회답하지 않고 편지에서 몇 단락만 비평하였다.

고봉 : 맹자가 갈라내어 理 한편만을 주로 할 때는 진실로 理를 주로 하였다고 말할 수 있지만, 자사子思가 혼합하여 理·氣를 겸하여 말한 때에도 또한 氣를 주로 하여 말하였다고 할 수 있겠습니까? 이 점은 실로 대승大升이 아직 깨닫지 못한 것이니 다시 가르쳐 주심이 어떻겠습니까.

李子 : 이미 혼합하여 말한다고 했으니, 어찌 理를 주로 하고 氣를 주로 한다고 나누겠습니까. 상대적으로 분별하여 말할 때 이렇게 구분하는 것뿐이니, 주자朱子가, "性은 가장 말하기 어려우니 같다고 말해도 되고 다르다고 말해도 된다." 하고, 또 "온전하다고 해도 되고 치우쳤다고 해도 된다."한 것과 같습니다.

고봉 : 주자朱子가 말하기를, "천지의 성[天地之性]은 태극太極 본연의 묘妙이니 만 가지로 다른 것의 하나의 근본[萬殊之一本]이고, 기질의 성[氣質之性]은 음·양이 서로 어울려 운행하여 생긴 것이니 하나의 근본이지만 만 가지로 다르다.[一本而萬殊]" 하였으니, 기질의 性은 바로 理가 氣 속에 떨어져 있을 뿐 따로 하나의 性이 있는 것은 아닙니다.

李子 : 앞서의 편지에서 性을 인용하여 말한 것은 다만 性에 있어서도 오히려 理·氣를 겸하여 말할 수 있다 하여 情이라고 어찌 理·氣를 나누지 못하겠느냐는 뜻을 밝힌 것이지 성을 논하기 위해 말한 것은 아닙니다.

"理가 기질 속에 떨어진 이후의 일" 이하는 진실로 그러하니, 이에 나아가 논하여야 할 것입니다.

고봉 : 천지의 性은 비유하면 하늘 위의 달이고, 기질의 性은 비유하면 물속의 달입니다. 달은 비록 하늘에 있는 것과 물속에 있는 것이 차이가 있는 듯하나 달이라는 점에서는 하나일 뿐입니다. 그런데 이제 하늘 위에 달은 달이고 물속의 달은 물이라고 한다면, 어찌 이른바 막힘이 없을 수 없다는 것이 아니겠습니까. 더구나 이른바 '사단칠정'이라는 것은 바로 理가 기질에 떨어진 이후의 일이니, 흡사 물속의 달빛과 같은데, 그 빛이 칠정에는 밝음과 어두움이 있고 사단은 밝음뿐인 것입니다. 그리고 칠정에 밝음과 어두움이 있는 것은 물의 청탁清濁으로 인한 것이며, 사단으로 절도에 맞지 않는 것은 빛은 밝지만 물결의 흔들림이 있기 때문입니다. 이 도리道理를 가지고 다시 생각하심이 어떻겠습니까.

李子 : 하늘이나 물속에 있는 것이 비록 같은 하나의 달이지만, 하늘의 것은 진짜 달이며 물속의 것은 다만 비친 그림자인

까닭에, 하늘의 달을 가리키면 실상을 얻지만 물속의 달을 건지려 하면 얻을 수 없는 것입니다.

性이 氣 속에 있는 것이 물속의 달그림자와 같아서 잡으려고 하여도 잡을 수 없다면 어떻게 善을 밝히고 몸을 성실히 하여 性의 처음 모습을 회복할 수 있겠습니까. 만일 情에 비유하게 되면 더욱 그렇지 않은 점이 있습니다. 대체로 달이 물에 비칠 때 물이 고요하면 달도 고요하고, 물이 움직이면 달도 움직입니다. 혹 물이 아래로 세차게 흐르다가 바람에 흔들려 물결이 일고 바위에 부딪쳐 튀어 오르면 달은 이로 인해 부서져서 빛이 일렁거리며 심하면 마침내 달이 없어지기까지 합니다. 물속의 달이 밝기도 하고 어둡기도 한 것이 모두 달이 주관하는 것이지 물이 관계할 수 있는 바가 아니라고 할 수 있겠습니까. (…) 달이 있고 없음과 밝고 어두움은 물이 얼마나 크게 움직이느냐에 달려 있을 뿐입니다.

고봉:감히 여쭙니다. 희로애락喜怒哀樂이 발하여 절도에 맞는 것은 理에서 발한 것입니까? 氣에서 발한 것입니까? 발하여 절도에 맞아 어디서든 善하지 않음이 없는 善과 사단의 善은 같습니까, 다릅니까?

李子:비록 氣에서 발하지만 理가 타서 주가 되기 때문에 그 선함은 같습니다.

고봉 : '사단은 理가 발함에 氣가 따르고, 칠정은 氣가 발함에 理가 탄다.'는 두 구절은 매우 정밀합니다. 이 두 가지 의미는 칠정은 겸해 있는 반면, 사단은 이발의 측면만 있다고 여겨집니다. 그러므로 대승大升은 이것을 고쳐 '情이 발할 때는 혹 理가 움직임에 氣가 함께 하고, 혹 氣가 감응함에 理가 탄다.'고 하고 싶은데, 선생의 뜻에 어떠실는지 모르겠습니다. 氣가 理를 따라 發하여 조금도 거리낌이 없는 것은, 곧 理의 發입니다. 만약 달리 理의 發을 구하려 한다면 저로서는 모색이 깊어질수록 해답을 얻지 못할 듯합니다. 이것은 바로 지나치게 理·氣를 나누어 말하는 폐단입니다. 주자朱子의 이른바 '음양·오행이 서로 섞여도 단서를 잃지 않는 것이, 곧 理라.'고 한 것도 역시 따를 수 없습니다.

李子 : '道가 곧 器이고, 器가 곧 道〔道卽器 器卽道〕라.'고 한 것은 아득한 가운데에 만상萬象이 이미 갖추어졌다고 하는 것이지 실제로 道를 氣라고 하는 것이며, 物에 나아감에 理가 여기에서 벗어나지 않는다는 것이 실제로 物을 理라고 하는 것은 아닙니다.

고봉 : "일반적으로 논한다면 불가할 것이 없다."는 것은 인설因說한 것으로 말한 것이고, "그림으로 나타내기엔 미안하다."고 한 것은 대설對說한 것으로 말한 것입니다. 만약 반

드시 대설한 것으로 말해야 한다면, 비록 주자朱子의 본설本說을 쓴다 하더라도 잘못 인식하는 병통을 면치 못할 듯합니다.

李子 : 氣가 理를 따라 발함을 理의 발(以氣順理而發 爲理之發)이라 한다면, 이것은 氣를 理로 인식하는 병통을 면치 못하는 것입니다. 만약 그렇지 않다고 여긴다면 위에서 어찌하여 운운云云한 것입니까?

결국 두 사람 간의 《四端七情 논변》은 기대승이 '四端七情 第3書'를 부쳐온 것으로 끝이 난 셈이었다.

우리나라 유학 발전의 분수령이 된 李子와 高峯 간의 《사칠논변》은 고봉이 추만의 '천명도'에 의의를 제기한 것이 발단이 되어 각각 3회씩 편지를 주고받으며 논변을 전개하였다.

李子는 고봉과의 논쟁에서 고봉이 '理氣不相離'를 강하게 주장하자, '四端理之發, 七情氣之發'을 '四端理發而氣隨之, 七情氣發而理乘之'로 수정하기도 했지만, 뒤에 주자의 글에서 자기의 처음 주장과 같은 '四端是理之發, 七情是氣之發'의 구절을 발견하고 자신의 주장이 더욱 확고해져서 처음의 자기의 주장을 되돌릴 정도였다.

두 사람의 이론이 서로 달라진 근본적 이유는 사단·칠정의 소종래所從來가 같다는 李子의 주장 때문이다.

소종래가 다르다는 이론은 본연지성과 기질지성을 대립시켜서, 사단은 본연지성本然之性에서 온 것이요, 칠정은 기질지성氣質之性에서 온 것이라고 보는 이론이다.

소종래가 같다는 이론은 본연지성과 기질지성을 횡적으로 양립시켜 보지 않고 종적으로 일원화해서 보았다. 기질지성이란 理가 氣 속에 떨어져 들어가 있는 것〔理墮在氣中〕을 말하는 것이니, 본연지성〔理〕는 이미 기질지성 속에 들어 있는 性이 되고, 따라서 그 본연지성은 기질지성과 횡적으로 양립시킬 것이 아니라 종적으로 결합시켜야 한다는 것이다.

이자와 고봉의 《四·七論辨》은 인격적으로 만남과 서로 상대를 배려하는 격조 높은 선비 간의 논쟁이었다.

조선조 초기의 성리학이 정치적인 체제 보호 면에 주력하였다면, 李子 이후에 심화된 한국적 성리학은 순수한 학문적 이론을 구축하였으며, 성리학으로서 가장 정평이 있는 후대의 존재론적인 평가는 무엇보다 '이기이원론理氣二元論'에 있다.

〈또 의고에 화답하여(又和擬古) 二〉

我思在何許　내 생각이 어디 있는가,
아 사 재 하 허

終南春色靑　종남산南山의 봄빛 푸른 곳이지.
종 남 춘 색 청

故山虛翠積　고향의 산은 부질없이 푸르러 가는데
고 산 허 취 적

倚杖望玲㻞　지팡이 의지하여 외롭게 바라보네.
의 장 망 령 병

1558년 11월부터 1566년 10월까지 진행된 도산과 광주 간의 왕복서往復書의 '사칠논변四七論辨'의 시발점은 고봉의 나이 33세, 李子의 나이 59세(1559년) 때의 일이다.

李子와 고봉은 서로의 논지를 가감 없이 받아들여서 자신의 주장을 수정, 재수정 함으로써, 성리학이 닫힌 것이 아니라 열려 있음으로 해서 '사단칠정론'은 조선말까지 치열하게 논쟁하게 된다.

사단四端의 '仁義禮智', 즉 측은지심惻隱之心, 수오지심羞惡之心, 사양지심辭讓之心, 시비지심是非之心 등 네 가지 단초端初는 오늘날까지 변함없는 윤리倫理의 준거準據이다.

이정李楨이 보내온 편지에, 조식曺植이 李子 자신과 기대승奇大升 간에 이루어진 '四端七情'에 대한 논변을 비판하여, 극히 잘못된 일이라고 하면서, '아이가 기세도명欺世盜名'하는 일로 지목하였는데, 이는 참으로 약석藥石이 되는 말이며, 또 이러한 이름으로 지목을 받는 것은 참으로 두려운 일이라고 하였다. 그리고 도학道學을 공부하는 사람들 중에서 이러한 비판을 하는 사람이 있는데, 하물며 다른 사람이야 말할 것이 있겠느냐고 하면서, 이정李楨에게 잘 들어두기를 간절히 바란다고 하였다.

신유년(1561), 성주목사 황준량黃俊良에게 보낸 편지에 천연두가 심해서 도산陶山에 나와 있은 지 한 달이 넘었는데, 조목과 김성일, 조카 甯, 맏손자 등이 함께 있어서 적적하지 않다고 하면서, 《朱子書節要》의 오탈誤脫을 별지에 적어 보내니 고치는 것이 좋겠다고 하였다. 김성일이 《朱子書節要》를 읽으면서 교정을 보고 있는데 진도가 대단히 느리다고 하고, 《宋季元明理學通錄》의 편찬을 거의 마쳐가는데 손이 부족하여 정사淨寫하기 어렵다는 사실도 아울러 알렸다.

　월란암月瀾庵은 도산서원의 낙강 건너 내살메 마을에서 삽시골 가는 강 언덕에 있다. 달밤에 월란암에 서면 강 건너 하계와 토계, 도산서원, 그리고 낙강이 돌아나가는 달내〔月川〕 언덕 위의 보름달이 둥실 떠있다. 달밤에 여울에 비친 달빛은 물고기 비늘처럼 반짝인다. 월안암月安庵인 것을 李子가 월란月瀾으로 고친 이유를 알 것 같다.

　월란암은 《심경후설》, 《태극도설》, 《주자서절요》와 고봉 기대승과의 '사칠논변四七論辯'이 이루진 곳이다. 그간의 학문을 집대성한 선조에게 바친 〈6조목의 상소〉와 〈성학십도〉는 마지막 상경을 대비하여 이곳에서 준비해 간 것이다.

이자는 43세 이후부터 수많은 저서를 남겼다.

53세 천명도설후설, 54세 여노수신론 숙흥야매잠주해서, 55세 청량산 유람제 詩, 56세 주자서절요, 57세 계몽전의, 58세 자성록서, 59세 송계원명리학통록착수, 60세 사단칠정론변 시작, 61세 도산잡영병기, 64세 청량산 유산제 詩, 64세 심경체용변, 조정암행장, 66세 회재선생행장, 심경후론, 양명전습록변, 68세 6조소, 상성학십도병차자, 70세 사서석의 등을 저술하고, 15세부터 詩作하여 3,150수의 詩를 지었다.

월란대에서 바라보이는 탁영담濯纓潭은 검푸르고 차디차다. 은하수 흐르는 달 밝은 밤, 탁영담濯纓潭에서 이문량·이숙량·김기보와 뱃놀이하며, 〈탁영담범월濯纓潭泛月〉을 지었다.

臺上初看月色多　대 위에서 처음 보는 달빛은 뛰어나고
臺前呼酒泛金波　대 앞에 술을 부르니 금빛 물결 떠있네.
疑乘夜雪尋溪興　흰 밤에 오르듯이 흥겹게 시내를 찾으니
似傍銀河接海査　가까이 보이는 은하에 바다 뗏목 빠르네.
桂棹歌殘懷渺渺　월계수 노저어 남은 노래 아득히 보내고
羽衣夢見笑呵呵　날개 옷이 꿈에 보이니 껄껄 웃어 비웃네.

200년 후, 대산 이상정李象靖은 〈밤에앉아퇴도탁영담차운
(夜坐用退陶集泛月濯纓潭韻)〉을 지어서, "백세 뒤에 누가 다
시 통천에 올 것인가?〔百歲誰復來通泉〕" 탄식하였다.

潭月空傳七字句 담 월 공 전 칠 자 구	담월에는 부질없이 일곱 글자 남았으니
通泉誰會百年情 통 천 수 회 백 년 정	통천에서 백년의 정 누가 이해하랴.
脩然一簟深宵夢 소 연 일 점 심 소 몽	대자리 위 심야의 꿈 맑기도 하니
彷彿滄洲聽櫂聲 방 불 창 주 청 도 성	창주에서 노 젓는 소리 듣는 것 흡사하네.

1555년 4월 10일, 농암은 〈병에서 일어나 퇴계에게 읊어 드리다(病起 吟呈退溪)〉

捲地春風落盡華	봄바람 몰아쳐서 꽃이 다 떨어졌는데도
蟠桃仙護尙餘多	蟠桃는 신선이 돌보아 아직 많이 남았네.
紛紛落地鋪紅錦	어지러이 떨어져 붉은 비단 펼친 듯하고
燁燁留枝映綠紗	찬란하게 가지에 남아 푸른 비단 비추네.
羯鼓聲催攀樹舞	재촉하는 갈고 소리에 나무 잡고 춤추고
琉璃鍾滿醉顔酡	가득한 유리 술잔에 얼굴이 불그스레하네.
年年此會休相負	해마다 이 모임을 서로 어기지 말아서
佇待三千一結何	삼천 년에 한번 맺는 반도 기다림 어떠랴.

농암은 "월란사月瀾寺 '철쭉 모임'을 나를 위해 미룬다고 하는데, 다만 이번만은 전날 약속한 것이 있기에 병든 몸을 이끌고 가볼까 한다."

월란사月瀾寺 '철쭉 모임'은 지금까지 이어져오고 있다.

월란정사가 '성리학'의 발원지임을 알고, 이를 기념하기 위해 1993년 '월란칠대기적비'를 세우고 '월란척촉회'의 전통을 계승하고자 권오봉, 이근필, 김창회, 류창훈, 김두순 선생 등이 '속월란척촉회'를 결성한 이래 계승되어 오고 있었다.

5. 승화귀진
乘化歸盡

정묘년(1567) 7월 3일, 선조가 근정전勤政殿에서 즉위하였다.

백관들로부터 하례를 받고 왕비를 높여 왕대비王大妃로 하였으며, 사형수 이하를 대사면하였다.

상이 즉위하자 모든 것을 법제法制에 따랐다. 종전에 너무 많았던 내번內番 환관宦官 수를 절반으로 줄이도록 명하고, 언제나 문을 닫고 묵묵히 앉아 환시宦侍들과 접촉을 않았으므로, 조야朝野에서는 성덕聖德이 성취되기를 기대하였다.

선조의 휘는 연昖이요, 중종의 손자이고 덕흥 대원군德興大院君 이초李岹의 셋째 아들이다.

임자년(1552) 11월 11일에 한성漢城 경복궁 서촌 인달방仁達坊에서 탄생하였다. 장성하여 하성군河城君에 봉하였다.

어렸을 적에 명종이 두 형과 함께 불러 어관御冠을 벗어주며 차례로 써보게 하였는데, 하성군에 이르자 꿇어앉아

"임금께서 쓰시는 것을 신하가 어찌 쓰겠습니까." 사양했다.

명종이 미령하였는데, 세자 이부李暊가 이미 죽고 세자를 정하지 못하니, 영의정 이준경李浚慶이 여러 조카 중에서 선택하기를 청하자, 명종이 하성군에게 명하여 입시入侍토록 하였다. 명종이 승하하자 영의정이 유교遺敎를 받들어 왕을 맞이하였다.

李子에게 대행왕大行王의 행장을 수찬修撰하게 하였으며, 예조판서 겸 동지경연 춘추관사로 삼았다.

李子는 산속에서 道를 지키는 사람으로, 날이 갈수록 성망이 높아 명종이 누차에 걸쳐 불렀으나 오지 않았다. 때마침 조사詔使가 오게 되어 영의정 이준경이 제술관製述官으로 그를 부를 것을 청하였다. 드디어 명에 의하며 입도入都하였다가 명종이 승하하였다. 명종의 행장을 지어 올리고는 곧 종백宗伯 임명되었으나 병을 이유로 사양하자, 선조가 일렀다.

"경이 어진 덕이 있음을 들은 지 이미 오래다. 지금 같은 신정新政에 경 같은 이가 벼슬을 않는다면 내 어찌 마음이 편하겠는가. 사양하지 말라."

67세의 李子는 서울로 올라올 때 타고 오던 배에서 설사병이 난데다, 서울에 올라온 지 사흘 만에 명종이 승하해서 너무나 슬퍼한 나머지 피로가 쌓이고 기운이 손상되었다.

더욱이 국상國喪으로 분주하게 다니느라 병을 제때 조섭調攝하지 못해서 위장병까지 생기게 되었다. 음식을 전혀 먹지 못하는 데다 왕왕 설사가 쏟아지니 부득이 사직원을 제출하지 않을 수 없었다.

1567년 8월 1일, 예조판서 李子가 벼슬을 그만두고 고향으로 돌아갔다. 누차에 걸쳐 사양하다가 해직解職된 그 다음날 하직 인사도 않고 그냥 가버렸다.

　기대승奇大升은 李子에게 편지를 보내 이 일에 대해 강한 불만을 표시하였다. 이자는 이담과 정유일에게 답하는 편지에서 기대승의 주장이 옳음을 인정하였다.

　기대승奇大升이 그에 관하여 서신으로 물었을 때,

　"옛 군자君子로서 진퇴進退의 분수에 분명했던 이들은 한 가지 일도 그냥 지나친 적이 없었다. 일단 관수官守(관직)를 잃으면 당장 떠났다. 그들도 임금 사랑하는 정으로서야 틀림없이 크게 차마 못할 바가 있었겠지만, 자기가 몸을 바쳐야 할 곳에서 義가 실현될 수 없게 되었을 경우, 반드시 자기 몸이 물러가야만 비로소 그 義에 위배됨이 없을 것이기 때문이 아니겠는가?"

　당시 사람들이 李子를 대유大儒로 추중한 나머지 그가 나이 어린 왕을 도와 태평성대를 이루어줄 것을 바랐으나, 李子는 자기가 경제經濟의 재주가 아니라 하여 어렵게 나갔다가 즉시 물러나기를 이와 같이 하였다.

　사류士類들 공론은 그를 더욱 소중히 여겼고, 그가 혹 크게 쓰이지 못할까를 염려하였다.

고향으로 돌아오는 날, 자헌대부 호분위虎賁衛 상호군 겸 동지경연·춘추관사에 임명되었다. 이때 질서 최덕수와 제자 김취려·우성전·류성룡 등이 광나루까지 나와서 전송하였다.

이보다 앞서 서울을 떠나기 얼마 전에 병이 몹시 심할 때 우성전이 평위전平胃煎을 지어서 주었다. 이 약을 계속 복용한 결과, 뱃길을 반쯤 온 뒤에는 위장병이 다소 나았기 때문에 다시 소식素食을 하기 시작하였다.

단양에 도착하여서는 상경할 때 만났던 김란상金鸞祥을 다시 만났다. 김란상은 李子와 사마동년이었는데, 양재역벽서 사건으로 이기李芑·윤원형 일파에 의하여 남해로 유배되었고, 1565년에 감형되어 단양으로 이배移配되어 있었다.

그날 단양 객관으로 돌아와 시 3首 '丹山贈金季應' / '冒雨踰嶺抵丹山見'을 지어서 그에게 주었다. 계응季應은 그의 자이다. 이 詩 중 '丹山贈金季應'에서는 중추절仲秋節에 영주에서 다시 만날 것을 기약하여 서울에서 곧 돌아올 뜻을 밝히는 한편 김란상도 해배解配되어 그의 고향 영주로 돌아와있기를 바라는 마음이 간절했다.

李子는 이른바 '五不宜'를 들어서 늘 사직소를 올렸으나, 명종은 특별히 부른 것이 한두 번이 아니었으나, 병으로 부름에 응하지 못하자 주상께서 궁중에서 은밀히 화공畫工에게 명하여 '도산陶山의 경치'를 그려서 올리도록 하였다. 항상 李子를 아끼는 마음이 있었기 때문에 그가 살고 있는 곳을 그림으로 그려서 보았다.

정묘년(1567) 6월, 명나라 사신과 수응酬應할 제술관으로 나라 안의 명유名儒들 중에 李子를 불렀다. 명나라 세종이 서거하고 목종이 등극하여 오게 될 조사詔使와 수응하기 위해서 문학하는 선비를 불러 모을 것을 계청하였기에 명종의 명령이 내린 것이다.

6월 12일, 명종의 명령에 따라, 67세의 노선생이 한양까지 먼 길을 떠나는 이날 예안의 사인들이 전별연餞別宴을 마련하려고 했으나, 13일이 아버지의 기일이라고 사양하였다.

아버지 기제사를 지낸 다음 용수사에서 묵었다. 여러 제자들이 찾아와서 전송하였다.

"치사致仕는 고의古義인데도 우리나라에서는 의례 허락하지 않으니, 이것이 신하들이 몹시 난처해하는 것이다."

"임금이 오래도록 맡겨서 부리다가 하루아침에 그 스스로 물러나겠다고 하는 것을 들어주는 것은 인정상 차마 할 수 없는 바가 있습니다. 그런데 송나라에서는 치사致仕를 강제로 하도록 하였으니, 이것은 신하를 후하게 대우하는 도리가 아닌 듯합니다."

김부륜이 말했다.

"박절한 듯 하나 반드시 치사致仕를 하게 하는 것은 무엇 때문이겠는가? 그대는 한번 생각해 보라."

6월 14일, 이른 아침 비가 오는 가운데 용수사에서 나서서 길을 떠났다. 길을 떠나면서 또다시 상경하게 된 자신의 처지를 자조自嘲하는 심사를 노래하는 詩 '登極使將至再被召旨六月赴京宿龍壽寺早發遇雨(上使翰林院檢討官許國副使兵科左給事中魏時亮)'를 지었다.

이번 길에는 맏아들 준寯이 충주까지 수행할 계획이었으나, 영주에서 왜국 사신을 호행護行하라는 명령을 받고 급히 경상남도 지방으로 내려가는 바람에 수행할 수 없었다.

이때 조호익曺好益도 가르침을 받기 위해 계상으로 李子를 찾아왔다가, 그는 숙부 이우의 사돈 조치우曺致虞의 증손이며 종매부 조효연曺孝淵의 손자이다. 과거에 응시하기 위해 이자를 한양까지 배행陪行하여 상경하였다.

6월 17일, 비가 오는 가운데 죽령을 넘어 단양에 도착했을 때, 영주 사람 김란상金鸞祥을 20년 만에 만났던 것이다.

6월 22일, 충주에서 배를 타고 서울로 올라갈 때, 당시 괴산에 정배定配되어 있던 노수신盧守愼이 詩 '寄退溪行軒(時登金灘舟赴召)'를 보내 왔기에 이에 차운한 詩 '惟新次盧募悔見寄'를 지어서 그에게 부치자, 노수신이 다시 차운한 시 '復寄答退溪'를 보내왔다.

6월 28일, 명종은 위독한 중에도 李子가 6월 25일, 도성에 들어왔다는 소식에, "그를 한번 만나면 병이 나을 것 같다."는 말을 하였다고 한다.

병이 위독하여 정승 등이 입시하였으나 말을 하지 못하다 상이 양심당養心堂에 계셨는데, 병이 위독하였다.

중전이 정원에 전교하기를,

"두 정승과 약방제조들은 입시하라."

영부사領府事 심통원沈通源, 병조판서 원혼元混, 도승지 이양원李陽元과 사관史官 등이 입시하였다.

상이 침상에 누워 신음하면서 매우 괴로워하므로 그 소리를 차마 들을 수가 없었다. 환관 10여 명이 좌우에서 부르짖어 울 따름이었다. 그러자 심통원 등이 그치게 하고 내시들로 하여금 부축하고 앉아 있게 하자 신음소리가 약간 멎었다.

영의정 이준경, 좌승지 박응남, 동부승지 박소립이 뒤따라 들어왔다. 이충방이 높은 소리로 아뢰기를,

"영의정이 들어왔으니 전교하소서."

상이 잠시 눈을 뜨고 말을 하려 하였으나 입에 무엇이 든 것처럼 말을 하지 못하였다. 이준경 등이 회계하기를,

"상께서 전교를 못하시는데 안에서 혹시 전교하신 일이 계셨습니까?" 하니, 중전이 전교하기를,

"지난 을축년에 하서한 일이 있었는데, 그해에 상이 미령하여 덕흥군의 셋째 아들 이균李鈞을 후사로 삼은 일은 경들 역시 이미 알고 있다. 지금 그 일을 정하고자 한다."

준경 등이 부르짖어 울면서 아뢰기를,

"내전께서 마땅히 결정하셔야 합니다." 하니, 중전이 아뢴 뜻을 알았다고 전교하였다. 준경 등이 아뢰기를,

"지금 정하신 일은 상께서 이미 정하신 일이고 신들 역시 알고 있었습니다. 이처럼 큰일은 양사의 장관들이 모두 알아야 하니, 모두 입참하기를 명하는 것이 어떻겠습니까?"

"서간書簡으로 전하면 되지 입시하게 할 것은 없고, 또 밤이 깊었는데 입시하게 하기가 미안하다." 하였다.

정원이 중전에게 아뢰기를,

"내전께서는 경동하지 말고 즉시 대계大計를 정해야 합니다."

"망극하여 어찌할 바를 모르겠다. 입시했을 때 다 말했지만 을축년 서하書下한 사람으로 굳게 정해야 한다."

준경 등이 중전에게 아뢰기를,

"사자嗣子가 처음으로 들어오고, 또 나이가 어리니 모든 정무政務는 수렴垂簾하고 임시로 함께 처분하셔야 합니다."

"내가 문자를 모르니 어떻게 국정에 참여하겠는가. 사자가 이미 성동成童이 지났으니 친히 정사를 볼 수 있을 것이다."

이준경 등이 다시 아뢰기를,

"사자가 나이는 비록 찼으나 동궁東宮에서 자란 것에 비교해서는 안 됩니다. 여염에서 자라 정사의 체모를 모를 것인데, 군국軍國의 큰일을 어찌 홀로 결단할 수 있겠습니까. 군국의 일이 많아서 한갓 사양하는 덕만 고집하실 수 없습니다. 옛일을 따라 수렴垂簾 권청權聽하소서."

"대신의 보도輔導가 있으니, 친히 정사를 보는 것이 옳다."

이준경 등이 아뢰기를,

"사자嗣子가 이미 대행 대왕大行大王의 아들이 되었으니, 마땅히 순회 세자順懷世子의 이름을 따라 '日'자를 좇아 개명改名해야 합니다." 하고, 인하여 '경曔'·'연昖'·'요曜' 세 자로 입계하니 '昖'자가 적당하다고 전교하였다.

후사後嗣가 없던 명종이 승하하자 명종의 조카였던 서출 소생의 3남 하성군河城君을 즉위시켰는데 그가 바로 선조이다.

李子가 도성에 들어온 지 사흘 만에 승하하였기 때문에 李子는 미처 사은숙배謝恩肅拜도 드리지 못하였다.

명종이 살았을 때 자신의 고향 도산의 경치를 그려 오게 하였으며, 도성에 들어왔다는 말을 듣고 '그를 한번 만나면 병이 나을 것 같다.'는 말을 전해 듣고, 李子는 조사모鳥紗帽에 흑각대를 하고 대궐에 나아가 곡을 하였다.

李子는 도성에 있는 동안 내내 소식素食을 하였다. 병중이라 문인門人들과 자제들이 걱정이 되어 종권從權(형편에 따라 적당히)할 것을 청하였으나 듣지 않다가, 지탱할 수 없게 되어서야 7-8일간 종권하였고, 고향에 돌아올 때 병이 낫기 시작하자 다시 소식하여 졸곡 때까지 그렇게 하였다.

대행대왕행장수찬청의 당상이 되어 명종의 행장 '명종대왕 행장'을 지었다. 명종의 행장을 짓기 위해 『승정원일기』를 살펴보니, 명종이 어진 사람을 좋아한 일과 李子를 누차 불러올리려 했던 사실이 상세히 기록되어 있었다. 이를 보고 李子는 자신이 명종의 행장을 지을 수 없다고 하면서 일어나서 나가버리자, 대신들이 의논하여 이 사실들을 빼고 짓도록 하였다.

李子는 명종의 행장 끝에 명종이 인종의 처족인 대윤大尹 일파 중에서 죄를 입거나 귀양 간 사람들을 모두 추은推恩하거나 신설伸雪·방환放還한 사실을 기록하였다. 그러자 모두들 이 문제를 굳이 행장에 기록하여 중국에서 알게 할 필요가 없다고 하니, 李子는 그 자리에서 해당되는 부분을 지우는 대신, 이는 훌륭한 일이므로 역사에 기록해서 후세에 전하지 않을 수 없다고 하였다.

1567년 7월 3일, 선조가 근정전勤政殿에서 즉위하고, 그 다음 날, 대행왕大行王의 행장을 수찬修撰하게 되었으며, 7월 6일 예조판서禮曹判書 겸 동지경연兼同知經筵 춘추관사春秋館事가 되었다.

8월 1일, 예조판서 벼슬을 누차에 걸쳐 사양하다가 해직解職된 그다음 날 하직도 않고 그냥 고향으로 출발한 것이다.

고향으로 돌아가는 길에 김란상을 또 만났다. 그는 아직도 단양에 이배된 채 그의 고향 영주로 돌아가지 못하고 있었다.

이에 대한 아쉬운 심정을 안고 그와 작별한 다음, 영주에 와서는 박승임朴承任을 만나고 고향으로 돌아왔는데, 박승임이 준 약을 복용한 뒤로는 위장병이 상당히 낫게 되었다.

春陰漠漠水悠悠
춘 음 막 막 수 유 유

봄 구름은 아득하고 물결은 길고 긴데

去國孤臣一葉舟
거 국 고 신 일 엽 주

서울 떠난 외론 신하 일엽편주 올랐노라.

好待晚天晴日景
호 대 만 천 청 일 경

늦게나마 맑은 날의 정경을 얻게 되면

水禽多處玩芳洲
수 금 다 처 완 방 주

물새 모여 노는 섬에 꽃다움을 구경하리.

겸재 정선, 《경교명승첩》 〈간송미술관 소장〉

고향에 돌아와서 오언배율五言排律 22韻짜리 명종의 만사挽
詞「明宗大王挽詞(竝書)」를 지었다.

　　서울에서는 병이 심해서 미처 짓지 못하고 돌아왔다가, 고향
에 돌아와 병이 조금 낫게 되자, 애통한 심정을 누를 길이 없어
서 지어서 바치게 된 것이다.

　　명종의 만사를 서울로 보내면서, 선생이 물러나 돌아온 것이
산릉山陵의 일을 마치기 전이었기 때문에 여론이 분분하였는
데, 기명언이 편지로 물으므로 선생이 회답하였다.

「전조前朝에서 병으로 물러간 신하로서 뒤를 이은 임금의 새
정치를 하는 처음 시기에 또 제수하는 은명을 이처럼 저버렸
으니 신하의 의리가 다 없어지게 되었는데, 만약 다시 이럭저
럭 하다가 가지 못하고 하는 일 없이 자리만 차지하고 녹을 도
적질하다가 죽는다면, 수십 년간 괴롭게 사직할 것을 빌어 왔
던 의리가 어디에 있겠으며, 치사한다든지 해골을 보존한다는
것이 다 이루어지지 못하게 될 것이라 여겨 관직에서 체차되는
틈을 타서 몸을 빼 돌아왔으니, 진실로 부득이한 일이었습니
다.」

命官官失守
명 관 관 실 수
관에 임명되어 직임을 다하지 못했는데,

言祿祿仍奢
언 록 록 잉 사
녹은 녹대로 여전히 과분하네.

古義當遄去
고 의 당 천 거
옛 의리는 마땅히 빨리 가야 할 것인데,

今情有峻訶
금 정 유 준 가
지금 실정은 준열한 비난이 있구나.

義情難並處
의 정 난 병 처
의리와 실정은 다 같이 합치되기 어려운 것,

今古奈殊何
금 고 내 수 하
지금과 예전이 다른 데에야 어찌할까.

10월 5일, 허엽이 李子에게 경건한 경의를 표하고 예를 다할 것 등을 아뢰다. 李子를 특별히 불러 지중추부사知中樞府事를 제수하고 이어 교서教書를 내려 유시하였으나, 사양하고 오지 않았다.

승지 허엽許曄이 상께 아뢰기를,

"예로부터 제왕이 어진 스승을 얻어 그에게 배우고 나서야 왕업을 일으켰던 것입니다. 이황이 누차에 걸쳐 병을 이유로 사양하고 있으나, 상이 만약 경건한 경의를 표하고 예를 다하여 스승으로 삼으려고 하신다면 올 것입니다."

노수신盧守愼·유희춘柳希春·김난상金鸞祥·유감柳堪·이원록李元祿 등이 20년만에 복관復官되었다.

이들은 모두 을사사화 이후 죄를 얻은 사람들이다. 수신은 원래 문행文行으로 명망이 높았었는데, 간당들이 그를 시기하여 부박浮薄하다고 무고하여 진도로 귀양 보냈다. 그는 귀양살이 중에서도 학문을 계속하여 김난상과 함께 청명清名이 있었는데, 이때 와서 홍문관 교리에 임명된 것이다.

李子를 동지경연춘추관사로 유지諭旨를 내려 독촉하여 불렀으나, 사직 상소를 올리고 치사致仕할 것을 빌었다.

선조는 대사간 목첨睦詹의 계청啓請에 따라 李子를 용양위 대호군 겸 동지경연·춘추관사에 임명하였다.

"국가가 잘 다스려지고 못 다스려지는 것은 임금의 덕에 있고, 임금의 덕이 성취되는 것은 현인을 존경하고 학문을 강구하는데 있다. 부지런히 경연經筵에 나아가 날마다 어진 선비를 만나보아야 마음과 지혜가 고명하게 되고, 그런 연후에 어진 사람인지 사악한 사람인지를 알아볼 수 있을 것이다. 마땅히 경연에 입시해야 할 사람이 멀리 있으니 의당 가까이 와 있도록 하여 경연을 맡아보게 하는 것이 가할 것이다. 경이 내려갔는데도 내 마침 황황망극遑遑罔極한 중에 있어서 미처 살피지 못하였노라.

신정新政의 처음에 침체된 사람들을 모두 발탁하여 쓸 것인데, 하물며 어진 재상이야 말할 필요가 있겠는가. 경은 역말을 타고 빨리 올라오도록 하라."

10월 23일, 용양위 대호군 겸 동지경연·춘추관사에 임명하면서 역말을 타고 빨리 올라오라는 교지가 담긴 동부승지同副承旨의 서장을 받았다.

그날 조강朝講에서 기대승奇大升은 선조에게 아뢰기를,

"지난번, 이황李滉에게 글을 내려 올라오게 하셨습니다. 그 사람은 어려서부터 글을 읽었는데, 당초 착한 사람이 죄를 받는 것을 보았기 때문에 물러간 것입니다. 지금은 이미 나이가 칠십이며 지리병도 많습니다. 대개 시비가 분명하지 않은 것을 보면 무리를 좇아 따라다니는 것을 부끄럽게 여겨 차라리 초야에 물러나 살고자 하는 사람입니다. 신정新政에 어진 이를 부르는 것이 가장 좋은 일이나 어진 이를 쓰려면 부득이 비시를 분명하게 하지 않을 수 없습니다."

그날 자헌대부 동지경연·춘추관사에 임명하였다.

12월 20일, 명나라의 사신이 오는 일로 응접하는 일이 급하여 제술관으로 올라오기를 재촉하는 선조의 명령이 내렸다.

해가 바뀌어(1568년) 1월 13일, 선조가 특별히 숭정대부 의정부 우찬성 겸 지경연·춘추관사에 임명하고 교지를 내려서 올라오기를 재촉하였다.

1월 28일, 지중추부사知中樞府事 李子는 상소하였다.

"신은 작년 서울에 들어와 망극한 변고를 당하고 신병이 갑자기 도져 직무를 받들 수 없었습니다. 제 몸을 돌보지 않고 충성을 다해야 될 지위에서 본뜻을 이미 펴지 못했을 바에는 다만 물러나는 한 가지 의리가 있다는 것이 분명하였습니다. 이 때문에 산릉山陵의 일이 앞에 있는데도 머물러 기다리지 못하고 갑자기 빨리 돌아왔던 것입니다. 이는 또한 도리와 의리상 어찌할 수가 없어서였지만 일시의 물정으로서는 으레 이상하다고 생각할 일입니다. 그리하여 혹은 이름 내기를 좋아한다고도 하고, 혹은 꾀병을 한다고도 하고, 혹은 산새[山禽]와 비교하기도 하고, 혹은 이단異端으로 배척하기도 하였으니, 이것은 신이 신하된 도리를 잃은 것으로 당시의 어진 이들에게 죄를 얻음이 큰 것입니다. 그러니 다시 어떤 도리로 성상의 돌보심에 보답하고 시대의 쓰임이 되겠습니까.

잘못 내리신 윤음을 거두고 부르심을 파하시어 치사致仕의 성대한 법을 거행하여 걸해乞骸의 청을 허락해 주소서."

"이황을 군직軍職으로 삼은 것은 어진 이를 높이는 도리에 부족한 점이 있으니, 특별히 찬성贊成을 제수하여 다시 올라오도록 효유하는 것이 좋겠다." 하였는데,

이때 또 소장이 들어오자,

"경이 소장 속의 말을 보니 겸양이 지나치다. 경은 여러 대에 걸친 조정의 구신으로서 높은 덕행과 바른 학문은 민간인이라도 누가 모르겠는가. 나도 들은 지 오래이다. 경은 선조에도 여러 번 부름을 받고 응하였었는데 말년에 와서 갑자기 망극한 변고를 당하여 급히 돌아갔으니, 이는 필시 새 정사에 도가 없

고 어진 이를 높이는 정성이 없었기 때문일 것이다.

나의 후회와 한탄을 어찌 다 말할 수 있겠는가. 옛날 임금은 밝고 성스러웠어도 반드시 어진 이를 구하여 스승을 삼았는데, 하물며 나는 어릴 때부터 엄한 스승의 가르침도 받지 못하고서 갑자기 어렵고 큰 왕업을 이어받았다.

자전慈殿의 전교도 '나는 지식이 없고 더구나 지금 외롭고 의지할 데 없는 몸이니, 어찌 가르쳐 인도하겠는가. 반드시 이황 같은 사람이면 될 것이다.' 하시고, 항상 경이 올라오기를 바라신다.

자전의 뜻이 이같이 정성스러운데도 경이 선뜻 오지 않으니, 아마 경이 미처 생각을 못하는 것이 아닌가. 지금 조정에 덕망 있는 사람이 많기는 하나, 내가 경을 바람은 또한 북두성과 같으니, 경은 부디 진퇴를 가지고 혐의하지 말고 올라와 병중에서라도 조정에 머물면서 나의 어리석은 재질을 도와달라."

29일 선조가 지난 1월 9일에 올린 진정소陳情疏 '무진사직소일戊辰辭職疏一'을 보고 내린 교지를 받았다.

"경의 상소 내용을 보니 겸양이 너무 지나치다. 경은 누조累朝에 걸친 구신舊臣으로서 덕행德行이 높고 학문學問이 바르다는 것을 비록 여항閭巷의 사람인들 모르는 자 누구이며, 내 역시 들은 지 오래이다. 경이 선왕조에서 누차에 걸친 소명을 받았고, 또 선왕조 말년에는 서울에까지 왔다가 뜻하지 않은 망극의 변을 당하고는 금방 돌아가 버렸다. 이는 필시 신정新政이 법도가 없고 어진 이를 존경하는 성의가 부족했기 때문이니, 나의 회한悔恨은 이루 말할 수 없다.

옛날의 임금들은 비록 명성明聖하였어도 반드시 어진 이를 찾아 스승으로 삼았었는데, 하물며 나 같이 어린 시절에 엄한 스승의 가르침도 받지 못한 채 뜻밖의 어렵고 큰 업을 이어받은 자이겠는가.

자교慈敎에서도 '나는 아는 것이 없는 사람이다. 더구나 상중에 있는 내가 어떻게 교도敎導할 것인가. 마땅히 이황李滉이어야 할 것이다. 항상 경이 올라오기만을 바란다.' 하였으니, 자의慈意가 그러하신 데도 경이 오려고 않는다면 그건 너무 생각을 않은 것이 아니겠는가?

지금 조정에 숙덕宿德들이 비록 많지만 나로서는 경을 성두星斗처럼 바라고 있으니, 경은 진퇴로써 혐의하지 말고 병이 있더라도 올라와 조정에 머물면서 나의 어리석은 자질을 도와 달라."

李子는 교지를 받은 즉시 간략하게 외답장 〈召命祗受狀二 (정월 29일 제1狀闋)〉을 작성하여 서장을 가지고 온 사람이 돌아가는 편에 올렸다. 이날 마침 김명일과 김성일 형제가 계상으로 찾아왔다가, 李子가 소명을 받았음을 알고 도산서당에서 하루를 묵은 다음 30일(그믐)에 돌아갔다. 이때 지난 25일 찾아왔던 정구鄭逑를 포함한 제자들도 함께 돌아갔다.

3월 12일, 다시 출사할 수 없는 자신의 처지를 진정하는 소장을 올렸다. 이보다 앞선 지난 2월 16일에 또다시 진퇴를 가지고 혐의하지 말고 올라오기를 재촉하는 내용의 선조의 교지敎旨를 받았으나, 또다시 사장을 올리는 것은 별다른 결과도 없이 번거롭기만 하다는 생각이 들어서, 출사할 수 없는 자신의 처지를 곡진하게 진정할 계획으로 이 소장을 올리게 된 것이다.

이 소장疏章을 지난 10일에 초사한 다음, 예안현 해유리解由吏(전·후임자 인수인계 관리) 학련鶴連이 상경하는 편에 서울에 있는 맏아들 寯에게 전해서 올리게 하였다. 특히 이 소장에서 새로 승진시킨 관직(숭정대부 의정부 우찬성)을 사직하고 자헌대부 지중추부사를 치사致仕할 것을 청하였으나, 선조는 허락하지 않았다.

당시 홍문관 직제학 겸 지제교였던 노수신에게 李子가 올라올 것을 간곡히 당부하는 내용의 교서를 짓게 하였다. 한편 이날 종 연수連守가 내려오는 편에 맏아들 寯과 맏손자 安道가 부친 편지를 받고, 답장을 써서 예안현 해유리解由吏 학련鶴連 편에 소장과 함께 서울로 부쳤다.

한편 조정에서는, 석강에서 기대승이 아뢰기를,

"…우찬성 이황의 상소가 왔을 때, 성상께서 교서를 지어 하유하게 하신 것은 지극히 아름다운 뜻입니다. 요즈음 명령이 자주 내리고 높은 벼슬을 주시니, 바삐 명령에 응해야 함을 모르는 것이 아니라, 감당할 수 없어서 오지 않는 뜻이 많습니다. 어진 이가 어찌 어질다고 자처하겠습니까. 그러므로 감당하지 못한다는 뜻도 그릇된 것은 아닙니다. 성상께서 이 상소를 보시면 미안해하는 뜻을 아실 것입니다. 계달啓達하는 신하는 높은 벼슬로 정성껏 부르라고 아뢰었으니, 이 때문에 더욱 미안해하는 것입니다. …

이 상소를 보면, 치사할 방법이 없어서 번민하는 뜻도 있습니다. 사대부의 대우를 마땅히 옛 도리대로 하고, 늙고 병든 사람이 은퇴하는 일도 또한 허락하는 것이 옳습니다. 여러 번 불러도 오지 않는 것에 대해 성상께서 실정을 모르시는듯하여 아뢸니다."

4월 2일, 선조는 李子가 올라오기를 간절히 촉구하는 내용의 교서「戊辰四月初二日 교서」를 내렸다. 그리고 승정원의 계청에 따라 그가 올라오는데 불편함이 없도록 각 도의 감사에게 수륙 양로에서 수레와 말, 그리고 배로 호송하라는 명령을 내렸다.

　4월 8일, 숭정대부 의정부 좌찬성 겸 지경연·춘추관사에 임명되었다. '교지敎旨, 李滉위숭정대부… 隆慶 2년 4월 8일'

　지난 16일 내린 의정부 우찬성에서 체직시켜 판중추부사 겸 지경연에 임명하고 부른 선조의 명령을 받았다. 이 명령을 받고 나자, 상경하여 사은을 하지 않을 수 없게 되었다.

　그러나 더위에 지병인 심열 때문에 곧바로 상경하기는 어려웠기 때문에, 더위도 조금 누그러지고 심열도 점차 가라앉기를 기다려 상경할 수 있도록 일자를 다소 늦추어주기를 청하고, 또 숭품의 개정과 하사품인 단자와 향봉 등의 회납을 아울러 청하는 서장 '乞 개정숭품倂회납사물장(5월 19일)'을 올렸다.

　특히 이번에 명종의 소상 전에 서울에 도착하기 위해,

　6월 13일에 아버지 식埴의 제사를 지내고, 6월 15일 경에 출발할 계획을 세운 다음, 서울에 있는 맏아들 寯에게 그 사실을 알려, 내려와 배행할 수 있도록 조치하게 하였다.

무진년(1568) 6월 25일, 68세의 노재상老宰相 李子는 더 이상 임금의 명을 거스를 수 없어 생애 마지막 상경 길에 올랐다. 이번 길에는 서울에서 맏아들 준이 내려오지 못하여 맏손자 안도安道와 맏손서 박려朴欐가 배행하였다. 이문량·이계량·금제순 등이 나와서 전송하였다.

지난 날 기묘의 광풍이 불어 도학정치의 꿈이 사라졌을 때,

'무엇을 위해 학문을 하며, 어떻게 살아야 할지…….'

고민하던 열아홉 살의 청년이었던 자신을 떠올렸다.

'하늘의 밝은 명을 따라 윤리와 기강을 세워야 한다.'

자신의 마지막 봉사는 젊은 왕이 백성을 덕과 예로 다스리는 도학정치를 펼 수 있도록 하는 것이었다.

도포 소맷자락 속의 두툼한 서류봉투를 확인하고 은근한 미소를 지으며 멀리 흰구름 뜬 파란 하늘을 올려다본다.

그 서류 봉투 속에는 왕에게 바칠 〈戊辰六條疏〉가 있었다.

「성상께서 즉위하시어 만물이 기쁘게 우러러보는 때에 신이 비록 계책에 어둡긴 하지만 정성을 다하여 어리석은 생각을 바치고자 합니다. 또 입으로 진술하면 정신이 어둡고 말이 어눌해서 한 가지를 들고 만 가지를 빠뜨릴까 염려되어, 이에 감히 문자로 뜻을 전달합니다. 글을 지어 추론해서 6조로 나눈 것을

전하께 바치오니, 비록 감히 티끌만큼이라도 도움이 있기를 바랄 수는 없사오나 혹 가까이 두고 경계의 말씀으로 삼는 데 약간이나마 보탬이 되지 않겠는지요?

첫째, 계통을 중히 하여 인효仁孝를 온전히 하는 것입니다. 사람의 마음이란 쟁반의 물을 받들기보다 더 어렵고 선善을 유지하기란 바람 앞의 촛불을 보전하는 것보다 어렵습니다. 어느 날 이목耳目을 가릴 물건들이 숱하게 앞에 벌려지고 애증愛憎의 유혹이 한꺼번에 몰리는데, 그것이 세월이 흐르고 또 거기에 익숙해지면 급기야 종묘를 받들고 장락長樂(자전慈殿)을 받는데 있어 걸핏하면 위만違慢이 있게 될 것입니다. 그러면 당연히 높여야 할 자리를 도리어 강쇄降殺하고, 당연히 강쇄해야 할 자리를 도리어 높이는 일이 점점 벌어지는 일이 없다고 어찌 보장을 하겠습니까. 이것이 바로 예부터 입계入繼한 임금들이 많이 이교彝教에 죄를 얻은 까닭으로서 오늘에 있어서 경계하지 않으면 안 될 일입니다.

둘째, 참간讒間을 막아 양궁兩宮의 사이가 가깝도록 하는 것입니다. … 전하가 어버이 섬기는 일은 이른바 義로써 恩을 높이고 변례變禮로써 상례常禮를 삼는 것이기 때문에, 사실 소인이나 여자들이 기회를 노려 틈을 만들어내기 쉽습니다. 더구나 궁위宮闈 사이에는 아직도 숙간宿奸·노고老蠱들이 다 제거되지 않고 있어 암퇘지가 날뛰듯 할 뿐만이 아닙니다.

삼가 바라건대, 전하께서는《주역周易》가인괘家人卦의 뜻을 잘 보시고《소학小學》명륜편明倫篇 교훈을 본받아 자신을 엄히 다스리고 집안을 바로잡기에 삼가시며 어버이를 돈독히 섬겨 자식으로서의 직분을 다함으로써 좌우 근습近習의 사람들이 모두 양궁兩宮의 정이 지극하다는 것을 훤히 알게 하여 그 사이에 참간이 먹혀들지 않게 한다면, 자연 음사陰邪가 이간하여 어지럽히는 걱정이 없을 것이며 효도에 결함이 없을 것입니다.

셋째, 성학聖學을 도타이하여 치본治本을 세우는 것입니다. … '인심人心은 위태롭기만 하고 도심道心은 너무나도 미미하다. 정精하고 일一하여야만 중中을 실행할 수 있다.' 하였습니다. …

바라건대, 전하께서는 때와 곳을 가리지 마시고 생각하실 적마다 떠올리시고 일마다 조심을 거듭하여 모든 거리낌, 모든 욕심이 마음속에서 완전히 씻겨나가고 오상五常을 비롯한 모든 행위가 지선至善과 조화가 되게 하소서. 그리하여 밥 먹을 때나 쉴 때나 남과 수작할 때나 항상 의리義理 속에 잠겨 있고, 징분懲忿·질욕窒慾·개과천선改過遷善에 성실한 노력을 거듭하여 예법禮法에 이탈됨이 없이 언제나 광대廣大하고 고명高明하며 옥루屋漏에서 시작하여 참찬參贊·경륜經綸의 경지(聖人의 경지)에 이르소서.

넷째, 도술道術을 밝혀 인심人心을 바루는 것입니다. …

삼가 바라건대, 전하께서는 뜻을 금석金石처럼 가지시어 처음부터 끝까지 변함이 없으시고, 道를 일월日月같이 밝히시어 요사한 기운이 끼어들지 못하도록 주위를 훤히 트소서. 그리하여 오랜 세월 끊임없이 행하시면 전하를 기다려 흥기하는 선비와 스스로 새롭게 변화하는 백성들이 모두 대도大道의 경지에 오를 것이며, 지난날 사특하고 잡된 무리들도 모두 신화神化에 변화되는데 여가가 없을 것입니다.

다섯째, 복심腹心을 미루어 이목耳目이 트이게 하는 것입니다. 임금이 한 나라의 원수元首라면 대신은 그의 복심腹心이고, 대간臺諫은 이목耳目입니다. 그러므로 그 세 가지가 서로 있어야 서로 이루어지는 것입니다. 옛 임금이 대신을 신임하지 않거나 대간의 말을 듣지 않은 자가 있었는데, 이는 비유하자면 자기가 자신의 복심을 째고 이목을 발라버리는 것과 같은 것으로서 원수만 가지고 성인成人이 될 수는 없는 일 아니겠습니까? …

임금은 그 사람을 내세워 자기 욕심을 채울 복심을 삼고 신하는 또 그 임금을 이용하여 자기 욕심을 채울 원수로 삼아 위아래가 서로 똑같이 굳게 결탁하여 떼려야 뗄 수가 없게 되므로, 충현忠賢은 다 쫓겨나게 되고 나라 안은 텅 비게 되어서 이목耳目이 있어도 그는 모두 당로자當路者의 사인私人이 되고 맙니다.

여섯째, 수성修省을 진실히 하여 하늘의 사랑을 받는 것입니다. 전하께서는 어버이 섬기는 마음을 미루어 하늘 섬기는 도리를 다하시어 일이 없더라도 수성修省하시고 또 언제나 공구恐懼하는 마음을 가지소서. … 궁금宮禁에는 원래 법도가 있지마는 음심을 품은 척속戚屬의 무리들이 안개처럼 모이므로 청탁하는 일을 단단히 막지 않으면 안 될 것입니다. … 작상爵賞을 함부로 주어서 공로 없는 자가 요행으로 얻거나 공로 있는 자가 해이해지는 일이 없게 해야 할 것이며, 사유赦宥를 자주 하여 악한 자가 죄를 면하거나 선한 자가 해를 당하는 일이 없도록 해야 할 것입니다. … 옛것만을 지키고 일상적 제도만을 따르려는 신하에게 모든 것을 맡길 경우 지치至治를 용감히 이

루어 보려는 쪽에 방해가 있을 것이고, 일 좋아하는 신진 쪽에
만 맡기면 또 난亂의 화단을 도발시키는 염려가 있습니다. 또
한 경외京外의 서복胥僕들이 백성을 이리떼처럼 씹어 먹고도
부족하여 부고府庫가 텅 비도록 빼내는 자가 있는가 하면, 진
포鎭浦의 수장帥將들은 군졸軍卒을 통째로 벗겨 먹고도 배가 차
지 않아 인족隣族에까지 독을 뻗칩니다. 흉년이 극심한 상황인
데 진구賑救의 길이 없어 도둑이 들고 일어날 염려가 있고, 변
방은 텅 비었는데 남북에 틈이 생겨 오랑캐들이 갑자기 침입할
우려가 있습니다.

　다만 전하께서 하늘이 자기를 사랑하시는 것이 무단히 사
랑하는 게 아니라는 것을 깊이 아시고, 안으로는 몸과 마음에
반성하여 오직 경敬으로 일관하여 거짓 꾸밈이 없도록 하소
서.」

　다래 마을(月川)에서 부포로 내려가서 낙강을 건넜다. 오담
에 이르러 역동서원에서 하루를 묵었다. 이튿날 여러 제자들
과 작별하고 안동에 도착하였다. 예천에서 권문해權文海가 찾
아와서 배알하였고 김정金淨의 손자 김연金煉이 조부의 비문을
부탁하기 위해 회덕(대전 회덕동)에서 찾아왔다.

28일, 안동부 관아에서 명종의 소상小祥 예를 행한 다음, 길을 떠나 풍산에 도착하였을 때, 정구鄭逑와 천곡서원(영봉서원으로 개칭) 유생들이 편지를 보내와 서원의 향사 의절과 규약 등을 정해줄 것을 청하자, 자신은 지금은 병든 몸으로 상경하는 중이라 여유가 없으니, 후일 집으로 돌아와서 해주겠다고 약속하였다.

예천 고자평高子坪에 들러 누님을 뵌 후 풍산 가일 처가에 갈 생각이었으나, 늦으면 고자평에서 자고 다음날 풍산으로 가 묵을 예정이었다. 결국 봉정사에서 묵으면서 16세 때인 병자년(1516) 봄에, 봉정사에서 종제 수령과 공생 권민의와 강한이 함께 글을 읽은 적이 있었다.

7월 4일, 봉정사에서 출발하여 문경에 도착해서 숭품의 개정을 청하는 서장 〈乞改正崇品狀二(七月四日)〉을 올렸다.

이날 서울에 있는 맏아들 寯에게 편지를 보냈다. 이 편지에서 5일 조령을 넘어 6일에 충주에 도착하여 하루를 머문 다음, 7일 배로 출발하여 서울에 올라갈 예정이니, 서장書狀을 올린 결과를 광나루나 동호의 두뭇개(중랑천이 한강에 합수)에 사람을 보내서 알려달라고 하였다. 또 자신은 설사를 하다가 그런대로 괜찮아졌지만, 다만 맏손서 박려朴欐가 안동에서 냉수와 찬 것을 너무 먹어서 설사가 심한 것이 몹시 걱정이라고 하였다. 문경에 도착하여 경운루慶雲樓에 올랐다. 오늘날 경운루慶雲樓는 없어지고 옆에 있던 옛 현아 관산지관冠山之館만 남아 있다.

서울에서 돌아온 권경립이 찾아와 그곳 소식을 전해주었다. 문경聞慶은 기쁜 소식을 듣고 경사스러운 일의 조짐이 있다는 뜻으로 '문희경서聞喜慶瑞의 고장'이라 했다. 실제 영남에서 한양을 오가는 새재가 있어서 한양의 소식을 제일 먼저 듣는 곳이었다. 당시 서울에서 돌아온 권경립이 전한 기쁜 소식은 기록에 없으니 알 수 없어 궁금할 뿐이다.

7월 7일, 문경에서 새재를 넘어 수안보에서 숙박하고 충주에 도착하였다. 여정이 다소 늦어진 것은 맏손서 박려朴欚의 병 때문이었다. 그는 문경에 도착한 뒤로 더욱 심해져서 음식을 전혀 먹지 못할 지경이었다. 문경에서 하루를 더 머물면서 치료하다가, 김낙춘金樂春이 찾아왔기에 그에게 치료를 부탁하고, 맏손자 안도만 데리고 먼저 조령을 넘어 수안보에서 자고 7일 충주로 갔다.

이렇게 계획한 일정이 늦어지게 되자, 서울에 있는 맏아들 준에게 편지를 보내 이 사실을 알렸다. 특히 박려가 점차 회복

되고 있어 10일에는 충주에 도착할 수 있다고 하니, 그가 충주에 도착하면, 11일 배로 함께 출발할 계획이라고 하였다.

7월 10일, 선조는 李子가 7월 4일 문경에서 올린 종품崇品의 개정을 처하는 서장에 대해 판중추부사의 사면과 숭품의 개정을 허락하지 않는다는 내용의 교지를 내렸다.

서장 중에 올라오는 도중에 병이 났다는 사실을 알고, 내의內醫를 보내어 진찰하게 하였다.

13일, 충주에서 이 교지를 받고, 李子는 당일 숭품의 개정을 청하는 서장을 또 올렸다. 목계나루에서 배를 탔다.

7월 18일, 배가 광나루(廣津)에 도착하였을 때, 큰 비바람이 몰아쳐서 파도가 거세게 일어나 배가 거의 전복될 지경이었다. 배에 타고 있던 사람들은 모두 놀랍고 두려워 어찌할 바를 몰라 하였으나, 李子는 신색神色을 바꾸지 않은 채 태연하였다. 마치 배를 타고 호수를 건널 때 광풍이 불었으나 예수께서 잠이 드신 것과 같더라. (누가복음 8:23~24)

7월 19일, 도성에 들어오자 사람들이 모두 李吏相(이조판서)께서 오신다고 환영하였다. 도성의 사대부들이 만나기 위해 날마다 찾아와서 그들을 접견하느라 쉴 틈이 없었다.

당시 영의정이던 이준경을 찾아가게 되었는데, 그에게 손님을 접견하느라 늦었다고 하자, 이준경이 조광조 등의 기묘사류己卯士類의 경우를 들면서 언짢아하였다고 한다.

1568년(선조 1) 7월 24일, 판중추부사判中樞府事 李子는 소명을 받고도 늦게 올라온 것을 사죄한 다음, 종1품에 가자한 것을 개정할 것을 청하니 허락하지 않다.

"사면하려는 뜻은 지성스럽지만 이미 명한 숭품을 다시 개정할 수는 없다. 경은 개의하지 말라."

1568년(선조 1) 8월 7일, 李子는 준비해온 '6조목의 상소'를 올렸다. 이 '6조소'는 '성학십도'와 함께 이번 상경 길에 준비하였지만, 열아홉 살 때 성균관에 갔을 때, 익선관에 홀을 잡고 중종과 함께 문묘에 알성하던 조광조에게 걸었던 도학정치의 꿈이 기묘사화의 광풍으로 무참히 꺾이고, 이날을 위해 오랜 세월 동안 준비한 학문 연구의 결과물인 것이다.

이는 선조로 하여금 '하늘의 밝은 명을 따라 윤리와 기강을 세워야 한다'는 각오로 이른바 〈육조소六條疏〉를 올렸다.

重繼統以全人孝　계통을 중히 하여 인효를 온전히 할 것,
杜讒間以親兩宮　참간을 막아 양궁 사이가 가깝게 할 것,
敦聖學以立治本　성학을 도타이하여 치본治本을 세울 것,
明道術以正人心　도술을 밝혀 인심人心을 바르게 할 것,
推腹心以通耳目　복심을 미루어 이목耳目을 트이게 할 것.
誠修省以承天愛　성실히 수성하여 하늘의 사랑을 받을 것.

"내가 소장을 보고 여러 번 깊이 생각해 보건대, 경의 도덕은 옛사람과 비교해 보아도 경만한 사람이 적을 것이다. 이 6조목은 참으로 천고의 격언이며 당금當今의 급선무이다. 내 비록 하찮은 인품이지만 어찌 가슴에 지니지 않을 수 있겠는가."

李子가 6개 조항을 열거한 상소를 올렸는데, 이에 대하여 상이 친찰親札로 비답을 내리기를,

"경의 도덕道德이야말로 고인들에 비교하더라도 짝할 자가 적다. 이 6개 조항은 참으로 천고의 격언格言이요 당금當今의 급무急務이다. 내 비록 보잘것없는 위인이나 감히 가슴에 지니지 않을 수 있겠는가."

신병으로 판중추부사 겸 대제학의 면직을 청하는 첫 번째 사장 〈판중추부사겸대제학병고(乞免狀一 八月八日)〉을 올렸으나, 선조는 허락하지 않고 내의를 보내어 진찰하게 하였다.

8월 23일, 홍문관 대제학으로 사은한 다음, 사면을 청하는 계사를 올렸다. 이날 두 차례나 더 계사를 올렸으며, 다음날 또 세 차례나 더 계사를 올렸으나, 허락하지 않았다.

8월 25일에도 고사하기를 그치지 않자, 선조는 마침내 사면을 허락하였으나, 실록찬집도청實錄撰集都廳 총재관總裁官이던 홍섬洪暹의 계청으로 실록 편찬 당상堂上에 임명되었다.

차자箚子를 올리고, 또 대궐에 나아가 물러나기를 청하였으나, 선조는 겨울 동안 출사하지 않아도 괜찮으니 사직하지 말라고 하면서 허락하지 않았다.

1568년 12월 6일, 기대승이 《논어》〈선진편先進篇〉의 수신·치심에 대해 강론하면서, 상께서 판부사判府事 이황李滉을 매우 융숭한 대우를 하셔서, 대소 신료들이 상께서 현자를 높이는 의사가 있음을 알게 되어 기뻐하지 않는 이가 없다고 하였다.

"학문의 도에 대하여 옛 성현이 논하기를 더없이 하였는데, 후세에 이르러 의론이 완비되어 도리어 지루하게 되었으므로 요령을 잡기가 어렵습니다. …

신이 삼가 판부사判府事 이황李滉을 보건대, 이와 같은 사람은 지금 시대에 드물 것입니다. 상께서도 그러한 내용을 아시고 매우 융숭한 대우를 하시자, 대소 신료들이 상께서 현자를 높이는 의사가 있음을 알게 되어 기뻐하지 않는 이가 없습니다. 대체로 그는 나이가 많은데다 병이 깊어 출사하지 못하여 전에 오랫동안 외지에 있었고 이제 잠깐 출사하고 있으나 몸에 또 병을 지녔습니다.

상께서 그에 대한 대우가 이미 극진하셨더라도 예모禮貌로만 대할 것이 아니고 성상의 마음에 항상 현자라 생각하고 정성을 다하셔야 합니다. 현자는 자신을 높여주는 것으로써 자신의 마음에 편하게 여기지 않고 임금이 허심탄회하게 자신의 말을 받아들여야만 그의 마음을 다하는 것입니다. …

지난번에 이황이 계사를 올리자 그의 말대로 시행하였으므로 외간 사람들이 매우 기뻐하였습니다. 그러나 그는 현자이니 어찌 상께서 그의 말을 또 따르셨다는 마음을 가졌겠습니까. 소신의 생각으로는 그를 조정에 초치하여 그의 말을 받아들이고 우대도 극진히 하되 그의 말을 분명히 살펴 따르고, 비단 그의 말을 받아들이기만 할 뿐만 아니라 항상 그가 현자인 것을 생각하여 어떠한 정사가 있을 때마다 성상께서는 '이 일을 혹시 그가 불가하다고 여기지 않을까?' 하시어 마치 배우는 사람이 엄한 스승을 만나서 반성하듯 하는 것이 매우 좋을 듯합니다.

근래 이황이 아뢴 바에 대해서 상께서 '그의 말을 들어주고 계책을 따르겠다.' 하시자, 그는 도리어 송구스러워하며 난감하게 여기는 뜻이 있었습니다. 더구나 대간·시종들의 말은 별로 중대한 일이 아닌데도 이처럼 망설이시니, 신이 비록 상세히 알 수는 없지만 옛사람의 마음으로 헤아려보면 그의 마음인들 어찌 편안하겠습니까. 존현尊賢은 수신修身에서부터 비롯되는 것입니다. 상께서 수신을 급급히 여기신다면 그가 조정에 있는 것이 매우 유익할 뿐더러 군신 간의 도리에 있어서도 양편이 좋을 듯합니다. 하지만 외모와 은총으로 그를 붙들려고 한다면 늙고 병든 그가 어찌 구차스럽게 조정에 있으려고 하겠습니까. 미관微官이 이처럼 아뢰는 것이 매우 황공하나 이러한 사정을 상께서도 아셔야 하겠기에 감히 미열한 뜻을 아뢰는 것입니다." 하자, 상이 이르기를,

"그 말이 지당하다. 하지만 근래 내가 망설이는 것으로 그가 미안하게 여긴다는 것을 내가 어떻게 알 수 있겠는가. 이제 이렇게 아뢴 것이 매우 옳다."

"소신이 아뢴 말은 그가 신에게 미안하게 여긴다고 말한 것

은 아닙니다. 그가 올라온 뒤 상종하기를 오래하였는데 자주 그의 집에 가서 그의 말을 들었습니다. 신이 자세히 알지는 못하지만 그의 도덕과 문장은 옛사람과 다를 바가 없으니 옛사람의 마음이 그러하였기에 그의 마음도 그럴 것이라고 생각한 것일 뿐입니다. 상께서 그 뜻을 아시어 본받으신다면 그를 접대하는 도리에 온당할 것입니다."

"그를 옛사람으로 가칭하여 말하였는데, 어떠한 사람이며 옛사람의 누구에게 비교할만한가? 이런 말로 묻는 것이 미안하지만 평소에 궁금하였기 때문에 말하는 것이다."

"미열한 소신이 어떻게 헤아려 알 수 있겠습니까마는 전일에 의심나는 것이 있으면 서신으로 묻기도 하여 서로 만나지는 못해도 뜻을 통한 지는 이미 오래였습니다. 그가 올라온 뒤에 늙고 병든 몸이 너무 고적하게 지낼듯하여 때때로 찾아가 방문도 하고 평소에 의문 나던 것을 질문도 해보았는데 우매한 신의 견해로서는 도저히 알지 못했던 것이었습니다. 따라서 신의 소견으로는 그가 범연한 인물이 아닌 듯 싶었습니다. 무엇보다도 우선 나이가 이미 70세이고 식견이 고매한데도 자기의 소견을 주장하지 않고 어진 사람이 한 말이라도 반드시 헤아려 봅니다. 그리고 고서를 관람하는데 조금도 막히는 데가 없고 정程 주朱의 공부를 독실히 신봉합니다.

그가 옛사람의 경지에 도달하였는지 알 수 없습니다마는, 동방에서 학문을 한 사람 중 전조前朝로부터 국초國初에까지 문장이 없어졌으나 다행히 수습해 놓은 것을 보건대, 이 사람의 문장과 같은 것이 대체로 적었으며 처음 그가 올라왔을 때 올린 상소문은 정주의 글과 조금도 다를 것이 없습니다. 그의 학문도 공부도 의론도 모두가 옳은 것이었습니다."

이담李湛은 아뢰기를,

"소신이 중종 말년에 이황과 같은 관직에 있으면서 함께 교유도 하였는데 그는 젊을 때부터 표리가 한결같았고, 근자에는 오랫동안 산림에 있으면서 학문을 깊이 하여 공부가 독실합니다. 그를 고인의 누구에게 비교할 수는 없지만 대개 옛날 군자의 도리와 같았으니, 이러한 인물을 쉬이 구할 수 있겠습니까."

기대승이 또 아뢰기를,

"그의 심덕은 겸손하고도 공손하여 조금도 자신이 옳다고 여기지 않습니다. 이리하여 자기의 주장을 버리고 다른 사람의 좋은 소견을 따르기도 하니, 이 점은 매우 훌륭한 것입니다. 미매한 신이 자주 상대하여 이야기를 나누었고 오랫동안 심복하였던 것이기에 지금 이처럼 아뢰는 것입니다. 그가 비록 신병으로 인하여 경연에 입시入侍하지 못하고 있지만 훗날 입시했을 때 상께서 널리 도리를 물으신다면 제왕의 학문에 있어서

어찌 도움이 없겠습니까." 이담은 아뢰기를,

"그는 문장과 도덕을 모두 갖춘 사람인데, 상께서 성심으로 물으신다면 어찌 아뢰는 말이 없겠습니까." 기대승은 아뢰기를,

"그는 고서를 박람博覽하였고 품성 또한 소탈하고 담담한데다가 젊은 때부터 겸손하고 사양하는 것이 습성이 되어 있습니다. 상께서 여러 번 소명召命을 내렸기 때문에 마지못해 올라왔지만, 그는 빈한하고 고단한 생활이 뜻에 맞고 부귀를 누리고 싶은 마음은 없으므로 물러가 평소에 닦는 학문을 더럽히지 않고서 일생을 마치려 합니다. 상께서 등용하신다면 어찌 평소에 배운 것을 펴보려고 하지 않겠습니까. 그러나 데면스럽게 대우하여 보람 없이 조정에서 죽게 한다면 평소의 학문을 저버리게 되어 매우 괴로워 할 것입니다."

"동방의 학문은 전조에 정몽주鄭夢周가 있었고, 권근權近도 잠시나마 학문을 하였지만 다분히 흠스러운 데가 있었습니다. 김굉필金宏弼에 이르러 학문이 매우 정당하였고 조광조趙光祖는 김굉필의 제자로서 역시 범연하지 않았는데, 이황은 이들을 계승하였으니 그의 학문이 어찌 범연하겠습니까. 상께서 성심으로 학문을 배우시고 치도治道를 물으신다면 어찌 진정으로 아뢰지 않겠습니까." 이담이 또 아뢰었다.

12월 16일, 〈성학십도〉와 차자箚子 '〈진성학십도차(병도)〉'

를 올렸다. 성학십도는 유학의 요체를 태극도, 서명도, 소학도, 대학도, 백록동규도, 심하통성정도, 인설도, 심학도, 경재잠도, 숙흥야맹잠도의 10개의 圖로 구성해서 당시 17세의 어린 선조의 학문을 보도輔導하기 위해 李子가 자신의 일생 학문의 정수精髓를 결집해서 엮은 것이다.

선조는 이것을 학문을 하는데 몹시 절실한 것이므로, 병풍을 만들어 좌우에 두고 항상 경계로 삼기 위해 〈성학십도〉를 승정원에 내려 하나는 병풍으로 만들고, 다른 하나는 작게 만들어 작첩作帖하여 들이라고 명하였다.

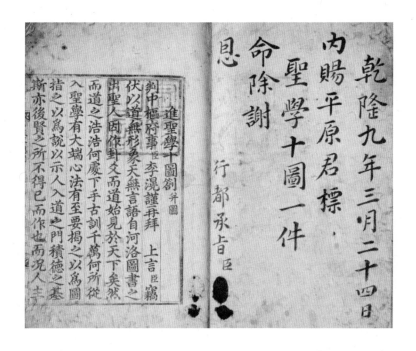

선조는 《성학십도聖學十圖》 40여 건을 반사頒賜하고 또 중면자中綿子를 1인당 2근씩 하사하였다.

도목정都目政에서 조선祖先을 추증하게 되었다. 도목정은 매년 6월과 12월 두 차례에 걸쳐 이조와 병조에서 거행하였다. 처음 李子가 숭품에 오르고도 1년 동안 추은推恩하지 않자,

"추은을 하지 않는 것은 무엇 때문입니까?"

자제들이 물었다.

"나는 허명으로 외람되이 이에 이르렀으니, 어찌 감히 추은을 청할 수 있겠는가. 하물며 선비先妣께서 나에게 현감縣監 이상은 하지 말도록 요구하였는데, 그 가르침을 받들지 못하고 지금 이에 이르렀다. 추은을 하는 것은 선비先妣의 뜻이 아니라서 감히 하지 못하는 것이다."

이에 이르러 많은 사람들이 숭품에 올라 추증追贈하지 않는 것은 미안한듯하다고 하였기 때문에 비로소 추은을 한 것이다.

1569년(선조 2년) 1월 6일, 숭정대부 이조판서 겸 지경연·춘추관사에 임명되었다. 그러나 사은謝恩하지 않고 당일 곧바로 신병으로 이조판서의 면직을 청하는 사장 〈이조판서병고걸면장〉을 올려 새로 임명되는 이조판서뿐만 아니라 겸직한 지경연·춘추관사의 직책도 면직시켜줄 것을 청하였으나 허락하지 않았다.

1월 14일, 또다시 이조판서의 면직을 청하는 사장辭狀〈이조판서병고걸면장吏曹判書病告乞免狀三(正月十四日)〉을 올려 새로 임명된 이조판서뿐만 아니라 겸직한 지경연·춘추관사의 직책도 면직시켜 분수에 편안하게 살게 해줄 것을 청하자, 선조가 이를 허락하였다.

입궐하여 판중추부사判中樞府事로 사은한 다음, 사면하고 고향으로 돌아가기를 청하는 계사 '사은후사면계判中樞府事(정월 20일)'를 올렸으나 허락하지 않았다.

이날부터 문소전文昭殿에 대한 논의가 시작되었다. 한편 이 무렵 선조는 자신의 생모인 하동군 부인의 상喪을 마칠 때가 가까워지자, 자신의 생부모生父母를 추숭하는 문제와 자신의 생가에 가묘를 설치하는 문제에 대하여 二品 이상의 관리들에게 헌의獻議 하도록 명하였다.

李子는 이 명에 따라 고례古禮에 입각하여 임금은 자신을 낮추어 사친私親을 제사 지낼 수 없다는 취지의 글 '의상추숭덕흥군의擬上追崇德興君議'을 지어서 주었지만, 조정에서 논의하는 과정에 다른 대신들의 반대에 부딪쳐 올리지 않고 말았다.

3월 2일, 숭정대부崇政大夫 판중추부사判中樞府事에 임명되었다. 이날 또다시 대궐에 나아가 차자箚子 〈乞致仕歸田箚子三 (三月二日)〉을 올려 겸대兼帶한 관직까지 아울러 체직시켜 치사하고 고향으로 돌아가게 해줄 것을 청하였으나 허락하지 않았다.

이때 李子는 물러날 뜻이 이미 확고하여 연일 대궐에 나아가 힘껏 사직하고 있는 상황이었다. 그런데 마침 선조는 모의전에 친제를 드리러 갈 예정이었다. 승정원에서 그 사이 李子가 돌아갈까 걱정하여 선조에게 친제 후에 인견한 다음 보낼 것을 계청하자, 선조는 이를 받아들여 주서注書 유대수兪大脩에게 李子에게 내일 모의전에 친제를 드리고, 인견引見한 다음 돌아가게 해주겠다는 유지諭旨를 전하게 하였다.

1569년 3월 4일, 대궐에 나아가 성은에 감사하고, 야대청에 입대하여 물러갈 것을 청하여 허락을 받았다.

선조가 李子를 인견引見하고, "아뢰고 싶은 말이 있느냐?"

李子는 출처出處의 도리, 위치爲治의 요지, 학문學問의 방도를 두루 진달하고 국조國朝의 일과 인재人材를 임용하는 일에 대해서도 언급하였다.

"학문하는 사람 중에 아뢸만한 자가 있지 않은가? 어려워하지 말고 말하는 것이 옳을 것이다."

"그 일은 말씀드리기 어렵습니다. 학문에 뜻을 둔 사람이 지금 어디 한두 사람뿐이겠습니까. 옛날에 어떤 사람이 정자程子에게 묻기를, '문인門人들 중에 누가 학문의 道를 얻었는가?' 하자, 정자는 '얻은 사람이 있다는 것은 쉽게 말할 수 없다.'고 하였습니다. 그 당시에 유작游酢·양시楊時·사양좌謝良佐·장역張繹 등 많은 사람이 있었는데도 얻은 사람이 있다고 말하지 않았는데, 더구나 신이 군상을 기만하면서까지 아무개가 얻은 바가 있다고 아뢸 수 있겠습니까.

송영방 그림, 七년 전쟁, 동아일보, 1984. 1. 1자

그 가운데 기대승奇大升이 문자文字를 많이 보았고 이학理學에도 조예가 가장 높으니 통유通儒입니다. 다만 그는 수렴공부收斂工夫가 부족한 것이 미진한 점인데, 소신이 평상시에 이 점을 부족하게 여겨서 좀 더 공부하라고 권면하였습니다. 그러나 이러한 유자도 얻기가 쉽지 않습니다."

"이 말은 지당하다. 나로서는 그 만분萬分의 일인들 알 수 있겠는가. 그러나 평상시 그가 문장을 잘 짓는다고 여겼다."

"그의 문장도 역시 쉽지 않습니다."

이날, 임금의 자질과 태평세상의 우려할 점 등을 자세하게 아뢰었다.

"대개 명철한 임금은 보통 사람보다 뛰어난 자질이 있고, 태평한 세상에는 우려할 만한 일에 방비가 없습니다. 보통 사람보다 뛰어난 자실이 있으면, 혼자만의 지혜로 세상을 이끌어가면서 여러 아랫사람들을 가볍게 보고 소홀히 여기는 마음을 갖게 되고, 우려할 만한 일에 대한 방비가 없으면, 교만하고 사치한 마음이 반드시 생겨나게 마련이니, 이는 두려워할 만한 것입니다.

지금 세상은 비록 태평한 듯하지만, 남북으로 분쟁이 일어날 실마리가 있고, 백성들은 쪼들리고 초췌하며, 나라의 창고는 텅 비었습니다. 이러다가 장차 나라가 나라꼴이 아니 지경에 이르러 졸지에 사변이라도 있게 되면, 흙담이 무너지고 기왓장이 쏟아지는 형세가 될 것이니, 우려할 만한 일에 대한 방비를 하지 않아도 된다고 말할 수는 없을 것입니다."

성상의 자질은 고명하여 경연 석상에서는 글의 의미를 꿰뚫어 아시니, 여러 신하들의 재주와 지혜로는 성상의 뜻을 만족시킬 수 없습니다. 그 때문에 의논하고 일을 처리하는데 혼자만의 지혜로 세상을 이끌어가려는 조짐이 없지 않기에 식자들이 미리 염려하는 것입니다.

신이 지난번 올린 《주역周易》「건괘乾卦」의 '나는 용이 하늘에 있다'는 말 위에는 '높이 오른 용은 후회함이 있다'는 말이 있습니다. 저 용이 하늘에 있다는 것은 임금의 지극히 높은 지위인데, 그 위에 또 한 자리가 있으면 과도하게 높아진 것입니다. 그 때문에 과도하게 스스로 높여서 신하들과 마음을 합치고 덕을 합치려 하지 않는다면, 어진 사람은 아랫자리에 있어도 도울 수 없게 되니, 이것이 이른바 높이 오른 용은 후회함이 있다는 것입니다.

대저 용은 구름을 가지고 그 신묘한 변화를 일으켜 만물에 은택을 입히는 존재입니다. 그런데 임금이 아랫사람들과 마음을 합치고 덕을 합치려 하지 않는다면, 구름이 없는 용과 같아서 비록 그 신묘한 변화를 일으켜 만물에 은택을 입히려 해도 그렇게 할 수 있겠습니까? 이것이 군덕君德의 큰 병폐입니다.

대저 태평이 극에 이르면, 반드시 변란이 발생할 조짐이 있게 되니, 지금이 바로 그러한 때입니다. 일이 혹 잘못되기라도 한다면, 물을 거슬러 배를 끌고 올라가는 것과 같아서 한번 손을 놓치는 순간에 물결에 휩쓸려 떠내려가다가 풍파를 만나서 전복될 것입니다. 그러나 반드시 학문을 폐하지 않은 뒤에야 사사로운 생각을 이겨낼 수 있게 되고 그래야 이러한 병통도 자연 사라질 것입니다. 성현의 천 마디 만 마디 마음을 보존하는 법이 아닌 것이 없으나, 역시 요점을 아는 것이 중요합니다.

신이 지난번 올린 「성학십도」는 신의 사견으로 만든 것이 아니라 모두 선현들이 만드신 것으로, 그 사이에 신이 단지 한두 가지 圖를 보충한 것일 뿐입니다. 그 공부는 지난번 올린 차자箚子 '진성학십도進聖學十圖(幷圖)'에서 '思'字와 '學'字를 위주로 해서 생각을 극진히 하라고 말씀드렸습니다.

이렇게 한다면, 얻는 것이 더욱 깊어져서 사업에 발휘되는 것을 알 수 있게 될 것이니, 소신이 지성으로 충성을 바치려고 드리는 가르침입니다.

선조가 말하기를,

"심통성정도는 셋이 있는데, 중도와 하도는 경이 만든 것인가?"

"정복심程復心의 사서장도에 이 그림이 있는데, 위의 한 도는 정복심의 것이고, 그 나머지는 理氣를 분속하여 말한 것이 온당치 않은 것이 많아서 버렸습니다. 그리고 맹자와 장자 및 주자가 논한 본연지성과 기질지성을 갈라 중도와 하도를 그렸습니다.

본연지성本然至性은 理를 주로 하여 말한 것이고, 기질지성氣質至性은 理氣를 겸하여 말한 것입니다. 情겸으로 말한다면, 理하를 좇아서 발한 것이 사단四端이 되고, 理氣가 합하여 발한 것이 칠정七情이 됩니다. 중도中圖는 본연지성을 가지고 사단을 주로 하여 그린 것이고, 하도는 기질지성을 가지고 칠정을 주로 하여 그린 것입니다.

이것은 비록 신이 만든 것이라고 해도 모두 성현의 말씀을 끌어와 증명하였으니, 신이 망령되이 만든 것은 아닙니다."

"마음이 성정을 통섭統攝한다는 것은 무엇을 말하는가?"

"「서명西銘」에 이르기를, '천지의 氣가 형체를 이루고, 理는 그 가운데 갖추어지게 되고, 理와 氣가 합하여 마음이 되어 일신을 주재하니, 성정을 통섭하는 것이 아니겠습니까.' 이 성정을 담고 있는 것은 마음이고, 발용發用하는 것도 마음입니다.

이 때문에 마음이 성정을 통섭한다고 하는 것입니다."

"圖 안에 '허령虛靈' 두 字는 위에 있고, '지각知覺'은 아래 있는 것은 어찌된 것인가?"

"허령虛靈은 마음의 본체이고, 지각知覺은 마음의 본체가 사물을 응접하는 것입니다. 이 때문에 그와 같이 한 것입니다."

"다시 더 할 말은 없는가?"

"위리 조상들은 심후한 은택을 끼쳐 그 공덕이 우뚝합니다. 다만 사림士林의 화禍가 중엽에 일어났는데, 폐조廢朝(연산군) 때의 일인 무오사화와 갑자사회는 말할 필요도 없고 중종 때는 기묘사화로 현인과 군자들이 모두 큰 죄를 입었습니다. 이로부터 正과 邪가 뒤섞이면서 간사한 사람들이 득세하자, 사사로운 원한을 갚을 때는 반드시 기묘己卯의 여습餘習이라고 하면서 사림의 화가 연달아 일어났으니, 예로부터 그 화禍가 이보다 더한 때는 없었습니다. 명종이 아직 나이 어리실 때 권간權奸들이 득세하여 한 사람이 패하면, 또 한 사람이 나와서 서로 이어 권력을 멋대로 휘두르니, 사림의 화는 말로 차마 할 수 없을 정도였습니다.

신이 이미 지나간 일을 말씀드리는 것은 이것을 장래의 큰 경계로 삼고자 하려는 것입니다. 예로부터 임금이 첫 정치는 청명하고 바른 사람이 등용되어, 임금이 허물이 있으면 간하고, 잘못이 있으면 다투게 되니, 임금은 반드시 싫고 귀찮은 마음이 생기게 됩니다. 이럴 때 간사한 자들이 기회를 틈타 임금의 비위를 맞추게 되면, 임금은 마음속으로 이러한 사람을 등용한다면 내가 하고자 하는 것이 내 뜻대로 안 되는 것이 없을 것이라고 생각하게 될 것입니다. 이로부터 임금은 소인과 하나가 되어 바른 사람도 손쓸 곳이 없게 되고, 그런 연후에는 간신들이 득세하여 패거리를 불러모아 어떤 짓이든 못하는 것이 없게 되는 것입니다.

지금은 정치를 처음 시작하는 때라서 간쟁諫諍이 있으면, 모두 뜻을 굽혀 받아들여서 큰 과오가 없을 것입니다. 그러나 오래되어 성상의 마음이 바뀌시면, 지금과 같을 수 있으리란 보장을 할 수 있겠습니까? 이렇게 되면, 정正과 사邪는 그 세력이 나눠지게 될 것이고, 반드시 간사한 사람이 이겨서 처음 행하신 정치와는 크게 달라질 것입니다.

당나라 현종 개원 연간에, 요숭姚崇과 송경宋璟과 같은 재상이 조정에 가득하여 태평한 세상을 이루었습니다. 그러나 현종은 욕심이 많아서 군자들이 간하였고, 이임보李林甫와 양국충과 같은 무리들은 한마음으로 임금을 비위를 맞추었습니다. 이로부터 군자는 모두 떠나가고, 소인만 남게 되어 끝내 '천보

天寶의 난亂(안녹산의 난)'을 불러들이게 된 것입니다.

임금의 몸은 하나인데, 그 일은 두 사람이 한 것처럼 달라지는 것은 처음에는 군자와 합하다가 끝내는 소인과 합하기 때문입니다. 성상께서는 이 점을 크게 경계하셔서 착한 사람들을 보호하여, 그들이 소인들의 모함에 빠지지 않게 한다면, 이는 종사宗社와 백성의 복입니다. 신이 경계하여 아뢰고자 하는 것은 이보다 더 큰 것이 없습니다."

"그대가 아뢴 말을 마땅히 경계로 삼겠노라. 경은 조정의 신하들 중 천거할 만한 사람은 없는가?"

"지금 대신의 지위에 있는 사람은 모두 청렴하고 신중하며, 육경六卿도 사특한 사람이 없습니다. 수상首相은 위태롭고 불안한 때에 목소리나 얼굴빛을 바꾸지 않은 채 나라를 태산처럼 편안한 곳에 올려놓았으니, 참으로 들보와 주춧돌과 같은 신하입니다. 의지하고 중히 여길 사람으로는 이보다 나은 사람은 없습니다."

"학문하는 사람 중에 아뢸만한 자가 있지 않은가? 어려워하지 말고 말하는 것이 옳을 것이다."

선조는 호피 요 한 벌과 후추 두 말을 하사下賜하고, 본도에 명하여 쌀과 콩을 내리게 하는 한편, 연도沿途에 명하여 말과 뱃사공을 주어서 돌아가는 것을 보호하라고 지시하였다.

오정 때 하직하고 도성을 나와서 동호 몽뢰정夢賚亭(용산구 옥수동)에서 잤다. 선조의 간곡한 부름을 받고 한양으로 올라왔지만, 그 자신 이미 일흔(七旬)을 바라보던 이자는 임금에게 훌륭한 왕이 되어 선정을 펼 기본 조건을 다 말씀드린 뒤에 경복궁 사정전에서 임금에게 사직을 고하였다.

이튿날인 3월 5일에 지금의 금호동 근처 나루에서 배를 타고 한강을 건널 때에 배 안에 많은 명사와 선비들이 함께했다. 그 가운데는 편지로 사단칠정론을 논하던 제자 기대승도 있었다. 정신적 스승을 보내는 기대승은 이런 시를 지어 작별을 아쉬워했다.

1569년 3월 5일, 봉은사(강남구 삼성동)에서 하루를 묵었다. 이때 당시의 명사들이 조정을 온통 다 비우다시피 하고 나와서 전송하였다.

배 위에서 먼저 기대승奇大升이 먼저 송별시 '봉별퇴계선생奉別退溪先生'을 짓고 이어서 박순朴淳이 송별시 '송퇴계선생환향送退溪先生還鄉'을 짓자, 자리에 있던 사람들 모두가 송별시를 지었다.

송별시를 지어서 여러 사람들이 전송해주는 후한 뜻에 감사하는 마음을 표시하였다. 기대승이 詩를 지어 전송하였다.

江漢滔滔萬古流　한가람 넘실넘실 만고에 흘러
先生此去若爲留　스승님 이제 떠나심을 머물게 하는 듯.
沙邊拽纜遲徊處　모랫가 뱃머리 돌아 머뭇거리는 곳
不盡離膓萬斛愁　이별하는 마음 시름 다할 길 없어라.

선생이 기대승의 시를 차운하여 창수唱酬하였다.

列坐方舟盡勝流　방주에 앉은 분네 모두가 훌륭한 인물들
歸心終日爲牽留　돌아가고픈 마음 종일 끌리어 머물렀네.
願將漢水添行硯　원컨대 한강물 가져다 벼루에 담아
寫出臨分無限愁　이별의 끝없는 시름을 그려내고져.

사흘째 되는 날, 봉은사를 떠나 배를 타고 한강을 거슬러 오르다가 반나절이 지나서 광나루에 이르렀다. 광나루에 이르니 이담李湛이 기다리고 있었다. 그는 병환 중이었으나 선생이 떠난다는 소식을 듣고 지름길로 찾아왔다. 이별을 아쉬워하는 제자에게 선생은 시詩를 지어 소회를 밝혔다.

宦情無望蜀　벼슬살이는 촉蜀 땅을 바라서는 안 되니
환 정 무 망 촉

人事有懲荊　사람 일은 형서처럼 징계해야 하는 법.
인 사 유 징 형

感深優許退　퇴휴를 허락해 주심에 깊이 감격하는데
감 심 우 허 퇴

寧怕强留行　억지로 만류한들 무엇이 두려울까.
영 파 강 류 행

소동파의 詩, "눈앞에 이 경치는 망상일 뿐, 몇 사람이나 숲
속의 진정한 퇴휴자일까.(此境眼前聊妄想 幾人林下是眞休)"

겸재 정선, 경교명승첩 압구정 〈간송미술관 소장〉

3월 6일, 양주 무임포(남양주 수석동 미음나루)에서 묵었다. 배를 타고 오는 동안 비바람이 심한 탓에 몹시 고생을 하였다. 배를 타고 돌아오는 중에 홍인우가 금강산을 유람할 때 인도해준 스님을 만나서 유람할 당시의 일을 자세히 듣게 되자, 감회가 없을 수 없어서 시 '余于洪上舍用吉求道甚切不幸…'을 지어서 정회를 표현하였다.

지난 1553년 5월 26일, 홍인우洪仁祐가 관동 유람을 한 후 그의 부탁으로 금강산 기행록 「관동록關東錄」의 서문 「洪應吉上舍遊金剛山錄序」을 지었다. 이 글에서 관동關東의 산수는 우리나라에서 가장 아름답고, 금강산은 천하에서 이름을 날리고 있는데, 홍인우가 유산의 묘妙와 관수觀水의 술術을 터득하여 그 장관壯觀을 글로 옮겨놓아 답답한 가슴을 열어주니, 얼마나 다행스러운 일이냐고 하였다. 등산임수登山臨水는 성현을 본받을 수 있겠지만, 그것을 통해 지급인수知及仁守하는 것은 종신토록 힘을 써야 할 일이라고 끝을 맺었다.

그러나 홍인우는 이미 오래 전에 이 세상 사람이 아니었다.

충주에 도착해서 육로로 길을 잡아 단양·죽령을 넘었다.

14일 단양에서 죽령을 넘기 전에 맏손자 安道에게 편지를 보내 먼저 그간의 여행 과정을 언급한 다음, 성학십도는 인쇄가 끝나면 임금께 두어 벌 올릴 것이니, 반드시 추가 교정한 부분에 일일이 부표付票를 붙여 원본과 달라진 이유를 갖추어 아뢰는 것이 가할 것이므로, 이 사실을 당시 성균관 대사성 기대승奇大升에게 자세히 알려서 착오가 없게 하라고 지시하였다.

영주에서 도산으로 가는 도중途中에 이산 사금골 아내의 묘소가 있어, 서울을 오갈 때마다 아무리 바빠도 참배하였다. 지금 69세의 노령에 다시 또 올 수 있을지 기약할 수 없으니 더욱 그렇다.

사금골에 들어서니, 두견새가 노래하고 산소 오르는 길에 참꽃이 그를 반겼다. 부인이 새댁 때 입었던 연분홍 치마가 연상되었다. 산소 앞에 향을 피우고 잔을 올렸다. 가슴속에 가뒀던 아내 생각이 향연香煙이 되어 피어올랐다.

신사년(1521) 봄, 영주 푸실(草谷)에 혼인잔치가 있었다.

하얀 차일이 출렁이는 초례청에는 십장생 병풍이 쳐지고, 사모관대하고 자색 단령을 입은 신랑과 다홍 비단 바탕에 온갖 꽃들로 수놓은 활옷에 한삼으로 얼굴을 가린 신부가 마주섰다.

두 사람이 무릎을 꿇고 대례상 앞에 마주 앉았다. 신랑 床에는 밤이 괴어져 있고, 신부상에는 대추가 소복하였다.

그날 밤, 화촉을 밝힌 신방新房에서 간단히 차려진 주안상 앞에 신랑과 화관을 머리에 이고 활옷 차림의 신부가 마주 앉았다. 신랑은 신부의 머리에 얹힌 화관을 조심스럽게 벗기고 검자주색 머리댕기를 푼 후, 거북해 보이는 활옷의 대대를 끌러주고 저고리 옷고름을 풀어주었다.

신랑의 손길이 닿을 때마다 신부는 움츠려지고 떨렸다. 부자연스런 차림이 한 겹 한 겹 벗겨지자, 신부는 조심스럽게 숨을 내쉬면서 점차 편안해지기 시작했다. 신랑은 마지막으로 신부의 버선발을 조금 잡아당겨 주었다.

이양원, 혼례도, 한지에 수묵담채, 120×300, 1965

신부는 부끄러워 발을 치마 속으로 당겨 감추었다.

'아, 겨우 스물일곱 해를 살다 간 여인…'

만남이 있어 이별이 있고, 산다는 것은 떠난다는 것이라지만, 너무 짧은 만남, 너무 빠른 이별이었다.

도포자락에서 소지素紙를 꺼내어 펼쳤다. '梅花' 시가 적혀 있다. 이 '梅花' 시는 서른세 살 때 의령 처가에서 지은 것이다.

節士不作風塵容(절사부작풍진용) 靜女那須脂粉媚(정녀나수지분미)
風吹齊發玉齒粲(풍취제발옥치찬) 雨洗渾添銀海渙(우세혼첨은해환)

이 '梅花' 시를 지금까지 지니고 남몰래 꺼내어 읽으면서 아내를 대하듯 하였다. 수십 년 동안 간직했던 '梅花' 시를 마지막으로 향불에 소지燒紙하니 하늘로 피어올라 아내의 혼령 같았다.

아내의 무덤이 있는 사금골에서 나와서 곧장 내성천을 건넜다. 어쩌면 내성천은 영원히 건널 수 없는 강이 될지 모른다는 생각이 들었다. 내성천은 봉화 문수산 위의 구름이 비가 되어 청하동천 골짜기를 타고 내려서 내성에서 '내성천' 이름을 얻은 후, 영주 이산 우금마을 앞을 흘러내린다.

내성천은 모래가 흐르는 강이다. 신혼시절 아내와 도산을 오가며 이 강을 건너던 생각이 강물처럼 가슴에 흘렀다.

어느 무더운 여름날, 시원한 강물에 멱 감고 아이들처럼 송사리 떼를 쫓아다니다가 물속에 엎어지던 그를 보고 까르르 웃던 아내, 수물총새와 암물총새가 어울려서 시끄럽게 날갯짓하는(翠羽刺嘈感師雄) 장면을 연상하면서 무심코 아내를 돌아보았다. 그러나 그의 옆자리는 허탕이었다.

아, 아내가……. 아내의 빈자리를 확인하는 순간, 아내의 존재가 한없이 깊고 넓게 허허로웠다. 70 노인이 새삼 고독과 상실감이 뼛속까지 시리고 아려왔다.

수줍음은 한낱 예의의 표현일 뿐, 그녀는 그저 순하고 미련한 양羊이 아니라, 장차 가문을 새롭게 열어갈 종부宗婦로서의 소명召命의식과 자존감이 지극히 높았다.

아내가 그에게 와서 7년, 처음과 마지막이 한결같았으니, 하인에게까지 기쁨을 주면서도 정작 자신에게는 엄격했다. 마지막 날도 아내는 부축을 받아가며 대문 밖까지 나와 서서, 과거장으로 가는 남편의 뒷모습이 사라질 때까지 바라보았다.

이미 42년이 지난 일이지만, 죽어가는 아내를 지켜만 보았던 무기력한 자신이 미웠고, 아내가 고통스러울 때 과장科場에 나갔던 자신이 미안하였다.

계상의 집으로 돌아왔을 때, 마을에 아직 역기疫氣가 채 가시지 않아 우선 도산서당으로 갔다. 계상에서 고개를 넘어서 도산서당에 도착하니 매화가 반갑게 맞았다. 자신과 매화가 화답하는 '늦봄에 도산에 이르러 매화와 주고받다(季春至陶山 山梅贈答 二首)'를 지었다.

기명언의 편지를 받고 답장을 보냈다. 〈명언영전에 절하고 아룀(明彦令前拜復)〉

「동호東湖의 선상船上에서 정답게 얘기했던 것이 꿈결 속에 되살아나는데, 나를 전송하느라 봉은사까지 따라와서 하룻밤을 묵은 것은 그 뜻이 더욱 얕지 않습니다. 각기 술에 취하여 서로 바라보기만 하고 아무 말도 없이 드디어 천리의 이별을 이루었던 것입니다. 그런데 서한과 시를 받으니, 다시 얼굴을 대하는 듯하여 지극히 위로되고 다행스러움을 형언하기 어렵습니다.

나는 여강驪江을 지나면서부터 사나운 바람과 심한 비로 뱃길에 매우 어려움이 있었고, 충주에서 육지로 올라 눈 덮인 길을 걸어 영嶺을 넘었는데도 오히려 다른 병이 생기지는 않았습니다. 고향 산천에 들어와 보니 한창 바쁜 농사일이 마치 나를 기다리고 있는듯하여 이 또한 스스로 뜻을 붙일 만하였습니다. …

아름다운 시를 주시어 감사합니다. 보답하는 시를 지어 별지別紙에 기록하였습니다. 삼가 회답합니다.」

기사년(1569) 4월 2일 황滉 돈頓.

전에 남겨두었던 〈매화시梅花詩〉 8절絶은 각각 감흥이 담겨 있기는 해도 다 익살에 가까운데, 뜻밖에 화답하여 천 리 밖에 있는 나에게 부쳐주었으니, 서로 사모하는 뜻을 그 속에서 볼 수 있어 감사한 마음 실로 깊습니다. 근자에 도산으로 돌아와서 매화를 보고 또 2절의 시를 지었는데, 영공令公에게 숨기고 싶지 않아 다시 보내니, 한번 웃어 주십시오.

4월 4일, 서장書狀 〈乞치사장(四月四日)〉을 올려 물러남을 허락해준 것과 음식물을 하사한 것에 감사하는 한편, 해직시켜 치사할 수 있게 해줄 것을 청하였으나, 관직을 가는 것을 허락하지 않고, 교지敎旨를 내리기를,

"경卿이 전부터 물러나 돌아갈 것을 청하였기 때문에 그 뜻을 빼앗기 어려울 것 같아서 그대로 허락하여 경의 마음을 편

안하게 하였을 뿐이다. 치사하는 것을 허락하지 아니하고 관직을 가는 것을 허락하지 않는 것은 뜻하는 바가 있기 때문이니, 경은 마땅히 알고 있도록 하라."

죽음의 순간은 생애 마지막 순간으로서 한 인생의 집약이다. 아무리 장난기가 넘치고 유머가 풍부한 사람이라 하더라도, 죽음의 순간만은 엄숙하고 진실해질 수밖에 없다. 따라서 어떤 모습으로 죽음을 맞는가 하는 것은 그 사람의 사람됨을 평가하는 가장 중요한 척도이기도 하다.

경오년(1570) 12월 3일, 李子는 이질로 설사를 하였다. 마침 매화 화분이 곁에 있었는데, 그것을 다른 곳으로 옮겨놓으라고 하였다.

"매화에 불결하면 내 마음이 편치 않아서 그렇다."

12월 4일, 병환이 악화되자, 아들 寯을 가까이 불러서,

"내가 죽으면 해조該曹(관아)에서 틀림없이 예장禮葬(국장國葬)을 하도록 청할 것인데, 너는 모름지기 나의 유언(遺令)이라 칭하고 사양하라. 묘(墓道)에도 비석(碑碣)을 세우지 말고 작은 돌의 앞면에 '退陶晚隱眞城李公之墓'라고 쓰고, 그 뒷면에 내가 지어둔 명문銘文을 새겨라."

자신의 생각을 정리하여, 이미 오래전에 명문銘文을 스스로
지어놓았었다.

生而大癡	나면서부터 크게 어리석었고,
壯而多疾	자라면서는 병도 많았네.
中何嗜學	중년엔 어찌 학문을 좋아했으며,
晚何叨爵	만년엔 어찌 외람되이 벼슬이 높았던가!
學求猶邈	학문은 구할수록 더욱 멀어지고,
爵辭愈嬰	벼슬은 사양할수록 더욱더 주어졌네.
進行之跲	벼슬길에 나감에 걸려 넘어지기도 했지만,
退藏之貞	물러나 몸 감춤에 곧게 했었네.
深慙國恩	나라 은혜에 매우 부끄럽고,
亶畏聖言	다만 성현의 말씀을 두렵게 여겼네.
有山巍巍	산은 우뚝이 높고 또 높고,
有水源源	물은 끊임없이 흐르고 또 흐르네.
婆娑初服	가냘프고 약한 본래의 모습,
脫略衆訕	모든 비방은 면했다네.
我懷伊阻	나의 품은 뜻 누가 믿으리,
我佩誰玩	가슴속 패복은 누가 믿으며.
我思古人	내가 옛 성현 생각하고

實獲我心　진실로 내 마음을 얻었네.

寧知來世　미래를 어찌 알겠는가,

不獲今兮　지금 세상도 알지 못하거늘.

憂中有樂　근심 속에 즐거움이 있고,

樂中有憂　즐거움 속에서도 근심은 있었네.

乘化歸盡　순리대로 살다가 자연으로 돌아가노니,

復何求兮　여기 다시 무엇을 구할쏘냐.

　학문은 구할수록 더욱 멀어지고, 벼슬은 사양할수록 더욱더 주어졌네, 벼슬길에 나아감에 걸려 넘어지기도 했지만, 물러나 몸 감춤에 곧게 했었네.

　이는 그의 몸에 밴 겸양에 불과하며, 그가 남긴 대표적인 저술로는《이학통록理學通錄》,《주서절요朱書節要》를 들 수 있고, 그의 문집이 세상에 전해지는데, 세상에서는 그를 李子 선생이라 한다.

　유가儒家에서 선생이란 무상無上의 칭호이다. 따라서 유가라면 모두들 선생으로 일컬어지기를 소망한다. 하지만 아무나 선생이라 칭하지는 않는다.

　논자들에 의하면, 그를 이 세상의 유종儒宗(유학의 종주)으로서 조광조 이후 그와 겨룰 자가 없으니, 재주나 기국器局(도량)

에서는 조광조에 미치지 못하지만, 의리義理(도리)를 깊이 파고
들어 정미精微한 경지에까지 이른 것은 조광조가 미치지 못한
다고 한다.

그의 저술이 워낙 방대하고 詩도 여러 문헌에 실려있기에,
그간 그의 작품 수도 정확하게 알려지지 않았으면서도 이에 대
한 연구는 일찍부터 이루어졌다. 그는 작품 수만 가지고도 조
선시대 전체에서 다작가의 반열에 오를 수 있다.

詩는 제목을 아는 것이 3,560수(《도산전서》에 2천여 편), 편
지는 3천 수백 편이 문집에 전하고, 그 밖의 문집에 298편이 실
려있다. 최근에 새로운 작품을 찾아내어, 현재 2,343수에 〈도
산십이곡〉을 더하여 시가 2,355수라 밝혀져 있다.

이 밖에도 《유집》〈외편〉에 보면, 목록 외 집일集逸이라 하
여 詩 원문은 없어지고 제목만 전하는 시만도 940편에 이르니,
문헌상 그가 지었다고 전하는 시는 모두 3,150수에 달하는 것
으로 보인다. 가장 정확한 것은 각 이본異本별 대조와 교감이
이루어진 후 시 전서의 정본이 나와야 분명하게 알 수 있다.

我懷伊阻　나의 품은 뜻 누가 믿으리,
아 회 이 조

我佩誰玩　가슴속 패복佩服(몸에 지님)은 누가 믿으며.
아 패 수 완

李子의 가슴속에 깊이 새겨 잊지 못함은 정확히 알 수 없지만, 아내와 사별한 후 고독과 상실감이 컸으나, 계사년 남행 때 의령 처가에서 본 매화를 아내로 연상하면서부터, 그는 매화를 심고 매화 시를 짓고 분매와 화답하는 시를 지으면서 매처학자梅妻鶴子로 살았다.

乘化歸盡　순리대로 살다가 자연으로 돌아가노니,
승 화 귀 진

復何求兮　여기 다시 무엇을 구할쏘냐.
복 하 구 혜

李子는 젊은 시절 〈지산와사〉라는 詩에서 '달 보고 산 바라보는 꿈 다 이뤘으니, 이 밖에 또 무엇을 이에 비할까.'를 신념으로 정하고, 하늘을 우러러 한 점 부끄럼 없는 존천리알인욕存天理遏人慾의 삶을 살았다.

병이 조금 덜해진 틈에 좌우를 물리치고 조카 영甯에게 〈유계遺戒〉를 받아 적게 했다.

기침소리가 심하였는데, 좌우를 물리치고 말씀할 때에는 문득 질병이 몸에서 떠난 듯 아무런 소리도 나지 않았다.

李子는 조카 영이 받아 적은 것을 직접 읽어보고는 영에게 봉하고 서명하라고 지시하였다.

李子는 맏아들 寯을 눈짓으로 불러 앉혀 말했다.

"동쪽 작은 집은 본래 너에게 주려 했고, 적寂을 위하여 따로 작은 집 한 채를 짓고 있었는데, 반도 못 짓고 이렇게 되었다. 적寂 모자母子는 가난해서 반드시 완성하지 못할 것이니, 네가 맡아서 집을 완성해 주면 정말 좋겠다."

권씨 부인이 서울에서 타계(1546년)하자 고향으로 운구하여, 두 아들은 시묘살이를 하고 자신은 산소 건너편에 양진암을 짓고 안동부사로 임명될(1547) 때까지 1년간 휴직하고 복상服喪했으나, 측실 항아姮娥는 마지막까지 李子의 곁(側)에서 노후를 함께했다.

李子는 숨이 찬 듯 말을 끊었다가 다시 이어갔다.

"만약 형편이 어려우면, 차라리 네가 그 재목과 기와 등의 물자를 가져다가 재실齋室에 사용하고, 적寂 모자에게는 이 집을 그대로 주는 것이 좋겠다."

말을 마친 뒤에야 기침소리가 다시 들리기 시작하였다.

이날 낮에 스승의 병이 위중하다는 소식을 듣고 찾아와서 계상서당 주위에 머물고 있던 제자들을 만났다. 자제들이 스승의 형편을 생각하여 만나지 말기를 청하자,

"죽고 사는 것이 갈리는 이때에 만나보지 않을 수 없다."

윗옷을 걸치게 한 다음 제자들과 영결하기를,

"평소 그릇된 견해를 가지고 제군諸君들과 종일토록 강론講論한 것 또한 쉬운 일은 아니었다."

12월 8일, 그날은 유난히 화창한 날씨였다. 李子는 부축을 받아 자리에서 일어났다.

"매화 화분에 물을 주어라."

오시午時에 조카 宷를 불러서 물었다.

"머리 위로 비바람 소리가 나는데, 너도 들리느냐?"

조카가 무슨 소리를 들으려고 했으나 들리지 않았다.

그러나 李子는 분명 대숲에서 이는 바람소리를 들었을 것이다.

잠시 후, 서가에 꽂혀 있는 책 한 권을 뽑아오게 했는데, 그것은 그의 손때가 묻은 《근사록近思錄》이었다.

《근사록》은 주자朱子가 그의 친구 여조겸呂祖謙과 함께 송나

라 성리학자들의 말 가운데서 요긴한 것만 뽑아서 만든 책이다.

李子의 장인 묵재 허찬許瓚이 준 것은 1370년 고려 말기에 간행된 것이다. 《근사록》 뒷장에 '嘉靖十二年癸巳仲春旣望許壽翁贈李季浩'라는 열여덟 글자가 적혀 있는데, 그 뜻인즉 가정 12(1533)년 음력 2월 16일에, 허수옹(허찬의 자)은 이계호(계호는 李子의 자)에게 준다. '嘉靖十二年癸巳'는 李子가 처가에 갔던 계사년(1533년)이다.

그 당시 허찬許瓚은 딸이 죽은 후 고향 의령 가례嘉禮에 옮겨와 살았다. 그는 진사에 급제한 뒤 더 이상 벼슬에 뜻이 없었고 시골에서 조용히 독서하며 지내는 선비였다. 《근사록近思錄》을 사위에게 선물하면서, 그가 장차 벼슬길에 오를 것을 예견하고 신하의 도리를 깨우쳐주었다.

"임금에게 사랑받기보다 임금에게 존경받는 신하가 되어야 하고, 임금이 좋아하는 신하가 되기보다 임금에게 신임 받는 사람이 되시게. 임금의 비위를 잘 맞추는 신하는 임금이 사랑할지언정 존경하지 않으며, 임금의 사랑을 받는다는 것은 다른 사람이 시기하게 되므로, 군신관계는 오직 존경과 신뢰로 맺어져야 한다네."

허찬許瓚은 계사년(1533) 남행 때 사위가 다녀간 2년 후에 병으로 세상을 떴다. 영주 초곡의 문전文田을 아들 허사렴에게 맡긴 후 고향에서 여생을 마친 것이다. 당시 영주 초곡에는 허사렴의 사위 박록이 살고 있었는데, 박록朴濂은 李子의 제자 반남인 소고嘯皐 박승임朴承任의 맏아들이다.

李子는 자신의 손때가 묻은 《근사록》을 얼굴 가까이 대고 장인의 그윽한 사랑을 흠향한 후, 궤짝 안의 상자를 가져오게 했다. 그 상자 안에는 《남행록》이 들어 있었다.

《남행록》은 李子가 서른세 살이던 계사년에 관포 어득강의 초청을 받고 곤양까지 여행하면서 지은 시를 묶은 시첩이다. 그런데 그 시첩과는 별도로 따로 봉투에 넣어서 보관하는 시 한 편이 상자 안에 들어 있었다.

아내 허씨 부인의 젊은 날의 단아한 모습을 떠올렸고, 아내를 대하듯 그 시지詩紙를 고이 접어 봉투에 넣었는데, 겉봉에는 〈梅花〉라고 적혀 있었다.

品題先識梅花尊　一春花事未暇論　白岩村裏多林園　宜城別占好乾坤
天樹照映黃金罍　一枝斜倚翠竹場　孤韻不待陽和催　高情豈獨臘天開
靜女那須脂粉媚　節士不作風塵容　近簷盈盈增絶致　臨池脉脉貯芳意
月落偏宜半斜漢　烟濃有時取簾幕　雨洗渾添銀海渙　風吹齊發玉齒粲
折寄相思驛吏逢　點成粧額壽陽嬌　綠衣倒掛來仙翁　翠羽刺嘈感師雄
畫裏傳神眞苟且　笛中吹落意不盡　暗香疎影絶蕭灑　氷魂雪骨擅造化
蟻使不敢窺衰盛　鶯兒自分斷消息　古院筈深還得性　荒橋水淺不自病
客裏相逢意不任　風流千古尙如昨　更與西湖作知音　己付廣平說素心
且置淸樽供婉孌　歌珠不用鬧檀板　旅思依依鄉思淺　一般眞趣杳無辨
莫使一片吹香雪　調羹金鼎是餘事　嘯咏徘徊共淸絶　永托深盟同皎潔

계사년(1533)에 정월에 어관포의 초청으로 남행을 시작한
李子는 2월 5일 경, 의령 가례 백암촌 처가에 도착하였다.

그날은 마침 李子의 장인 묵재 허찬의 생일이었다. 남들은
헌수獻壽도 하고 풍악도 울리고 잔치를 즐기지만, 李子는 죽은
아내 허씨 부인 생각에 몇 잔 술을 사양하지 않았다

그는 자리에서 일어나 혼자 대청에 나와 앉았다. 오랜만에
처가에 와있으니, 문득 아내와 함께했던 젊은 날의 생각이 하
나하나 스쳐 지나간다.

白岩村裏多林園
백 암 촌 이 다 림 원

백암촌 처가 정원에 여러 가지 나무가 있구나,

一春花事未暇論
일 춘 화 사 미 가 론

한 해 봄꽃을 보고 꽃을 가벼이 논하지 말라.

品題先識梅花尊
품 제 선 식 매 화 존

꽃을 논할 땐 매화가 존귀하다 먼저 적나니,

高情豈獨臘天開
고 정 기 독 납 천 개

고상한 정취를 가진 매화가 어찌 섣달에만 피리.

장인의 생일잔치에서 몇 잔 술을 마시고, 아내와 함께했던 젊은 날의 추억에 잠겨 있었다. 정해년(1527)에 아내를 사별死別하고 꿈에라도 한 번 그 모습을 보고 싶었는데, 처가에 와있으니 아내 생각이 더욱 간절하였다.

　　대청마루 헌함軒檻 너머로 대나무·매화·난이 어우러진 정원과 연못이 눈에 들어왔다. 대숲에 이는 바람에 서걱거리는 소리를 들으며 무심코 시선이 정원으로 향하던 중, 정원에 소복素服한 여인의 모습이 흐릿하게 눈에 들어왔다.

　　정신을 집중하여 보았더니, 여인의 자태가 점차 또렷해지면서, 대숲 뒤로 하얀 저고리에 남색 치마를 차려입은 아내가 하얀 도라지꽃을 머리에 꽂고 산죽 잎 사이로 미소 짓고 서있었다.

> 의령에 좋은 세상이 따로 있나니,
> 백암촌 처가 정원에 여러 가지 나무가 있구나.
> 한 해 봄꽃을 보고 꽃에 관해 가벼이 논하지 말라,
> 꽃의 품격을 논할 땐 매화가 존귀하다 먼저 적나니.
> 고상한 정취를 가진 매화가 어찌 섣달에만 피리,
> 고고한 운치를 지닌 매화는 화창한 봄날 기다리지 않나니,
> 매화 한 가지 푸른 대나무밭에 비스듬히 기대 있구나.

풍란風蘭은 황금색 술잔에 비치고

연못에 드리운 줄기마다 화창한 봄날의 정취를 머금어

가까운 처가의 처마엔 절경이 철철 넘치는구나.

절개 있는 선비는 속된 얼굴로 꾸미지 않으니,

정절 곧고 고요한 여인이 어찌 화장한 얼굴로 교태 부리리.

바람 불어 고운 이 가지런히 빛나고,

흐렸던 눈은 비에 씻겨 빛나네.

연기가 짙어져 발과 장막으로 가려야 할 때 있었지,

달이 지면 은하수도 반쯤 기울어지리라.

잘나는 수물총새 어울려 암물총새 날갯짓 시끄럽게 울고,

연두색 저고리 거꾸로 걸치고 신선 노인이 나오는구나.

알뜰히 화장한 여인이 노인에게 헌수 모습 맑고 아름답네.

그리운 역리驛吏 만나려 매화 한 가지 꺾어 보냈으나,

고결한 매화 멋대로 조화를 부렸구나.

매화나무 성긴 가지 맑고 깨끗한 기운이 빼어나고,

흥을 돋우는 피리 소리 그쳤으나 더 놀고 싶어라.

그림처럼 아름다운 잔치에 속마음 드러냄 참으로 구차해

낡은 다리 얕은 물을 아내와의 추억을 되새기며 거니노라.

오래된 정원이 마음을 아프게 해 정신을 차리게 되고

꾀꼬리 새끼 울음소리 시끄러워 아내 소식 들을 수 없으니,

개미 반걸음만큼도 못 움직이겠네.

매화에게 나의 편안한 말과 본 마음을 충분히 전했으니,

매화와 더불어 더 이상 회포를 풀어 무엇하랴.

천 년 전 임포의 매처학자梅妻鶴子 풍류가 어제 일 같으나,

객지 같은 처가에서 아내를 만나려 해도 뜻대로 되지 않고

매화를 아내로 여기려는 조촐한 풍류조차 누릴 수 없구나.

나그네 기억 어렴풋해 처가 동네 낯설고,

노래할 때 구슬은 젓가락 장단 맞추는 반에서는 소용없네.

맑은 술동이 내버려두고 음식 받드는 여자 젊고 예쁘도다.

내게 음식 받드는 일일랑 그녀 뜻에 아예 맡겨 홀가분하니,

시를 읊조리고 배회하며 매화의 맑고 깨끗함을 함께하나니,

쇠솥에 국 끓이는 것은 그리 중요하지 않다네.

고깃국 끓이는 불길 한 줄기가 매화를 날리지 않게 하게

아, 그대가……

홀린 듯 아내와 서로 화답하며 정원을 거닐었다.

아내 생각에 젖어 처가 정원을 걷다가, 정신을 차리고 다시 한번 자세히 보았더니, 푸른 대숲에 비스듬히 서있는 매화 한 가지가 바람에 일렁이고 있었다.

그날 처가에서 잠깐 본 아내의 모습은 그 후 평생토록 뇌리에 박혀 사라지지 않았다.

그 〈梅花〉 詩는 그의 죽음과 함께 잊혔고, 李子의 사후 4백여 년 동안 아무도 이를 발견하지 못하였으니, 그것은 언제나 李子가 남몰래 혼자서 와유臥遊하고, 아무도 모르는 곳에 간직하였기 때문이다.

계상서당 근처에 매화를 심었다. 매화가 피면 아내를 맞이하듯 반겼고, 분매盆梅를 인격화하여 분매와 대화하면서 아내를 대하듯 정신적인 교감을 이루었다.

李子는 도학자이며 시인이다. 그는 詩를 좋아하여 도연명과 두보 시를 즐겨 보셨으며 만년에는 주자 시를 즐겨보셨다. 문집의 시편을 보면 이들의 작품을 차운한 것이 다수가 있음을 알 수 있다.

15세 때 지은 〈가재[石蟹]〉를 시작으로 70세 때까지 일생 동안 3,150수를 지었다. 옛 시인들은 '매난국죽'을 사군자라 하여 사우가四友歌를 읊었는데, 李子는 소나무·대나무·매화·국화·연꽃과 己(松竹梅菊蓮己)를 '육우六友'라 하였다. '己'는 李子 자신을 일컬었다. '육우六友'는 물아일체物我一體의 조화를 은유와 상징으로 투영하여 자신을 심강心降케 하는 무욕의 벗으로 삼았다.

70세 때〈퇴계에서 달을 보며 매화를 읊었다(溪齋夜起 對月 詠梅)〉

群玉山頭第一仙
군 옥 산 두 제 일 선
군옥산 꼭대기에 제일가는 신선이여,

氷肌雪色夢娟娟
빙 기 설 색 몽 연 연
얼음 살결 눈 빛깔이 꿈속에 고왔었다.

起來月下相逢處
기 래 월 하 상 봉 처
달 아래 일어나 서로 만난 곳에서

宛帶仙風一粲然
완 대 선 풍 일 찬 연
완연한 신선 풍채 한 번 살짝 웃는구나.

달밤에 매화를 신선으로 여겨 신선의 아름다움과 상봉의 정을 노래하였는데, 곤륜산에 산다는 일몰日沒의 여신 서왕모西王母를 연상케 한다. 매화와 물아일체로 여겨서 매화가 신선이라면 그와 情을 나누는 그 또한 신선이 아닌가.

1570년 12월 8일, 그날은 유난히 화창한 날씨였다.
"머리 위로 바람 소리가 나는데, 너도 들리느냐?"
조카는 무슨 소린가 하고 귀를 기울여 들으려고 했으나, 들리지 않았다.
李子는 바람에 서걱거리는 대숲을 걷고 있었다. 산죽山竹 뒤에 산벚꽃이 바람에 하늘거렸다. 하얀 저고리에 남색 치마를 입은 신부가 하얀 도라지꽃을 머리에 꽂고 산죽 잎 사이로 미소 짓고 서있었다.

유시酉時(오후 5~7시) 초에 갑자기 흰 구름이 지붕 위로 모여들고, 눈이 한 치쯤 내렸다. 잠시 뒤에,

"와석臥席을 정돈하라."

부축하여 몸을 일으켜드리자, 앉아서 돌아가셨다.

삶의 여정에서 마지막 순간이 죽음이다. 누구나 피할 수 없는 죽음은 살아가는 동안 큰 과제이다. 죽음의 공포는 자신이 가졌던 권력과 명예와 부富 등 삶의 의미가 한순간에 사라지는 것이다.

李子는 〈飮酒十首〉에서 죽음의 불안을 탄식하고 있다.

人生如朝露　사람의 인생살이 아침 이슬 같은데,
羲馭不停驅　희어는 한순간도 쉬지 않고 몰아대네.

'희어羲馭'는 '햇빛'의 羲와 '몬다'의 馭, '해를 몬다', 즉 세월의 흐름을 의미한다.

죽음의 문제는 삶의 문제만큼 유학자들에게 기피의 대상이 아니었다. 죽음의 순간은 생애 마지막 순간으로서 한 인생의 집약이기 때문이다. 자신의 죽음의 과정을 제자들이 지켜보게 하고, 제자는 이를 일일이 기록하여 고종기考終記를 남겼다.

"내가 죽으면 해조該曹에서 틀림없이 국장國葬을 하도록 청할 것인데, 너는 모름지기 나의 유언遺令이라 칭하고 사양하라. 묘(墓道)에도 비석(碑碣)을 세우지 말고 작은 돌의 앞면에 '퇴도만은진성이공지묘退陶晚隱眞城李公之墓'라고 쓰고, 그 뒷면에 내가 지어둔 명문銘文을 새겨라."

장례 당시에 홍문관 대제학 박순朴淳에게 부탁하여 '墓誌銘(병서)'을 받았으나, 제자들 사이에서 그 글은 표현이 부적확해서 쓸 수 없다는 의견이 지배적이어서 결국에는 쓰지 못하고 기대승奇大升에게 의뢰해서 '退翁壙銘'을 받게 되었다.

有名朝鮮國故崇政大夫判中樞府事兼知經筵春秋館事贈大匡輔國崇祿大夫議政府領議政兼知經筵弘文館藝文館春秋館觀象監事退溪李滉先生墓誌

퇴계 선생 광명壙銘

아, 선생은 벼슬이 높았으나 스스로 높다고 여기지 않았고, 학문을 힘썼으나 스스로 학문을 많이 하였다고 생각하지 않으셨네. 부지런히 힘쓰고 힘써 허물이 없기를 기대하였으니, 옛 선현들과 비교하건대 누가 더 낫고 못할까.

태산은 평평해질 수 있고 　　山可夷
돌은 닳아 없어질 수 있지만 　　石可朽

선생의 이름은 천지와 더불어 함께 영원할 것을 내 아노라.
선생의 옷과 신이 이 산에 의탁해 있으니.

> 천 년 이후에도 千載而下兮
> 행여 이곳을 유린하지 말지어다. 尙無躪躒也

제문祭文 율곡 이이李珥

「아아, 공公이 나실 때 천지 간의 정기가 공에게 모였도다.
부드럽고 따스하기가 옥과 같아서 그 얼굴은 순박하였고, 그
뜻은 밝은 해를 꿰뚫으며, 행실은 가을 물처럼 조촐하였도다.
착함을 즐기고 옳음을 좋아하니, 남과 나의 구별이 없었도다.
머리를 굽혀 하학下學에 힘쓰니, 깊이 생각하고 정밀하게 연구
하며, 실 끝을 헤치고 털끝을 가르니, 그윽하고 깊은 것을 환하
게 보았도다. (…)

소자小子가 공부할 길을 잃어 흐리멍덩하게 나아갈 길을 모
를 때에, 사나운 말은 함부로 뛰어 달리고 가시밭길은 거친데,
수레를 돌려 바른길로 고친 것은 진실로 공의 깨우침에 힘입었
도다. 처음은 있었으나 끝을 맺지 못하여, 지금껏 갈피를 못 잡
음을 슬퍼하도다. 혼자 생각에 스승을 좇아가 업을 마치기를
바랐었더니, 하늘이 붙들어주지 않아 철인이 갑자기 쓰러졌도
다.」

李子의 자명自銘 '승화귀진乘化歸盡'은 귀거래사에,

"오직 자연의 섭리에 따라 돌아갈 뿐, 하늘의 뜻을 즐겨 받드니 무엇을 의심하고 주저하랴."

죽음은 생물학적 현상이 아니라 삶의 의식意識의 문제이다.

李子는 죽은 것이 아니라, 청량산신선〔淸凉山頭第一仙〕이 되어 청량산의 그림 속으로 들어간 것이다.

'내 먼저 고삐 잡고 그림 속으로 들어가네. 擧鞭先入畵圖中'

시 읽으며 거닐었네

⑥ 홍도화 아래서

초판 인쇄 2024년 12월 27일
초판 발행 2025년 1월 3일

지은이 | 박대우
발행자 | 김동구
편 집 | 이명숙
발행처 | 명문당(1923. 10. 1 창립)
주 소 | 서울시 종로구 윤보선길 61(안국동)
         국민은행 006-01-0483-171
전 화 | 02)733-3039, 734-4798, 733-4748(영)
팩 스 | 02)734-9209
Homepage | www.myungmundang.net
E-mail | mmdbook1@hanmail.net
등 록 | 1977. 11. 19. 제1~148호
ISBN 979-11-94314-12-7 (13810)

20,000원